Hanif Kureishi

LOVE IN A BLUE TIME

爱在蓝色时代

[英] 哈尼夫·库雷西 著　吴忆枝 译

上海文艺出版社

目 录

蓝色时代　1

我们不是犹太人　53

好的,宝贝　69

你的舌伸进我喉咙深处　83

照片,忧郁的你　143

我的儿子,狂热者　159

厕所狂想曲　175

夜灯　185

近来　197

苍蝇　251

蓝色时代

—In a Blue Time—

当电话铃响起时,你最希望听到电话那端是谁?而又最不希望是谁呢?罗伊爱问身边的人:那一刻,你脑海中闪过的第一个人究竟是谁?

电话铃突然响了,罗伊猛地站了起来。吃晚饭的时候,他在想,他们的新家里大部分衣服和书籍还装在箱子中,他们都累得不想去开箱整理,还不如早点躺到床上休息。望着坐在餐桌前的克拉拉,他希望她不要接起电话,而是转到答录机上,这样他就能知道是谁打来的。她似乎总是在揣度他的一切,因此他不愿意当着她的面和朋友聊天。但不知为何,克拉拉总是痛恨一切罗伊在她之外可能有的生活。

她拿起了电话,带着怀疑的口气说了声"喂"。电话的那端有人说着话,却根本不需要回答,也没什么好值得回应的。罗伊很小声地问她:"是芒迪打来的吗?是他吗?"

她摇了摇头。

"哦,天啊。"听到最后她突然说道,握着听筒朝着罗伊挥了挥。

在大厅里,罗伊开始穿起他的夹克。

"你要去他那儿吗?"

"他现在有麻烦了。"

"我们也有麻烦,你准备怎么做呢?"她问道。

"回房间里去。站在这儿你会着凉的。"

她紧搂了他。"你会去很久吗?"

"我会尽快赶回来的。我已经累坏了。你现在该去睡觉了。"

"好吧。可是你不打算吻我吗?"

罗伊轻点了一下她的嘴唇,她不满地哼哼着。"可这不是我想去。"罗伊解释道。

"是的,你宁愿去别的地方。"

走到大门处,罗伊打电话给她:"如果芒迪打来电话,记下他的电话号码。告诉他我明天一早就会去他的办公室。"

克拉拉深知这个叫芒迪的制片人的电话对于罗伊,更确切地说是对于他们俩的重要性。她朝他点点头,挥手作别。

只用了不到十五分钟的时间,罗伊便把车开到了位于切尔西的一栋房子处。过去的几个月里,他的老朋友吉米一直住在这里。可是他突然感到一阵疲惫,便把车停在路旁开始反省。他需要反省! 恐惧和不安占据了他。

七十年代中期,罗伊和吉米在一堂关于维特根斯坦①的大学

---

① 路德维希·维特根斯坦(Ludwig Wittgenstein, 1889—1951),哲学家、数理逻辑学家,语言哲学的奠基人,20世纪最有影响的哲学家之一。

课堂上因同坐在最后一排而相识。讽刺的是,尽管吉米比其他学生年长四岁,但他看上却去比那些刚刚离开校园的,罗伊最早的那批朋友们还要世故。他从不会在课后捧着斯宾诺沙①的书卷独自前往图书馆,也不会像罗伊那样,总是带着失望的心情回到家,一边学习,一边幻想着如果自己少一点恐惧之时可能拥有的冒险经历。不!对吉米而言,能够在吃完午餐后到教室里待上一个小时左右,已经算是他给这个大学的恩惠了。在那之后,他常常和那些有望试镜他改编的舞台剧《追忆似水年华》的女孩们混在一起。

在他花了很久时间为所有人试完镜后,河边的天色渐渐暗了下来,穿过黑修道士桥的返家的人流也逐渐变得稀稀拉拉,吉米便会向前走,漫步在这个城市中的各类娱乐场所。他对于一些时髦的电影院、爵士乐俱乐部和派对都了如指掌。除此之外,自从创办了自己的杂志——《模糊边界》,他开始和一些导演、摄影师、文身师和表演艺术家进行访谈。令罗伊没想到的是,这些人中几乎没有拒绝的。在当时那个年代,大学生还是受到人们重视的。吉米总是坐在地板上,点上一卷大麻,然后听着录音机里传来的说话声。他只放磁带里那些无聊的片段,比如人们的闲言碎语以及点酒时所说的话。因为这满足了他的一个理论,即人们是什么样子比他们拥有的想法更有趣。

今晚吉米在电话里说他比以往任何时候都需要罗伊。又或

---

① 贝内迪特·斯宾诺莎(Benedictus Spinoza,1632—1677),荷兰哲学家,西方近代哲学史中重要的欧陆理性主义者。

者，是吉米的那些同伴在电话里转达了这个信息。而吉米本人并没有打那个电话，甚至，他根本连腿都没有挪一步。只不过在电话里听得到他的声音而已。

走到门阶处，罗伊停了下来。他有点犹豫。明天一早他和芒迪还有个重要的早餐会议；会议要讨论他自己写的一部电影。这部影片他已经筹备了两年，即将开拍。另外，这也是第一次他和克拉拉真正生活在一起。原本这只是他们所作的一个决定而已，可是结果——一个即将出世的孩子——却让他们始料未及。

然而，他已经无法转身离开了。在电话里他最想听到的就是吉米的声音。他们的友谊长久以来从未改变，即使在那动荡的80年代中期，当周遭的一切都在快速地发生着变化时，唯有他们的友谊始终如一。对于那些让他感到无趣的人，罗伊都与他们断了来往。那时，每当他独自一人在家，吉米就会在晚上过来陪他说说话。罗伊对此很欢迎，这在他的生活中也是异乎寻常。因为他们并不在一起工作，而相互之间也不存在得与失的问题。吉米对于他的勤奋熟视无睹。每次当他奔波于不同的会议时，另一边，吉米则要么流连忘返于形形色色的酒吧之间，要么就是和女孩们厮混在一起。然而尽管吉米曾经因为入狱而消失了几个星期，但凡罗伊有空，就想和吉米待在一块儿。他们俩可以从一间酒吧晃晃悠悠到另一间，从中午一直待到午夜。他们会在一起肆无忌惮地嘲笑身边的一切人和事。对他而言已找不到第二个像吉米这样的朋友。因为有些话你只愿意和特定的人说。

罗伊轻轻推开门，小心翼翼地扶着两旁的栏杆，沿着没有铺地毯的台阶往下走。他意识到，正如父亲从前一样，他此刻的决心在动摇。墙纸上似乎有被人用指甲抓过的痕迹。从地下室吹来一丝刺骨的冷风;那里的窗户一定曾经被一把破椅子打碎过。

往那个方向看去,吉米正躺在地板上,身旁有一个敲碎的啤酒瓶。唯一完好无损的就是那张钉在墙上的基思·理查兹①的泛黄照片。

吉米此刻没能回到他的床上去。因为一个满脸愁云的中年女人正睡在他的床上。她有着不错的发型,要不是已经烂醉如泥,人看上去还挺健康的。此时一个约莫十六岁的男孩躺在她怀里,露出一丝诡秘又警觉的神色,他全身赤裸,只不过胸口上有一个如同LACOSTE 标志的鳄鱼文身。而那个女人似乎不止一次地想试图恢复一些意识并尝试着把男孩推开,但他却纹丝不动。

吉米躺在地上,就好似一个孩子躺在操场上一样。有一双脚正搁在他胸膛上。这是马可的双脚,他是这间房子的主人,也是一个富裕的瘾君子。他的喉咙上扎着一条沾满血迹的白围巾。在他俩旁边还站着一个叫詹克的男人。

"你的救兵到啦。"詹克对马可说道。马可把脚抬了起来。

吉米依旧四目紧闭。他年仅二十一岁的女友卡拉跑了过来,充满感激地吻了吻罗伊。卡拉和吉米交往了一年,她是波西米亚一个名门望族的女儿。陪在她身旁的是一个跟她年纪相仿的女孩。那女孩有着娇艳欲滴的诱人红唇,头戴一顶豹皮帽子,身着迷你短裙。如果说罗伊已经后悔到这里来的话,他更后悔的是不该穿着这件黑色的天鹅绒夹克来。这件夹克款式修长而且闪亮,使

---

① 基思·理查兹(Keith Richards,1943—),"滚石"乐队吉他手。

腰部收紧，下摆过膝呈喇叭形。它的设计者，也是罗伊之前为其拍摄过录像的一个朋友，曾说过它越旧越有腔调。然而罗伊如今明白，无论何时他只要穿着它，就等于在炫耀他的品位和钱财，也让他看上去像是个有工作的人。

卡拉和那个女孩把他拉到一边向他解释吉米喝了很多酒，卡拉是在布朗普顿公墓那儿找到他的，而那时他正和一个毒贩子在一块儿，尽管他声称早已戒了毒。这一次，她决心离吉米而去，至少在他恢复正常以前，她是绝不会回到他身边的。

"他们都是一群畜生。"吉米醉醺醺地抱怨道。

马可重新将双脚搁在他胸上。

床上的那个孩子，正骑在那女人的身上，他冲着吉米的肩膀瞪了一眼，说道："你他妈的再也别想住在这儿了。你有的是比我们聪明的人可以和你待着。"

吉米大声喊道："这是我的床！别再干那个女人，她吸毒过量了！"

那个女人目光呆滞。

"她没事吧？"罗伊问。

"还活着，"男孩答道，"我能摸到她的脉搏。"

吉米大声地叫喊："他们偷了我那该死的酒，喝个精光，还拿走了我的兴奋剂，花光了我所有的钱。我不要这些家伙在我的地下室待着，他们都是些杂种。"

詹克对罗伊说："听着，他立马就得给我滚出这里。他发疯了，打了我们所有人，然后又想要自杀。"

吉米对罗伊使了使眼色。"哥们，我没有妨碍你晚上的工作吧？你那时是不是正在谈论电影的构想？"

这些年来，罗伊制作过一些音乐录影带和商业广告，也导演过几集肥皂剧，有时他会在影视学校教书。他也曾为英国广播公司拍摄过一部关于一个黑人女歌手长达六十分钟的电影。他那时曾幻想着那将成为开启他事业成功大门的钥匙，然而尽管这部影片饱受好评，却没能让他走得更远。到了八十年代中期，他又拍了几部故事片，但如同其他片子一样，依旧以失败告终。与此同时，他看到那些和他同时期在英国拍电影的人都移居洛杉矶了，还买了有游泳池的大房子。他的一位熟人甚至还获得了奥斯卡提名。

可是至少现在他的这部电影来得正是时候，只不过还缺三分之一的资金，因此后面签订合同以及最终的批复就变得至关重要。然而这些都已近在咫尺。过去的一个星期，芒迪去了一趟洛杉矶和纽约之后告诉他，对于像这样制作水平的项目来说，筹集资金并非是件难事。

卡拉听到吉米的话后说："我想罗伊那时正在忙一些重要的事。"她转向吉米。"他真的是太好了。再见了吉米，我爱你。"

她俯身去亲吻他，他的双手随即在她腿间摩挲。罗伊凝视着墙上基思·理查兹的照片，思索着他曾如何向往无拘无束、自由自在的生活，那种只是一味地追求纯粹的愉悦，而不用去思考若将生活中所有一切都拼凑在一起所要面临的各种难以想象的重负。他不禁开始怀疑这一切是否仍是他想要的，又或者他是否还具有这样的能力去拥有那种生活。

卡拉离开后，罗伊注视着吉米，问他："你想让我做什么？"

"想想《滚筒骰子》①这首歌的歌词你就知道了。"

戴帽子的女孩碰了碰罗伊的胳膊。"我们要去俱乐部了。要不今晚你把吉米带到你那儿去?"

"什么?这就是你们的主意吗?"

"他告诉所有人你是他最好的朋友。他不能留在这里,"那女孩继续说道,"我叫坎迪。吉米说你和芒迪在一起工作。"

"没错。"

"你们在一起做什么呢?做促销广告吗?"

吉米躺在地板上咯咯不停地笑着。

罗伊说:"我马上要拍一部我自己写的故事片了。"

"那能邀上我吗?"她问道,"我可以做任何事。"

"你最好还是和我在电话里谈。"罗伊回答。

吉米在一旁喊,"你那怀孕的老婆怎么样了?"

"她很好。"

"还有那个喜欢坐在你脸上的小妞呢?"

罗伊朝坎迪做了个手势,把她带到隔壁一间没开灯的房间。他取了一些可卡因,转向等待着他的女孩,靠在墙上亲吻着她,呼吸着完全陌生的气息,双手在她身上游走。她大口地吸食,在他吸完自己的那份,想再次拥抱她时,她已经走了。

马可和詹克把吉米抬了出来,塞进罗伊的车里,并让他永远滚蛋。

---

① 《滚筒骰子》(Tumbling Dice),"滚石"乐队1972年发行的专辑《在中央大街放逐》(Exile on Main St.)里的第五首歌。

罗伊载着吉米在国王街上行驶。和往常一样,吉米身着户外的服装,一件羊毛套衫、靴子和一件厚外套。和他不同的是,罗伊的那些同事总爱穿着轻便的服装,而且不会随意走到户外来。他们若想要体验一种季节,便会飞去特定的地方享受那里的气候。而此时吉米身上散发着难闻的阵阵恶臭,罗伊注意到这呛人的气味来自于马可在他胸膛上留下的脏兮兮的脚印。接着吉米从口袋里掏出一条镶有花边的内裤,用鼻子轻轻嗅着,就好像一位公爵夫人在哀悼她逝去的亲人。

这是个机会,罗伊决定了,他要把他在工作中一直演练的诚实和坦率用在吉米身上。他能肯定这对吉米一定有教育意义,能让他学会在得不到自己帮助的情况下也能生存。从另一方面来说,罗伊无法再让自己感情用事了。

他问吉米:"你有能去的地方吗?"

"去干什么?"吉米反问。

"休息。睡觉。过夜。"

"睡觉?我明白了。没关系。你就把我在转角处放下吧。"

"我不是那个意思。"

"反正我以前也露宿过街头。"

"我是说你总是有去处的。比如那些女孩。"

"有时候我会去坎迪那。"

"真的吗?"

吉米说:"你喜欢她是吗?我来撮合撮合你们吧。我有跟你说过她喜欢两腿叉开着倒立吗?"

"你真应该之前在电话里跟克拉拉提到这个。"

"这个姿势很容易舔到她的阴部。"

"特别是到了我们这种年纪,不寻常的体位可能是一种负担。"罗伊补充道。

吉米把手伸进罗伊的头发里。"你知道吗,你已经有白发了。"

"我知道。"

"但我没有。是不是很奇怪?"吉米若有所思了一会儿,说道,"但我不能和她在一起。卡拉不会喜欢我这样。"

"那你父母呢?"

"我已经四十出头了!他们都是将死之人了,还成天叫我脱鞋!每次一见到我就哭!他们……"

吉米的父母是来自东欧的政治难民,在战争中饱受摧残,从一九四九年起便背井离乡,定居英国。在这座城市里,到处都是满怀乡愁的人们,他们期盼着有朝一日能重返故土,但却从未如愿。他们基本不说英语,因此很难在英国找到工作。与此同时,吉米迷恋起了流行音乐。每次他一在钢琴上弹奏布鲁斯歌曲,他的父母便会把他的钢琴锁在花园的小棚里。吉米和他的父母从未能够相互理解对方,但他的生活却依旧像他父母过去一样居无定所。甚至他从未想过拥有一处稳定的住所。

他开始在口袋里到处乱摸,想要找出写在碎烟盒和破烂的地铁票上的电话号码。"你还记得有一天下午我把一个女孩带过来——"

"十八岁的那个?"

"她想得到你一些进入媒体工作的建议。可你当着我的面就在桌上和她干了起来。"

"是媒体钻进了她的身体。"

"没错。可是你还能记起你当时穿着什么衣服,你想要伪装成什么样的人,而你又说了些什么吗?"

"我说了什么?"

"你说那是你这一生中最快乐的时刻。"

"那不过是句玩笑话罢了。"

"是我们所有说过中最动听的。"

"之一。"

他们有默契地相互击掌。

吉米接着说:"第二天她便离我而去。"

"真是个明智的女孩。"

"我们利用了她。她有属于她的灵魂,而你却没有给她应有的尊重。"吉米把身子靠了过来,摸了摸罗伊的脸庞。"我只是想说,即便你是个浑蛋,我也爱你,哥们。"

吉米开始用手打着音乐的节拍。他可以像个孩子一样立马恢复精神。然而,罗伊已决心要开始提防来自他这个朋友的摆布。这就是为什么吉米自从离开学校后,即使从未工作也依然能够生存。多年来,女人们总是一个个地拜倒在他脚下。如今他在她们面前已是一败涂地。可即便他在走下坡路,她们还是一如既往地喜欢他。她们中的许多人对他随时可能失去的天赋深信不疑,认为这种姗姗来迟的天赋在过去的几年中被完好无损地保留下来。

吉米总能侥幸逃脱麻烦。他得到了超出了他所应得的。这是种幸运，也是一种挑衅，是对公平的嘲讽。

这些罗伊曾经通通思考过，但那时他并没有不理解或是嫉妒，直到他明白了吉米给予女人的是什么。酗酒，苦恼，失败，疾病，他把绝望带给她们，然后又心安理得地竭尽所能去索取她们的关心。罗伊猜想，她们仰慕的是他与生俱来的邪恶。不是每个人都有勇气在没有光明的地方继续一步步走向深渊。在罗伊看来，这也证明了还有不少女人依然把牺牲视为她们的目的。

"友谊"二字此刻不断地闪现在罗伊脑海中。他回想起蒙田①曾经说过的几句话。"若我不得不说出爱他的理由，我想，唯一的答案就是'因为那是他，因为那是我'。"还有另一句。"友谊，让人向往也使人愉悦；然而唯有喜悦才能使其产生，滋养并增长。因为它是精神上的。而灵魂，在友谊的实践中得到净化。"然而，蒙田谈及的朋友并非是那些打算和你住在一起的朋友，可吉米似乎心意已决；他也没提到要和这样的人相处：这些人不相信如果有机会，会有人宁愿清醒而非宿醉；也不相信人一旦开始酗酒，便不会自愿停下来，直至离开这个世界——这是吉米发现的唯一自然的睡眠方式。

罗伊对他自己拥有怎样的社会或是政治义务毫无头绪，也想不出这些责任从何而来。大学时期，他满腔热情，善心大发，收集各种意见，而在这几年里这些早已被他抛到九霄云外。更确切地

---

① 蒙田（Michel de Montaigne，1533—1592），法国文艺复兴后期、16 世纪人文主义思想家。

说,是从人们不再相继穿同一款服装开始,直到他们不由自主地发生转变。从那时起,罗伊不再安居于他居住的任何一个世界,而是像光顾酒店一样一个个光顾过来。在这个过程中,他从不考虑亏欠别人什么。今晚,这个满嘴谎言、烂醉如泥、衣衫褴褛的浑蛋需要的是哪一种爱呢?

"嘿。"罗伊注意到吉米紧紧抓着手刹。

"停车。"

"现在?"罗伊问。

"对!"

吉米早已从车内爬了出去,冲向几步之外的外卖酒店。他还没清醒,却清楚地知道身在何处。罗伊别无选择,只能跟随其后。吉米要了一瓶伏特加。然后,他注意到罗伊掏出身上仅有的一张五十英镑纸币,他不太满意,于是又点了一瓶威士忌。在侍者转身之际,他偷了四听啤酒藏在夹克里,一边还数着找给罗伊的零钱。

一个乞丐站从外面把帽子伸了过来,嘴里含糊地唱着几句歌词。吉米蹲下身子,直到和乞丐差不多高度,把那五十英镑找下的零钱塞进了他的帽子里。

"我只有这点了,"吉米说,"该死的,真的就那么多了。把这个拿上。反正我马上就要死了。"

乞丐把纸币拿到灯光处。这实在是太多了。罗伊想上前把它们抢回来。可这个流浪汉早在他们面前消失得无影无踪,只听见他反复的哼着:"在你的路上,在你的路上……"

罗伊转向吉米。"这是我的钱。"

"对你来说并不算什么,不是吗?"

"那也不是你的钱。"

"谁在乎它们是谁的?他比我们更需要。"

"……在你的路上……"

"这不是我们的责任。"

吉米好奇地看着罗伊。"你怎么会这么说?他那么可怜。"

罗伊发现又有两个无家可归者正拖着脚步走来。街道的前方还聚集着许多人,他们期待着能得到同样的施舍。

"……在你的路上……"

罗伊把吉米拉进车里,从里面将他反锁。

顺着罗伊的住所,两个白人男孩正懒散地倚在墙上,一脸打着坏主意的模样。他们住在附近的一个地下室里。警察常常在他们的屋外徘徊,男孩们的母亲请求警察能把他们带走。可是警察局却表示无能无力,只能等这两个家伙再长大些。不知多少个清晨,罗伊都会穿过一片散落着汽车玻璃碎片的地方去取他的《独立报》。有几次他还主动和男孩们打招呼。现在他们已会向他点头示意。也许有一天他会抛弃内心的恐惧,能和他们正常地交谈。因为他并不认为有这样一些用任何方式都无法与之交流的人存在,只是不知道该从何谈起。同时,从他的住所往外看,也很难看到酒吧和镶有格子的板条。他在床边放了一把刀和一把铁锤,提醒自己要留意不要太用力地翻身,以免敲到紧挨着枕头的红色报警按钮。

"这就是你的新家?看上去挺舒服的,"吉米说,"你都没邀请我参加你的乔迁派对,不过我想克拉拉现在看到我会很开心。她一定希望我拎着几个箱子站在门口,然后告诉她我得在这儿住一阵子。"

"你太吵了。"

罗伊带吉米走进客厅。然后他跑上楼,打开卧室的门,在黑暗中听着克拉拉的呼吸声。那个晚上他原本想和她上床。电话铃响起的那会儿,他正煞费苦心地做着准备工作。从任何方面都不要让她感到不愉快,这一点是很重要的,因为对她而言,要拒绝他是一件既简单又合她心意的事。他过去常常紧挨着坐在她身边,心灵感应般地向她传递爱的感官信息,这是他比较偏爱的一种交流方式。因为他们很少会无缘无故地触碰对方,直接的身体接触——他把手伸进她的头发——会很冒险。可假如他成功地未受阻挠触碰到她,即便,也许只是说服她把裙子稍稍拉高一点,也能使他感觉仿佛是成功的开始。至少,他知道成功并不是没有可能的。想到这点,他想他应该快点上楼睡觉,换好睡衣,以免让她嗅出来自外面的空气。他不得不小心谨慎地防止她了解事情的端倪。

他试着去猜房门内的克拉拉会是什么情绪。如果之前有什么事被他忽略了,比如忘了锁后门或是清空洗碗机,那他就必须想好如何滴水不漏地应对。要不然他就能看着她边看电视边褪去衣衫,而且用不到一会儿的工夫,他的手指就能伸进她那诱人的下体。

可是,等等:她那时已靠在床头,嘴里含着润喉片,和他讨论着重新将房子的前面部分修葺所需要的开销,一边观察着脚上的鸡眼。他已欲火焚身,下面早已像把尺一样把睡衣高高顶起,他恨不得把它打下去。

当克拉拉躺在他的身边看着电视,而他则爱抚着她的乳房时,她继续装作什么都没发生。或许对她而言,确实如此。尽管她表现出一副相信前戏的样子,认为起码对她是有作用的。过了一会儿,她甚至会除去身上所有的衣物,尽管不是如演员般丝毫没有颤抖,来证明性是可以让人欲火焚身的。在这样的鼓励下,罗伊会快速地爬过地板,到抽屉后面寻找一条褶皱的黑色尼龙内裤,让她看到男人的这种低俗趣味,如果他运气好的话,说不定她会把它穿上。他明白,一旦她不看电视了,就表明她终于被他彻底征服。不幸的是,当她知道自己已经吸引了他的注意,却总是用这样的机会为他所犯的一点点过错而指责他。而他原本应该在这个时候高兴地用吻封住她的唇。

这所有的一切,虽有他们的努力,但双方都愉悦是必不可少的。因为第二天清晨,她喜欢搂着他,索要他的亲吻。

此刻罗伊只能关上房门。在回到吉米那里之前,他走进了隔壁房间。克拉拉此前买了一张换尿布的桌子,上面放着许多副手套、婴儿穿的小靴子、小红帽,还有比手帕还小的羊毛衫。窗帘上印有小飞象的图案。墙上挂着一张农场的照片。

他都做过些什么呢?她对他来说始终像个谜。在过去的五年里,从没有一个女人会像克拉拉那般热情地追求他。从一开始就是,没有一天,她不会不送花和书给他,邀请他去听音乐会,看电影,或者做饭给他吃。或许她在试图点燃他内心的浪漫之火,而这种浪漫的感觉一直是她所渴望的。他顺理成章地接受着。其他的时候,他曾试图把她从身边推开,也总是同时拥有别的女人。现在他才发现那是多么幼稚的反抗。克拉拉的爱更像是一场突袭。因为她想要一个家。而他虽然喜欢计划好一切,却只知道他想要找怎样的工作,可他还是顺从了她的心意,只为了想看等待他的会是什么。他很容易被征服;孩子即将到来;这让他有些晕头转向。

他背靠着墙,用力地拖着一个床垫。有了它吉米住在这里会很舒服。但也许会让他过于惬意了,罗伊这样想着,于是空手走下楼梯。

吉米正躺着,双脚搁在沙发上。他的身旁放着从酒柜里拿来的一瓶啤酒、一个玻璃杯和一瓶杰克丹尼。他正用罗伊从美仑大酒店和奥迪安带回来的火柴点起一根烟。这两家都是纽约不错的餐厅,罗伊保存着那些火柴,用来吸引别人的注意。

克拉拉没有留下提到芒迪的便条。电话答录机里也没有他的留言。

罗伊对吉米说:"哥们,你还好吧?"他想通了他爱他的朋友,虽然他羡慕吉米那么容易满足,但很高兴有他在这里。

吉米说:"我要的都有了。"

"先别把这瓶杰克丹尼喝光了。我们买的那些酒呢?"

"别像个同性恋似的。我还不想马上动那两瓶。看来——我们又在一起了。"吉米举起他的酒杯。"他妈的见鬼了吧?"

"真他妈的见鬼了!"

"让一切都见鬼去吧!"

"去他妈的!"

剩下的杰克丹尼都被喝光了,罗伊扑向时钟的时候,他们已经又喝完了半瓶伏特加。唱片响起,包括了"黑色安息日"乐队的歌曲。一部德国色情电影正在播放,他们把声音关了。房间里弥漫着大麻的烟味。他们一定饿坏了。于是他们用锤子撬开了一听烘豆罐,汁液一下溅到墙壁上,罗伊骑在吉米的肩上,用靠垫的套子擦拭着沾满污迹的天花板,然后把它塞进吉米的嘴里好让他冷静下来。罗伊不记得他们是何时为了展示《光头月亮重踩》①的音乐而脱光了身上的衣服。他也记不清是否是他想象中的,他们的邻居砰砰地敲他们的墙然后又开始敲前门。

似乎没过多久罗伊便匆忙地赶往索霍要了份奶油吐司,接着在瓦莱丽法式蛋糕店点了杯咖啡。在他的职业生涯里,早起已变成一种习惯,若有时一不小心睡过七点,他便开始恐慌,担心生活会在不经意间就离他而去。

十点前,他已出现在芒迪办公的场所。许多带着伦敦周边地区口音的女孩们正大步穿梭在空旷的区域里,手里摇晃着合约,她们中的大多数看上去都身着鸡尾酒裙。罗伊的到来让她们感到吃惊。她们不知道芒迪是否仍在纽约、洛杉矶或巴黎,或者他将何时回来。他正在"筹钱"。罗伊询问了其中七个人是否能回忆起在《第三人》②中哈里·莱姆的英国朋友的名字。因为这是他一直萦绕在心头的问题。但她们中只有两人看过这部影片,但都记不得了。

罗伊感到无事可做。他推掉了一年的工作来制作这部电影。

---

① 《光头月亮重踩》(*Skinhead Moonstomp*),英国乐队 Symarip 在 1970 年发行的专辑。

② 《第三人》(*The Third Man*),1949 年由卡罗尔·里德执导的电影。

刚刚过去的那个夜晚已把他的精力耗尽,但他觉得仿佛他只是吃了一粒甜甜的麻醉药。今天他应该没有什么好担心的了。很快他就能听到芒迪的消息。

他在科芬园①四处游荡,从八十年代中期开始,他便很少只看不买。他父母的经济并不拮据,但他们对金钱的态度却很保守。如果你想要一样东西,先得想一下你是否真的需要它,如果没有它是否可以。这样说来,如果逼问他的话,他有太多的东西可以不需要。然而在这十年的鼎盛时期里,金钱不断地涌入他的账户。即使他不喝啤酒改喝香槟,即使他服用可卡因,而且一天五次乘出租车从索霍的一头到另一头,也几乎不会影响到他的收支平衡。这就像是一个充满诗意的乘法;他花得越多,便越发地欣赏他的生活。

他一直热爱那个时期。在过去的十年里,狂热的创业精神,活跃的个人主义,自我放纵以及愤世嫉俗前所未有地深深吸引着他。虚伪被他抛弃。朋克运动和虚无主义盛行。知识、传统、体面和口惠都给平等让了路;"原则"的谈论,学生的服装,女权主义谬论和保卫政权的争论——这些"错误的尝试"——他的朋友们甚至无法忍受五分钟:这种虔诚的言论和尼采的哲学一起为人们所鄙视。那是个振奋人心的年代。

他会去关注一些贵得离谱的东西——西装、电脑、照相机、汽车、公寓——并敢于去买,只为了发现这样不计后果的结果是什

---

① 科芬园(Covent Garden),伦敦中部最时尚的潮流区之一,位于西区的黄金地段,是市内有名的娱乐文化热点。

么。在一切都失去理智前,你能拥有多少快乐?他喜欢从商店返回后打开高档的购物袋,掀开包装纸,一边播放新买的装在精巧的光盘盒里的 CD,一边试穿各种式样的衣服。他喜爱光顾那些由黑色合金、铬合金或者霓虹灯建造的新开张的饭店、酒吧、俱乐部、商店和画廊,如果幸运的话,每一处都能让他保持一个月的新鲜感。

在世界的尽头,生活变得更像一场派对。他对此感到厌倦,正如人们会厌倦喝香槟或者踢死尸。一旦结束,便什么感觉也没有。如果要有什么感觉的话,就要去重新制造了。

他经历过那样的年代,无论男女都充满活力却冷酷无情,缺乏能力也不擅长坚持。即便他们中的多数人都失败了,他们的愚昧无知却让罗伊困惑,他想要知道是否他过去努力学习,并视之为"文化"的东西,都是毫不相干的。一切都应该是相同的:商业广告、贝多芬的晚期四重奏、流行唱片、店面、弗洛伊德和五颜六色的头发。伟大、比较、价值、深度:丧失了、丧失了、丧失了。任何事物都能给人带来一些愉悦;他认识到了。但并非一切都能给带给人深刻的感悟。

几个月前他的工作开始变得枯燥无味。无论是制作商业广告、音乐录影或是电影,罗伊总是尽可能做到最好。如今他会顺从客户的一切要求,只要他能够早点离开。

在就在这个时期,他开始创作自己的电影。一旦他看了一部好的影片或是读了一本好书,便开始查询导演或作者的年龄。他越来越为自己感到惭愧,因为他仍满怀希望地想成为某一类演员。演员这个词本身听上去就底气不足;而且他的这个愿望似乎有点不成熟,易受干扰也让人尴尬。

曾经,电影节期间在维也纳的一家餐厅里,他遇见了费里尼①和几个朋友一同进来。这位大师伸出手走向每一桌。然后这个骄傲的男人坐下并安静地就餐。那是一种怎样的平静!罗伊常常在想,要是一个人执导过了像《甜蜜的生活》,更不用说《八部半》这样的电影以后,他的心情会是怎样。这会带给他怎样的一种平静的心态,让他在吃早餐或是等候医生询问他所担忧的病情时,能忍受生活里各种辉煌成就之间的沉寂期!

伯格曼②、费里尼、小津安二郎③、怀尔德④、卡萨维兹⑤、罗西⑥、雷诺阿⑦:他们象征着光辉!罗伊常常在早晨五点起床,在收音机前如同吸食"维他命"般地听着他酷爱的诗歌。然后观看几分钟的《阿玛柯德》⑧,这里面展现了费里尼全部的生活,能使他全天都充满灵感。其中有几处情节他会分好几次反复观看,研究当中的写法、表演、灯光以及镜头。在制作商业广告时,他能复制一些特定的镜头或是整个画面的色调。"要不要来点伯格曼?"他会说,"还是你想在这里来点费里尼吗?"

---

① 费德里科·费里尼(Federico Fellini,1920—1993),意大利著名编剧和导演,曾获得五次奥斯卡金项奖。其主要作品包括《甜蜜的生活》《八部半》等。
② 英格玛·伯格曼(Ingmar Bergman,1918—2007),瑞典国宝级编剧、导演,20世纪电影大师之一。
③ 小津安二郎(Yasujiro Ozu,1903—1963),日本电影导演。
④ 比利·怀尔德(Billy Wilder,1906—2002),美国电影导演、编剧。
⑤ 约翰·卡萨维兹(John Cassavetes,1929—1989),著名的实验电影导演。
⑥ 弗朗西斯科·罗西(Francesco Rosi,1922—2015),意大利导演。
⑦ 让·雷诺阿(Jean Renoir,1841—1919),法国著名导演。
⑧ 《阿玛柯德》(Amarcord),费里尼所执导的一部电影,是导演的半自传式电影,也是其生涯的代表作之一。

在纽约的时候他去看了《黑暗之心》①,这是部有关科波拉执导《现代启示录》②的纪录片:他开始意识到什么事他不会现在去做:从飞机上跳伞;参加战争或革命;背包环游整个印度尼西亚;同时和三个女人上床,两个也行;学好俄语,或是法语;或者让人教他建筑学原理。可是一连几天,他都在渴望能有一些非比寻常的计划出现,在这些计划里,一切都能拿来冒险。

那会是些什么计划呢？在他成年后的大部分时间里,他一直都在努力紧跟潮流,了解最新的电影、音乐、文学乃至戏剧,以确保别人提到的他不会不知道。但如今他早已没了头绪,然而他却并不介意。他想要的是去施展自己的才能。可是他为自己的平庸而痛苦。而且他发现了,除了梦想以外,性幻想是绝大多数人允许自己拥有的最富想象力的活动。活在现实中——不管怎样——才是关键。

清晨,在自己的花园里,他开始写作,把写在索引卡上的各个情节片段摆放在草坪上,仿佛是在考验耐心。要集中注意力并非易事。他并不习惯像这样长久地努力做梦,尤其是当成果还远在天边,无法确定也不能立即兑现为支票或是引起同行们的兴趣时。那么为什么不等到明年再开始呢？

---

① 1991 年的纪录片《黑暗之心:制片人的启示录》(*Hearts of Darkness: A Filmmaker's Apocalypse*),由艾莉诺·科波拉(Eleanor Coppola)、福克斯·巴尔(Fax Bahr)和乔治·海肯卢珀(George Hickenlooper)执导,片中记载了制作《现代启示录》中的困难和全体工作人员努力,以及艾莉诺拍摄时的幕后花絮。

② 《现代启示录》(*Apocalypse Now*),由弗朗西斯·福特·科波拉(Francis Ford Coppola)执导,获 1979 年法国戛纳国际电影节金棕榈奖,以及奥斯卡最佳摄影、最佳音响两项大奖。

几天坚持下来以后,他开始凝气聚神让思绪飞扬。在这些时刻——他提醒自己,即便他迷失在自己正在做的事中——他以前所问过的关于生活、它的意义和方向的问题,如果有任何关于怎样才能最好地活着,那么答案就只有一个。来到这里,开始工作。

　　就这么定了。他忙不迭地开始拍摄。个人的满足并不重要。这部电影必须要赚到钱。在他开始长大成人时,媒体并不被认为是聪明的孩子会选择的行当。和流行音乐一样,电视节目起先不受人们重视。但结果却证明它的收益最高。和他学生时代的那一批人相比,他已经算是成功了。然而家里的生活正在开始步入正轨,他必须在离开这个世界之前取得成就。那样的话他和克拉拉会生活得很好:保姆、收费高昂的学校、假期、宴会、服饰。当一切朝着设定好的美好的方向发展时,谁还能够再坦然地接受放弃其中的一些呢?

　　整个上午他都感到心神不定。终于他给克拉拉打了电话。她那会儿病了,下楼时发现吉米睡在地板上,周围是一片昨晚剩下的残局,他的身上裹着拽下来的桌布和窗帘。他还在一个粉色的玻璃杯里撒了尿并且把它放在了桌子上。

　　让罗伊没想到的是她心情挺愉快。不过这倒是事实,她一直对喜欢会和她调情的吉米有好感。但他无法想象她竟然想要吉米留在他们家中。她并不是那种既酷又放纵的嬉皮士。她在一所大学里教书,很有前途。大多数的事情能让她感兴趣,她也总能激发别人的兴趣。她热情洋溢,热衷于充满活力的生活,总是施恩于他人,罗伊是这样觉得的。她和罗伊一样也喜欢八卦。别人的不幸和空虚能给他们带来快乐。但这也主要是因为她拥有的睿智的头脑和聪颖的智慧。她缺少吉米所偏爱的那种感性的自我观察。在他们两人都想进一步发展的时候,是她的简单直白吸引了罗伊。

罗伊很高兴她表现出的对吉米的友善,他想今天和吉米待在一起。

吉米穿着罗伊的浴衣从浴室里走出来,坐在餐桌前。桌上摆放着炒鸡蛋、报纸和他的烟,《让它流血》①的音乐大声地放着,罗伊记起了他们在大学里的时光,那时每次聚会结束后,他们会通宵不睡觉,第二天早上要么坐在酒吧的花园里,要么拿着 LSD 沿着小河向哈默史密斯②的桥走去。吉米恐高,因此他总是要闭着眼睛才敢跑过去。

罗伊一边读报,一边偷偷地观察着吉米的饮食和在房里走来走去的样子,像是已经在这里住了好几年。罗伊感到惊奇,每件小事过后,吉米总会花很长的时间默默发呆,仿佛每个动作都勾起了他一连串的回忆、遗憾和沉思。接着,吉米会搜遍他的口袋找寻电话号码,然后一而再,再而三地把它们弄乱。最后,吉米舔了舔盘子,满足地打了一个饱嗝。罗伊在把地上的碎屑清扫干净后,决定给吉米一点暗示。

"你今天准备做什么?"

"做?哪种意义上的?"

---

① 《让它流血》(*Let It Bleed*),"滚石"乐队于 1969 年发行的专辑。
② 哈默史密斯(Hammersmith),英国伦敦自治市。

"意思就是……去做一些事。"

吉米大笑起来。

罗伊接着说:"也许你该考虑找个工作。这样的状况对你有好处。"

"状况?"

吉米坐直了身子说话。沙发边上有一个前晚留下的啤酒罐;他忘记了之前把它当过烟灰缸来用,一口喝下去,马上又吐了出来。随即他从冰箱里拿了罐啤酒,恢复到他本来的姿势。

吉米开口:"你指的是哪种工作?"

"有收入的工作。你肯定听到过。你每天做一些事——"

"通常是你不想做的事——"

"不管怎样。尽管也有可能是你喜欢的。"吉米对此嗤之以鼻。"每周结束时,他们会发给你钱。你可以用来买东西,而不必去乞讨。"

这个观点迫使吉米又重新回到座位上。"你过去崇拜超现实主义者。"

"朝着人群射击的家伙!是的,我曾喜欢那样,当我——"

"你不觉得他们会为有收入而工作这样的想法笑破肚子?你知道这简直就是农奴制。"

罗伊躺在地上咯咯地笑。吉米的想法对于他来说几乎都是新奇的。听他说话提醒了罗伊作为失败者的快乐,过去他认为这种满足感不会受到重视,而现在他有时间来思考了。按照积累和会计学的法则,毫无疑问,吉米在失败方面具有天赋。而想要发掘一种不断让人失望的才能,光缩在角落里无所事事是没用的。必须要对那些既无法实现又不现实的事不断增长期望,增加期待,即便最终只是一场空。吉米是个聪明、目光炯炯有神、具有说服力的人。和他在一起,总能找到解决事情的方法。所以,在历经千辛万苦后,实现一场完败,也算是一种成就。所幸的是,吉米总是在一些大事上让你失望:无望、无能、灾难和各种不幸——他可以让它们像噩梦一样不断出现。

这并不是没有让他付出代价。没日没夜地喝酒;羞辱朋友和陌生人;参加未受邀的派对,然后试图和未成年女孩发生性关系;借钱却从不归还;撒谎,编造无力的理由,变得善隐,多变,自私。这些需要的是他的决心、准备,也衡量了他的创造力。他曾有许多优点,但都变成了他需要去攻克的障碍。然而,几年的勤奋下来,他终于收获了失败的成功,更确切地说是胜利。

吉米说:"富人希望穷人替他们卖命,干越多活越好。虽然穷人被剥削但却能让自身摆脱困境。这是每个人都明白的。"他拿起一本色情杂志——《桃子》,随意地翻阅起来。"你不会以为我会迷恋这个玩意儿吧?"

罗伊感到眼皮沉重。他居然在一大早就犯困了!为了让自己清醒过来,他在地毯上慢慢踱步,努力地回想就业的好处。

"吉米,有一些事我不明白。"

"什么?"

"难道你从来没有在醒来时有这样一种感觉,觉得有事情没有完成?觉得时间和所有可能性都丢失了,都被浪费了吗?还有失败……很多事情上的失败——都是可以战胜的。你从没想过吗?"

吉米说:"那是不同的。你不了解世俗的工作。没有所谓的最差的工作。你生活在自己封闭的世界里已经好几年了,不知道外面的世界是什么样的。但就你所说的那种真正的工作,我可以告诉你,每个该死的早晨我醒来时都感到时间从我身边飞逝。而且不只是白天。孤独……恐惧。我的心在颤抖。"

"对!那你难道没有想过,这会是一个全新的早晨,也许就在今天,我能将过去赎回?就在今天,我能做一些真正有意义的事情?"

"有时我确实会这么想,"吉米说,"但更多的时候……实话实说吧,罗伊,我知道没有一件事可以完成。没有一件事,因为时间早已一去不复返了。"

喝完啤酒后,他们互相搭着肩膀走了出去。罗伊家所处的街角处有一间简陋的酒吧,外面有一排长凳。三月到九月之间,许多当地人会在此聚集,通常他们只穿着短裤。他们会在十点半从地下室里爬出来,在十一点的时候,他们便坐在酒吧里,喝着啤酒,嚼着面包,吸食大麻,对着马路大声叫喊。他们的女人,则会成群结队地经过,推着装满战利品的购物推车,看上去愤愤不平又激情四射。

有一次罗伊经过那儿,听到从里面传来的激动人心的叫喊,是斯普林斯汀[①]的《饥渴的心》。他会在门口忧心忡忡地徘徊:这首歌一定会激起人们的轻狂,挑起他们的欲望,去追寻不一样的经历吧?然而里面的人仅仅只是动动嘴而不出声。

---

① 布鲁斯·斯普林斯汀(Bruce Springsteen,1949—),美国歌手、词曲作者,摇滚乐巨星之一。

他想起了少年时期使他深受影响的书,以及书本里是如何关注青年人远离家庭和家庭生活,将自己放逐在不同边缘的现象。但除了把人们带向自我毁灭和疯狂外,它还能怎么样呢?如今你又怎么才能做这样的事呢?你能逃向何处?

罗伊喜欢的一家当地小酒馆天花板很低,有一个半圆形的橡木柜台。此外,它还很长也很深,由一个个小间、角落和拐角隔开。男人们独自坐着,看书,凝视,自言自语,仿佛在绘制一幅名为《午后的饮酒者》的画像。那是一种惬意的漫无目的;在这里,什么都不需要发生。

吉米举起了酒杯。罗伊注意到他的手在颤抖,他的皮肤看上去有摩擦过的痕迹且变了色,指关节处的皮肤被擦掉了,手指被咬过。

"对了,今天早上克拉拉怎么样?"

"那是她,对吗?"吉米问道。

"是的。"

"她太直白了,但长相不错。有点像简·诗琳普顿①。"

"你这么跟她说了?"

吉米点了点头。

罗伊说:"这就是你的伎俩。看来从现在起的几天里,你都能讨得她的欢心。"

"你现在还和她上床吗?"

"在我控制不住的时候,"罗伊说,"你会觉得她会在意性乐

---

① 简·诗琳普顿(Jean Shrimpton,1942—),20世纪60年代的英国超模。

趣,可她却说睡在我旁边就像是睡在一袋隔夜的垃圾旁边。"

"她有你应该感到幸运。"吉米说。

"我?"

"哦,是的。她也知道这点。还要感谢基督,现在有的是女人在那等着和人上床,而且人们也不惧怕艾滋病了。"

罗伊说:"同样也很容易低估婚后的爱可以多么随性又让人安心。你可以边做爱边聊些别的。这不是在运动。你可以随意地动。这只是通过一种友好的方式来证明一切都还好。"

"我可从没体会过。"吉米说。

"你也不想。"

"谢谢。"

过了一会儿吉米说道:"我有提到今天早上接到过一个电话吗?从某人的办公室打来的。星期二?"

"星期二?"

"还是星期三?"

"是芒迪!"

"芒迪? 是的,有可能是……前些天里的一天。"

罗伊一把抓住他的后颈,轻微地摇了一下。"告诉我他都说了什么。"

吉米答道:"结束了。一切都追随永恒消失了——所有的思想和言语。"

"不是这句。"

吉米扑哧笑出来。"那个人说他在飞机上。或者之前在飞机上。他在找东西喝。"

"什么时候?"

"我想是……今天。"

"天啊,"罗伊说,"把你的酒喝完。"

"就喝一小杯,消消我们的脾气。"

"起来。这是件大事。这可事关我的电影,兄弟。"

"电影?什么时候上映?"

"几年以后。"

"什么?那有什么好急的。你是怎么想到那些时间的?"

罗伊把酒杯塞到吉米嘴边。"喝了它。"

罗伊明白,芒迪可能会路过这里,然后逗留几分钟,把他仅仅当做一个员工;或者他也有可能待上五个小时,谈论政治、书籍和生活。

芒迪身上体现着他明显的年龄特点,尤其是他的清欲寡欢。虽然总有一群女孩围着他;他富有,而且从事电影行业;到处都是自我放纵的机会。但是他唯一的恶习就是拼命工作,尤其是谈合约。他最大的快乐就是在一桩生意谈完后大吼道:"当然,如果你一直坚持,或者找到了一个更好的中介,我就会付更多的钱。"

他的确嗜好可卡因。但却并不喜欢别人提供给他,因为那样就暗示了他在吸食,而自从这玩意过时了以后,他就再也没碰过。然而,他喜欢看到桌子上随意地摆放着几排,这样他也会顺便把鼻子靠近嗅一嗅。

可卡因一定能让事情进展得更顺利。在罗伊把吉米领回家的时候,他想到了这个问题。有这么一个人——厄普顿·特纳——

他就是那个稀有的人,一个非常可靠的毒品贩子,他会到家里来交易,偶尔是在约定的日子前来。罗伊对此很感激——他的需要那么迫切——因此特纳以前来的时候,罗伊会询问他的健康和家人,这恐怕让特纳误解了,以为他也是一个贩子。他成了一个讨厌的人。上一次罗伊打电话给他时,特纳把电话摔在一边,大声喊着警察就在门口,等着他的是坐牢二十年!罗伊听着他说的时候,特纳那边正把价值几千英镑的粉末倒进了抽水马桶,结果却发现那个站在门口的不过是一个想要问他借铁铲的邻居而已。

尽管特纳状态不稳定,罗伊还是给他打了电话。特纳说他会顺道过来的。就在那时,芒迪的办公室也来了电话。

"他来找你了,"他们说,"你哪儿都别去。"

"可是什么时候呢?"罗伊嘀咕道。

"在不久的将来,"一个很酷的女孩回答道,紧接着又笑着补充道,"当然啦,是在这个世纪。"

"哈哈。"

至少他们还有点时间。罗伊一边注意着特纳的汽车声,一边又和吉米喝了几杯。终于,罗伊让吉米到窗户跟前来。

"他在那儿。"

"不会吧!"吉米抓着窗帘好让自己有些力气。"这一定是个玩笑。那个人不是特纳。可能是芒迪。"

"就是他,我可以肯定。"

"他不觉得自己——干这行的,不是太惹眼了吗?"

"你也这么认为?"

"我的天啊,罗伊,你还要让这个人到你的新家来?"

他们看着特纳试图把那辆黑色的旧罗尔斯①停在空地上,他的比特犬坐在前座,车窗里传来轰隆隆的音乐声。可他的座驾哪里都停不进,最后只好违章停在马路上,这样一来使得周围的交通开始阻塞。他带着那条吵闹的狗,迅速地走进房子。特纳是个矮小、秃顶的中年男人,穿着一件白衬衫和灰色西装,紧贴他的臀部,裤腿呈喇叭形展开,一直盖到脚踝。他看到吉米在桌子旁喝酒,突然停了下来。

"罗伊,我的儿子,你他妈的真让人生气。你为何不告诉我说我们要找点乐子,我好带些摇头丸过来。"

"这是吉米。"

特纳坐了下来,两条腿敞开着,往后拽了拽他的夹克。紧身的裤子暴露了他生殖器的轮廓,仿佛在等人们喝彩。他伸进口袋,摸出一个塑料袋往桌上一扔,里面装有五六十个小纸袋。吉米在一旁摩拳擦掌,充满期待。

特纳开口:"这些你们想要多少?呃?"

"不清楚。"

"不清楚?你什么意思?"

"就是这个意思。"

"好吧,"特纳让步道,"试一下,试一下。"

罗伊打开其中一个纸袋。

"从没发现你的这些箱子里有那么多书和录像。"特纳在房里走来走去时说道。他走到一堆书前,停了下来,说:"都按字母顺序

---

① 罗尔斯(Rolls),世界上最昂贵的小轿车之一,是地位的象征。

排好了。思维很有条理。作为一名推销员,我通过观察人们的房子来评价一个人。这些你全都读过吗?"

"真奇怪,每个人都这么问,"罗伊带着略显轻松的口吻答道,"真的很让人吃惊。特纳,你想喝点或来点别的什么吗?"

"那你一定懂得很多。"特纳不依不饶道。

"这不一定,"吉米说,"两者没有必然联系。"

"我懂你的意思。"特纳朝吉米眨了眨眼,两人同时笑了。"但是这孩子肯定是懂一些的。我敢打包票,我就是那么慷慨。"他点燃一支烟,夹在凹凸不平的手指间,环顾着厨房。"不错的地方。你和你老婆把这儿装修过?"

"是的。"

"当然。我打赌,你的生活总体而言过得相当不错。戏剧、旅行、时髦的朋友。警察不会来找你麻烦是吧?"

"不会像他们对你那样,特纳。"

"是啊。没错。"

"特纳在想他可能会被判上个十五年吧,对吧,老兄?"

"是的,"特纳答道,"有时候是二十年。我在考虑——"他注意到吉米在强忍住笑,然后转过身发现罗伊露出得意的笑容。他说:"我在考虑许多屁事。罗伊先生,现在你知道我在这里要是想问你一些什么,我他妈的要费多大劲,思考多少东西。"

吉米对罗伊说:"你准备好听特纳先生的问题了吗?"

罗伊轻轻敲了敲放在桌上的剃须刀片,然后把粉末整成厚厚的长条。他和吉米俯身吸了一口。特纳终于坐了下来,指着那些纸袋。

"你想要多少?"

"三包。"

"多少?"

"我说三包。"

"他妈的。"特纳重重地用拳头敲打桌子。"废物。"

罗伊说:"想来块馅饼吗?"

"我可以来点。"

罗伊切了一块克拉拉做的樱桃馅饼给特纳。他咬了两大口后就把它整个给吞了下去。罗伊又切了一块。这一次,特纳坐在椅子上,背向后靠,举起手臂把它朝厨房的方向扔了过去,好像准备扔到墙壁上砸碎一样。他的狗猛扑过去,就像一群食人鱼。它上了年纪,吃起东西来淌着口水,上气不接下气。一吃完,它就跑回到纳特的脚边,一动不动,等着主人给它更多美味。

纳特对罗伊说:"你刚刚是说三包吗?"

"对。"

"你知道的,你一叫,我就大老远地跑来了,什么也不图,"他讽刺地说,"我还想着被判十八年呢。"

"这么说的话,倒不如四包吧。四克。对吧,吉米?"

特纳打了一下狗。"你马上就能再吃一块了。"他对着狗说。他看了看吉米。"十包怎么样?"

"就十包吧,"吉米对罗伊说,"我们会明天没事的。十包应该能帮我们渡过难关。"

"聪明,"特纳说道,"提前开始计划。"

"十包?"罗伊说,"不行。我觉得你不该强迫人。"

特纳的声音变得尖锐。"你说我强迫你？"

罗伊犹豫了片刻。"我的意识是说……这并不是个好主意。"

特纳又把声音抬高了。"我做这行是为了帮我兄弟还债。他被一些人渣杀了。这都是为了他。"

"没错。"吉米低声说。

"嘿，我他妈的有个问题要问你，"特纳说道，"小罗伊。"

"是什么？"

"你知道怎么去热爱生活吗？"

吉米和罗伊互相望着对方。

特纳开口说："把你难倒了吧？我要说的是，这是一种技巧吗？还是一种天赋？谁能掌握它？"他开始滔滔不绝地像说唱般说话。"你知道的，我和明星们有交易。"

"他们中的大部分都是我介绍给你的。"罗伊低声道。

"他们也是我见过的最不快乐的人。"

"这始终是个很难回答的问题。"罗伊说。

他看着特纳，这是个多么尖锐又复杂的人，很难把他当作小孩。然而你总能在吉米身上看到童年的光芒，他聪明，富有好奇心。

"但这是个好问题。"吉米说。

"这能让你高兴吧。"罗伊对特纳说。

"是的。"特纳看着吉米。"你说得对。这是个很难的问题。"

罗伊把手伸进牛仔裤的口袋，从里面掏出一叠二十英镑的纸钞。

"哈啰。"特纳说。

"我的天。"吉米说道。

"怎么了?"罗伊问。

"我拿掉一张十镑,"特纳说,"因为我们是朋友——如果你买六包的话。"

"我说过,不是六包。"罗伊说,一边数着钱。有很多,不过他数得很快。

特纳伸手把一整叠钱都拿了过来,握在手里,一边朝下看着他的狗,一边用脚玩弄它的肚子。

"嘿。"罗伊一边说一边转向正在笑的吉米。

"怎么?"特纳问,并把钱紧紧捏在手里。

罗伊切了一块樱桃馅饼给他。他的手在颤抖。"你开始兴奋了。"特纳说。他把手机从口袋里取出并关机。

"有吗?"罗伊说,"你准备拿那些钱干什么?"

特纳起身,朝着罗伊走了一步。"他妈的回答我的问题!"

罗伊举起双手。"我回答不出。"

特纳将三个小纸袋推向吉米,随即拿起所有的钱放进自己的口袋,又猛地拉起他装毒品的包,接着带着他的狗向门外冲去。罗伊跑向窗边,看着他驾着那辆罗尔斯驶向街头。

"你这个小人,"他对吉米说,"你他妈的就是个小人。"

"我?"

"天啊。我们真应该做些什么。"

"比如?"

"刀在哪里?你他妈的应该把它插进那个杂种的喉咙里!那头猪拿着我的钱逃走了!"

"问题是,你不能相信他们这些无产者,老兄。坐下。"

"不行!"

"刀在这里。那你去把他追回来吧。"

"他妈的,他妈的!"

"这个能让你冷静下来。"吉米说。

他们立马开始吸食那玩意儿,无法回头了。罗伊本打算留一克给芒迪的,但吉米说了,担心什么呢,他们之后可以弄来更多。罗伊没有问他准备从哪里弄来。

罗伊很高兴厄普顿走了。他也会很高兴看到吉米带给他的麻烦结束了。

"你有什么计划?"他问,"我是说,接下来的几天你准备做些什么?"

吉米摇摇头。他知道罗伊想说的是什么,但他权当没听见。此刻罗伊正坐在那儿想,如果他有能力去爱,那么现在他必须要爱吉米的全部。

尽管他必须要让自己大脑清醒地来见芒迪。毒品让他变得活络起来。他拿了一件运动衫和干净的袜子给吉米,把吉米的脏衣服塞进塑料袋,拎着它距离身体一臂之远,然后把它用力地塞进垃圾桶。他洗了个澡,换了身衣服,打开窗户,开始准备咖啡。

当芒迪从门口走进的时候,罗伊才意识到他和吉米有多么的迷糊。芒迪比他和吉米小十岁,但比他们都高。所幸的是,克拉拉说过她今晚不在。芒迪刚刚下了飞机,想好好地休息一下并且找人说说话。

罗伊强迫自己集中精神听芒迪说他最近得到的好消息。他的生意如今正准备出售给一家联合大企业。罗伊以前也为他的生意制作过许多音乐录影带。这样芒迪就能多拍几部电影,预算也会更多。他将成为总经理,变得富有。

"太棒了。"罗伊说。

"在某些方面。"芒迪说。

"你的意思是?"

"我们再喝一杯。"

"是的,我们必须要庆祝。"罗伊起身。"我马上回来。"

在门口的时候他听到吉米说:"你可能会有兴趣知道我本人在年轻时尝试过写作……"

就是那句"我本人"驱使他迅速出了门。

罗伊出门去买香槟。他匆忙地走在街区。有一股强大的力量使他远离他的房子。他的身体感到疼痛并且烦躁不安;他至少有艾滋,而且毫无疑问,还有癌症。心脏病近在眼前。在恐慌的边缘,他怕他会冲到路边大声喊叫,可是,在那一刻,他却迈动不了脚步。尽管,他不能站在原地,因为他担心他会躺下来哭泣。随后他到了酒吧,点了半杯酒,但只喝了两口。他不知道他还要在这里待多久,但他不想回家。

芒迪和吉米头靠着头坐在一起。吉米正在跟他说一部电影中的一个"情节",是关于一位年老的著名导演和一对变化无常的年轻情侣。他们为了表示对他的尊敬前来拜访他。他们和他一起吃了饭,赞扬了他的洞察力和想象力,表达了对他所获奖项的崇拜,以及听过他的关于马龙·白兰度的故事,在那之后,他们询问能为他做些什么。导演说他想要目睹他们做爱时的激情,倾听他们的对话,欣赏他们的裸体,享受着他们的呻吟叫喊,然后看他们睡觉。那个女孩和那个热情的年轻男子一直配合,直到……他们成为他的秘书;他们把他囚禁;也许他们把他杀了。吉米记不得剩下的部分了。也记不得他写在了什么地方。

"这是个很好的设定。"芒迪说。

"是的。"吉米赞同道。

芒迪转向罗伊,他重新加入到他们中来。"这个家伙前面躲到哪儿去了?"

芒迪是个坚持、没有城府的人;不论他如何努力,他的善良和对他人的关心总是显而易见。

"在酒吧。"罗伊回答。

"走在边缘的艺术家。"吉米开口。

"对。"芒迪说。他准备预付给吉米钱让他准备草稿。

"多少钱?"吉米问道。

"足够多。"

吉米举起酒杯。"足够多。太棒了——你不觉得吗,罗伊?"

罗伊说他需要和芒迪到厨房谈谈。

"好吧。"芒迪说。罗伊关上他们身后的门。芒迪说:"了不起的家伙。"

"他过去很出色。"罗伊放低声音说道。他发现他把香槟忘在酒吧里了。"可惜的是他现在那么失败。"

"他有一些不错的想法。"

"他怎么会认真干？他已经被强制戒毒三次，但总是戒不掉。"

"不管怎么说，我会看看有什么可以帮他。"

"很好。"

"如今我很少看到和你一样有趣的人了。但听说你的情况后我很难过。"

"你说什么？"

"这发生在很多人身上。"

"发生什么？"

"我明白。你不想解决。但我们在一起工作了很多年了。你和我一起很安全。"

"是这样吗？请告诉我，"罗伊说，"你在说什么。"

芒迪向他解释，吉米告诉他罗伊可卡因和酒精成瘾。

"你不会相信他吧？"罗伊说。

芒迪把一个手臂搭在他身上。"伙计，别干蠢事，你可是我最好的录像导演之一。压力很大，能够理解。"

"但你不会相信的，对不对？"

"他猜到你一定会否认的。"

"我他妈的不是在否认！"

芒迪睁大了眼睛。"也许没有。"

"可我没有——真的！"

然而芒迪不会改变想法，他似乎正在想方设法地将这些惊人的新信息拼凑成一幅罗伊现在模样的拼图。

他说："你鼻子下面的白色污点是什么？桌上的刀片又怎么解

释?你总是很有本事,但如果在我面前撒谎就不行了。罗伊,你这是在贬低你自己!我不能让你在拍摄的过程中崩溃。你没有让自己百分之百地处于工作状态中,而且你现在看上去就像一坨屎。"

"是吗?"

"你能肯定你现在没事吗?你的脸好像还在抽搐。你最好把这个吃下去。"

"是什么?"

"维生素。"

"芒迪——"

"快点,吞下去。"

"拜托——"

"这里有水。把它们喝下。天啊,你透不过气来了。身体往前倾一下,这样我可以帮你拍拍后背。我的天啊,在你从诊所里出来之前都别为我工作了。我待会儿就回办公室,今晚把机票订了。你就这么想,你有可能会在诊所里遇见一些有趣的人。"

"什么人?"

"弹吉他的。你和克拉拉说过吗?"

"还没呢。"

"如果你没有,我可以帮你。"

"谢谢。不过我需要知道这部电影怎么样了。"

"好好听着。把水喝了,集中精神——如果你能做到的话。"

随后,在前门处,芒迪与吉米握了握手,说他会和他保持联系。他说:"你们两个,就给我坐在这里,听听音乐,说说话,来点毒品。我现在要去机场了。又是一班飞机,又要换一个酒店了。我可没有抱怨。不过你们是知道的。"

芒迪一坐进他那辆豹牌汽车驶向马路,罗伊便冲着吉米大吼。吉米捂住脸,一边抽泣一边发誓说他不记得自己之前对芒迪说过什么了。罗伊转身离开。你永远别想从吉米那里得到什么,也无法给他任何惩罚。

他们走到一家酒铺,坐在肯辛顿大街的一个长凳上喝酒。一个自称是旅行者的小孩坐在他们身边,并且要卖毒品给他们。罗伊想,在这条大街上买卖毒品是种多么有趣的示范啊,然后看着这孩子是如何谨慎地观察来往人群,而路人又是如何地视他不见,怜悯并且恐惧他。

过了一会儿,他们愁眉苦脸地走进一家酒吧,在那里,酒吧的店主先招呼别人,随后又很粗鲁地招待他们。

罗伊的电影至少要被推迟十八个月,直到芒迪态度强硬地支持"非常规"的项目。罗伊不确信现在是否会发生。

成年后的大部分时间里,他一直都渴望成功,并且认为自己知道何谓成功。可是现在,他茫然了。他将不得不像过去一样地生活,却不再拥有曾经的那些梦想。克拉拉会以他为耻。因为他的经济负担加重了,而他所拥有的资本,在短短几分钟内缩水了。

当夜幕降临,街灯亮起,人们开始涌入地铁站时,他和吉米漫无目的地走着,到处停留。在伦敦,似乎每个街角都能找到酒吧,许多男人会坐在红丝绒的座位上,全神贯注地喝着酒,找不到比这更好的事了。有几次,他们途径一些饭店,在过去的时候,罗伊总会受到热情欢迎,他在那些地方消磨了太多的时光,太多了——有时是四到五个小时——和生意上的熟人,如今他已今非昔比了。

很快,罗伊便感到不知所措,带着失意和悲伤的心情逃离了那个地方。吉米在一旁跟随着他,和往常一样,一边咳嗽,跌跌跄跄地走着,一边咯咯地笑。为他自己从未有过的成就感而洋洋得意,他还在外套里藏了一只酒杯。

在某个地方,吉米突然把罗伊拉到公用电话亭旁。吉米跑了进去,一直趴在那里等,然后又突然冒了出来,拉着罗伊的夹克穿过马路,跑到一处围栏旁,他们松了一口气。

"你在干什么?"

"我们刚才要被别人揍了。"尽管他在浑身颤抖并慌乱地向四周张望,却没有停止喝酒。"你难道没听到他们在咒骂我们吗?他们在说,娘娘腔,娘娘腔。"

"谁,谁在说?"

"不用担心。但千万别抬头!"过了一会儿他又说:"现在好了。这边走!"

罗伊无法相信有人居然会在大街上做出这样的事,可他又怎么会知道呢?他和吉米快速地从一群排队听演唱会的年轻人中穿过,一路沿着贴满宣传海报的街道径直走着,海报上是一些他不认识的组合和喜剧演员。

他们身后传来一阵笑声。罗伊四下张望,一个人也没看到。这笑声是从停在路旁的汽车里传来的——不对,是马路对面。随即,如同台风尾巴一般,消失在街的尽头。现在有人正在叫他的名字。想着可能是个幽灵,他继续朝前走,却碰上一个曾为他工作过的青年演员。罗伊还答应过他会在这部电影里给他一个角色。罗伊意识到他脚上湿答答的鞋子和身上脏兮兮的夹克,让人一眼就能看出是从酒吧里跑出来的。吉米站在他身旁,头靠在他肩上,他们粗鲁地望着眼前的男孩。

"我等您的消息好吗?"青年演员说道,过了片刻,他的嘴里又咕哝着说了些别的,但他们俩都没听明白。

罗伊不愿再继续走了,他们来到一间酒吧。他终于能告诉吉米芒迪都跟他说了些什么,那些又意味着什么了。吉米听着。陷入沉默。

"和我说说,哥们,"吉米说,"你是什么时候开始准备剧本什么的——"

"我想你现在是一个了不起的电影剧作家了。"

"给我一个机会。那个叫芒迪的家伙好像说可以。"

"他这么说吗?"

"他看到我身上的天赋了,不是吗?"

"是的,是的。也许他真的有。"

"没错。现在开始了,老兄。我正在走上坡路。我需要一个房间——有桌子的那种卧室兼起居室的房间——在文学部门里开展工作。在芒迪付我钱以前,先借我点钱。"

"给你。"

罗伊放了一张二十英镑的纸票在台子上。这是他现在身上仅有的现金了。吉米把它扔在一旁。

"这算什么?至少要一千吧。"

"一千?"

吉米说:"就是要那么多——一个月的预付房租、押金还有电话。你已经脱离现实世界十年了。不懂得生活有多么艰难。你能拿回这些钱的——至少从他那里。"

罗伊摇了摇头。"我现在有家庭了,而且我没有固定收入。"

"你这个眼红的家伙——我刚刚救了你的命。你会发现嫉妒我的乐观是错的。把你的笔给我。"吉米在一张车票的背面写了什么,把它划掉,然后又重新修改。"等着瞧吧。用不了多久你就会跑到我的办公室里求我给你工作。而我呢,就要仔细查看你的简历确保它不会太差。你现在每天都忙吗?"

"忙什么?"

"工作。"

"当然。"

"每一天?"

"对。从我大学毕业后开始,我每天都工作。简直是没日没夜。"

"真的吗?"吉米重新看了看他涂鸦在车票后面的文字,将它折起,塞进最上方的口袋。"这是我必须要做的。"但吉米并不相信他所听到的,仿佛罗伊是故意把自己说成天生就很勤劳的样子。

罗伊说:"我觉得很失败。很难忍受这样的感觉。但大多数人都是这样生活的。我想他们必须要找到别的可以让他们骄傲的地方。可是有什么呢——园艺? 我的天啊。一切都变得越来越糟。我该怎样才能让自己高兴起来?"

"骄傲?"吉米不屑一顾地说,"这是那些自命不凡的人的才享有的。多愚蠢的想法啊。"

"你当然会这么想。"

"为什么这么说？"

"你一直都是个失败者。从来没指望过你能够体会失望是什么滋味。"

"我？"吉米难以置信地说，"但我知道。"

"是对酒精的幻想吧。"

吉米瞪大眼睛看着他。"你这个浑蛋！你从来没对我和我的天赋说过一句善意的话！"

"拿起酒杯算不上是天赋。"

"但你可以鼓励我的！你不知道在一个人落魄的时候，周围的人会变得多么冷漠。"

"难道不是我把你接走，又把你带回我家的吗？"

"可你始终想把我撵走。一切跟我有关的都是错的，都是被你鄙视的。你还把我的衣服扔了。我告诉你，你在拒绝每一个人。这是一种资产阶级的势利，是丑陋的。"

"你是个很难相处的人，吉米。"

"但至少我是一个爱你的朋友。"

"你什么都没带给过我，只有一大堆的麻烦。"

"我一无所有，这你是知道的！如今你还要夺走我的希望！感谢你夺走它！"吉米一口气喝完他剩下的酒，突然站起来。"现在你安全了。无论发生什么，你不会真的越来越糟的，会的人是我！"

吉米走了出去。罗伊从未见过他如此坚决地走出一间酒吧。罗伊又在那里坐了一个小时，直到他知道克拉拉要回来了。

他打开前门，听到响声。克拉拉正带着两对夫妇——也是她的老朋友——参观房子,并向他们描述她想搭建一个怎样的玻璃暖房。罗伊和他们打了声招呼便准备上楼。

"罗伊。"

罗伊和他们一起坐在桌前。他们喝着葡萄酒,谈论他们准备在夏天的时候买下靠近佩鲁贾的别墅。他看得出他们穿着陈旧的亚麻衣服,头戴老式的草帽,神气活现地扇着扇子。

他斜着脑袋,这样可以从不同角度去看他们,他揉搓着前额,并开始端详起他正在微微颤抖的双手,一句要说的话也想不出。克拉拉的朋友很富裕,同时也有着无法想象、无与伦比的智慧。对于目前为止谈到的大部分事情,他们都有独到的见解,这些就足够应付聚会上的谈话了。他们的富有是他们的保障;罗伊想象不出他们有一天吸食过量的毒品,脑袋耷在腿上号啕大哭的场景。

可问题是罗伊世界观的背后是"滚石"乐队,以及年少时期他的那些愚蠢的梦想——认为自己要过度地拥有活力和精神,让真实性和浪漫主义释放自我:这是一种追求物质享受的思想,可其本身却是要严重反对物质享受。尽管罗伊相信这样的思想,它却未能最终成为他的生活方式。然而吉米却代表他们,始终生活在其中。

这种自以为是的谈话让罗伊厌烦透了。他走上楼。准备换衣服时,一只猫把安全灯绊倒了,这让他看到了外面湿漉漉的花园。他很少踏足那里,虽然那里有树木,有草地还有灌木丛。很快他就会放一张桌子和椅子在草坪上。孩子们睡在手推车里时,他会坐在树下,享受阳光的照射,吃着维尼奥特奶酪和切成片的梨。一个人在无所事事时会做些什么呢?

他睡着了；克拉拉一边注视着他，一边发出不屑的声音。她要求他下楼。他变得粗鲁；他不知道他该表现成什么样。他让她"失望了"。可他需要五分钟的时间来思考。但下一秒钟，他听到她在门口说了声"晚安"。

他突然醒了。前门的门铃在响。这是早上六点。罗伊踮起脚尖走下楼梯，手里握着一把榔头。吉米形同麻秆似的身体湿透了，他无法抑制地咳嗽着。他去了卡拉的家，可是她并不在。他打算躺在她家门口等她回来。一场暴风雨在五点左右来袭，他也意识到她是不会回来了。

吉米有些神志不清，罗伊劝他躺到沙发上，并给他盖上一条毛毯。克拉拉见他开始咳血，便打电话给医生。没过多久救护车便把他接走，因为医生担心他的肺里有血块。

罗伊重新回去躺在克拉拉身边，把他的酒放在她结实的腹部上。克拉拉去上班了，可是罗伊却起不来。他整个早上都待在床上，他想无论睡多久他都恢复不过来了。中午的时候，他在小镇四处闲逛，甚至没有任何购物欲望。下午，他去医院看望了吉米。

"你感觉怎么样，老兄？"

穿着睡衣的男子看上去不能行动。此时不管有多少毒品都无法将他床边的那套蓝白条病服换成他日常的尊严。吉米没和他打招呼。他哀号着要酒和烟。

"待在这里对你有好处。"罗伊轻轻拍了拍吉米的手。"是时候调整一下你自己了。"

吉米几乎从床上跳了起来。"那我们换换看。"

"不了,谢谢。"

"你这个幸灾乐祸的浑蛋——要是你那个时候照看我,我就不会是现在这副狗屁样了!"

一位穿着整齐的会诊医生走进病房,身后跟随着穿着白大褂的学生们。护士不顾吉米受伤的脸色,拉起了窗帘。

"我没做错,我会回来的!"吉米大声叫着。

罗伊穿过那些苍白消瘦的病人,走到电梯处。两个穿着轻便制服的男子正把一个准备送去手术室的高床推向电梯门。他们在八卦一个在电梯顶上眨眼的聋哑病人,罗伊跟在他们的后面挤进电梯。电梯里,他们正在讨论晚些时候去哪里喝酒。罗伊希望吉米不会指望他第二天还会过来。

楼下宽敞的旋转门把人们带进医院,也把他送到了小镇上。大楼的角落处有许多穿着睡袍的病人聚集吸烟,罗伊朝着大楼的某个方向做了个告别的手势,那里躺着他的朋友。随后他看见了那个戴着豹皮帽子的女孩,那个卡拉的朋友。

他大声叫唤。她微笑着走过来,手里捧着一束鲜花。他问她是否在工作,她摇摇头说:"把你的电话号码给我。我明天会打给你。现在有好几件事情让我忙个不停。"

在这之前,他从未在白天看过她。现在,会是时候做些别的事吗?

她问:"孩子什么时候出世?"

"从现在起的任何一天。"

"你马上会忙碌起来了。"

他问她是否想一起喝杯酒。

"吉米在等我，"她说，"不过记得打电话给我。"

他走在繁忙的大街上。吉米无法走到这里，可是他，罗伊，却能够头晕目眩地沿路边走，边对着自己唱歌——仿佛被送进医院的人是他，而在最后一刻，当麻醉剂被注入他体内，有一个声音在那里大声叫喊"不，不是他"，于是他暂时得到解救。

附近有一家他从前去过的咖啡店。店经理朝他招手，端来一杯热巧克力和一块蛋糕，然后和往常一样开始抱怨生活的无聊，他说他希望拥有一份像罗伊这样的工作。他走开后，罗伊打开包取出报纸、书、笔记本和笔。可他仍只是望着外面过往的行人。他不能逗留太久，因为他想起来他和克拉拉还要去参加一个产前培训班。他想要回到过去，去看看在他们之间的是什么，并了解这可能会给他带来什么。有一些人你永远无法将他们从生活中抹去。

我们不是犹太人

—We're Not Jews—

阿兹哈的母亲带着他来到公共汽车的下层,并让他拿着书包坐在那里,自己则匆忙回去取回买来的东西,然后坐在他旁边。汽车快要开动的时候,阿兹哈看见大比利和他的儿子小比利在外面追着车子奔跑,他们冲着司机一边挥手一边叫喊。阿兹哈闭上眼睛,希望车子快点开动,否则他们就要赶上了。然而,他们不但冲上了平台,还气喘吁吁地骂骂咧咧,在空荡荡的车厢内不断往前冲,好像在马场里骑马一样。他们直接坐到了阿兹哈和母亲的对面,那个位置正好能让他们紧盯着这对母子。

意识到这点,母亲准备起身。大比利跟着站了起来。小比利更是猛地从座位上跳起来。他们准备跟着她和阿兹哈。她叹了口气,退身又坐下。售票员拿着售票机走了过来。他和比利父子认识,也跟着他们一块儿在笑。他没有收他们的车费。

母亲戴着一双灰色的带香味的手套,从钱夹里掏出几便士交给阿兹哈,他照着她的样儿把钱举在手里。

"给我一张全票和一张半票,去三国王。"他说道。

"请。"母亲低声说道,露出不悦的神色。

"请。"他重复道。

售票员把车票递给他后就走了。

"好好地拿着它们,"母亲说,"万一有检票员来查。"

大比利这时开口道:"看呢,他现在是个大孩子了。"

"大孩子。"小比利跟着说。

"他真的长大了,都可以跑去找老师告状了。"大比利说。

"爱哭鬼!"小比利吼道。

母亲直直地望着窗子。她抑制住了自己的情绪,尽量让自己的声音听上去不失常。"真可惜我们今天没时间去图书馆了。不过,明天还可以去。你现在还是班上阅读最好的学生吗?"她轻轻用肘推推他。"你是吗?"

"我想是的。"他喃喃地答道。

每天放学以后母亲都会带他去附近一个小型图书馆。在那里他用前一天看完的书换来新的书。可是今晚,他们没有时间。她不希望孩子的父亲质问他们为何会晚回去。她也不想让他知道他们都去了哪儿,免得他抱怨。

大比利此前被女校长叫到她那间闷热的办公室,并被严厉地告知——女校长是这么对母亲说的——她"不赞成他们的这种恶劣行为"。母亲为此高兴。她反对小比利欺负她的孩子。在班上小比利坐在阿兹哈的后面。几个星期以来小比利时常辱骂他还用尺敲他的脑袋。而现在其他的男孩儿,都是小比利的同党,也开始找他的麻烦了。

"我要吃坚果!"

大比利模仿猩猩的样子大叫,上蹿下跳,搔挠着腋下部位——小比利曾因这个动作被严厉指责过。但这并未影响他父亲。他的脸色看上去很恐怖。

大比利一家和阿兹哈家只隔着几间房子。母亲从她小时候起就认识他和他全家了。战争时期,他们曾共用一个防空洞。大比利曾经当过德国兵,至今仍穿着一件褶皱的外套,额发如同雕刻过一般。他指甲发黑且凹凸不平,明显留着咬过的痕迹,前额上满是油迹。人们给他起了个绰号叫"摩托车比尔",因为他总是喜欢反复不停地组装他的那辆凯旋摩托。"比尔的凯旋。"父亲喜欢在他们一家经过时这么咕哝道。有时,自行车的框架周围会放有一圈金属碎块,深夜里大比利一边加快发动机的转速,另一边他放在窗台上的点唱机会反复地播放着刺耳的《大声对我说》①第四十五首。然后所有人都知道大比利在为一年一度的公众假日作准备,他准备开车去海边。母亲和周围邻居只能关上窗户隔绝噪音和烟气。

母亲开始注意到每次放学回来后,阿兹哈不仅心情沮丧而且显得疲惫,外表也凌乱不堪。他看上去就像是被扔进过树篱里一样,又好似在水坑里打过滚——因为他曾这么做过。他艰难地坦白,承认他受到其他男孩的欺负,特别是小比利。

一开始母亲对这样的恶作剧并不在意。但是随后她惊讶地发

---

① 《大声对我说》(*Rave On*),美国当代著名摇滚乐歌星巴迪·霍利的音乐剧。

现阿兹哈表现得像是遭受了沉重的打击。他应该学会不去理睬那些幼稚的言论:许多孩子都喜欢把自己的欢乐建立在他人的痛苦之上。然而,他想不通的是究竟自己身上的哪一点招致别人说那些话,而又为什么当他在家里和母亲度过那么多舒适的时光后,这样的暴力走进了他的世界。

母亲握着阿兹哈的手,教他跟着她重复:"小比利,你真窝囊——和废物一样窝囊!"

阿兹哈谨记着这些话,反复地说给自己听。第二天,在角落处,当他的那些死敌们又开始嘲弄他时,他闭上眼睛冲着他们大声叫喊:"废物,废物,废物——你们这群窝囊的废物!"

小比利和阿兹哈一样,对绰号异常敏感。此时如同施了魔法般,他的嘴立刻闭上了。可是第二天,小比利又重新回来对着阿兹哈说了很多他听不懂的新名词:黑人、外国佬、小黑鬼。阿兹哈跑到母亲那儿,希望再想出点新的词,但他们即使绞尽脑汁也再挤不出半点了。

大比利的声音贯穿了整节车厢。"废物!你怎么不当着我面大声说啊,呃?为什么不说了,呃?"

"不,"小比利说道,"他们不敢说!"

"我们才不像嫁给黑鬼的妓女那么窝囊。"

"黑鬼,黑鬼,"小比利不停地叫着,"猩猩,猩猩!"

母亲并没有将视线转移。但可能是担心自己的颤抖会让阿兹哈失望,于是她把手从他那里抽回,指着窗外一家商店。

"看那儿。"

"什么?"阿兹哈问,因为小比利嘴里嚷着他的名字而让他分了心。

阿兹哈刚把头转过去,大比利就叫着说,"嘿!亲爱的小姐,你为什么不敢看我们啊?"

她把头扭向另一边并朝着站在站台层的售票员招手。可售票员跟着一个刚上车的乘客上了楼梯。而其他为数不多的乘客则如同雕像一般坐在那里,毫无察觉,也许是漠不关心。

母亲转过身子。阿兹哈从未见过她像现在这样,脸色苍白,眼睛湿润,身体像树木一样僵硬。阿兹哈能感觉出她正在作怎样的努力来使自己保持不动。因为每当她在家哭泣的时候,她会整个人地倒在床上,痉挛似的抽搐着,并用拳头去打枕头。可此刻唯一在颤动的就是她鼻尖流出的那一滴鼻涕。她决然地吸了下鼻子,然后打开包拿出那条有香味的手帕,她以前常常用那条手帕给阿兹哈擦脸,或者拧成一个角,帮他拂去眼睛周围掉落的睫毛。她使劲地擤鼻涕,可他还是听到了啜泣声。

现在母亲已经清楚所发生的事以及那是种什么样的感觉。可阿兹哈多希望他什么都没说过,多希望自己可以保护她。因为大比利正在叫她的名字:"依冯,依冯,嘿,依冯,我那时让你很爽吧?"

"艾维,很爽吧,对吧?"小比利附和着说。

大比利在一旁得意地笑。"发现一个问题,"他一边说一边捏着他的鼻子,"车厢里有股怪味。"

"呸!"

"他们的公寓里住了多少人,全都挤在一起,吃着咖喱和米饭,把整条路都熏臭了!"

无可否认他们住的公寓确实拥挤。曾是医生而如今退了休的祖父睡一个房间,阿兹哈和妹妹还有父母住在另一间,两个叔叔则睡在客厅。每天厨房里都会炖好几锅印度食物,这样他们饿的时候就不愁没东西吃了。厨房间的墙纸都裂了开来而且满是气泡,垂落下来就像是古代卷轴。但是母亲总是否认他们是"像那样的"。她不允许把"移民"这样的词语用在父亲身上,因为在她眼中,这个词只适用于那些不敢抬起眼睛、衣着不搭并且目不识丁的人。

母亲动了下嘴唇,但她的喉咙肯定很干涩:半天嘴里没吐出一个字,直到最后她终于艰难地挤出一句:"我们不是犹太人。"

车厢里陷入一阵沉默。这给了大比利一个机会。"你说什么?"他一只手托着耳朵和他那又黑又长的鬓角。另一只手打了一下已经开始发出嘘声的小比利。"大声点说。嘿,女人,我们听不见!"

母亲又把刚才的话重复说了一遍,却无法让声音更响。

阿兹哈不确定她的意思。在困惑中,他回想起最近一次关于南非的对话,他最好的朋友全家移居去了那里。阿兹哈问他们为什么不能去别的地方——曾经也有人这么问过——为什么也不能选择去开普敦。她痛苦地回答说,是因为那里的白人对黑人和棕色皮肤的人很残忍,认为他们是劣等人群,而且不允许他们去白人去的场所。有色人种有单独的通道,而且不能和白人坐在一块儿。

这个活生生的事实让人头晕目眩,毫不合理,而且他在学校也没有学过,但却像把锤子一样给了他重重一击,并在无数个夜晚萦绕在他梦里。这样的事情怎么可能会发生?这意味着什么?他又该如何应对?

"不,"大比利说道,"你不是犹太人,依冯。你和我们都不是。不过你比这更糟糕。和巴基斯坦佬在一起。"

小比利自始至终发着嘘声,不停地扭动着他的头,模仿麻痹症患者。

阿兹哈听父亲曾说起不久前有过"毒杀"。邻居之间互相残杀,这样惨绝人寰的行为至今没有停止。说到这个,父亲就会用手指着他的妻子、儿子和年幼的女儿,然后声明:"我们身在前线!"

这样的对话常常是前奏,为他后面宣布他们要回到巴基斯坦的"家"作铺垫。他会说在那里,他们不会遇到这些问题。而每当这时,阿兹哈的母亲便会开始不安。她已经在家了,又要如何回"家"呢?那边炎热的天气会让她不停冒汗;辛辣的食物会让她闹肚子;而和一群不说英语的人在一起也让她倍感孤独。阿兹哈的祖父和叔叔会和以前一样用乌尔都语①喋喋不休地在那里谈天说地。当阿西夫叔叔的妻子来到这个国家后,每次在街上走时,不需要人提醒,她总是跟在他们几步之后。在去商店的路上,母亲不想站在他们任何一个阵营中,因此她不得不和阿兹哈在这个古怪的队伍中找到自己的位置。

"家"的概念并不是没让父亲烦恼过。他自己从未去过那里。他的家人曾经住在中国和印度;但自从他离开后,家族里的其他成员也跟随着成百上千的人流一起转移到了巴基斯坦。他怎么知道这个新的国家一定会适合他,又或者他能在那里获得成功?每当

---

① 乌尔都语(Urdu),巴基斯坦的一种官方语言。

母亲开始唉声叹气,父亲就会用手拍打着前额然后大声叫道:"噢,我的天啊,我要试着同时从各个角度思考这个问题!"

父亲曾经在那里炫耀他位于惠灵顿的那间头顶上有干净整洁的窗帘的公寓,手里一边摇晃着便携式打字机说他希望能被叫去到越南做战地记者,而他也作好了参加丛林战斗的准备。

这话让他们都笑了。两年来,父亲一直在一家生产鞋油的工厂里做包装工人。这是重体力活,不仅耗尽了他的体力也让他大为光火。他爱读书也想写书。他每天早上五点起床;夜晚,他会写到筋疲力尽为止。即使是在吃饭的时候,他也会在信封、退稿通知和工厂信纸的背面随意地涂写,尝试着把写好的文章卖给杂志和报纸。与此同时,他还在学习一门叫作"如何成为一名发表作品的作家"的函授课程。他疯狂的打字机声如同炮火声一样轰击着他们的大脑。他还不允许他们抱怨。父亲下决心要通过写关于体育、政治和文学的文章来赚钱,大多数日子里,他把文章寄出去时每一份都附有一封信,开头是这样写的:"尊敬的先生,请查阅附上的……"

然而父亲对英语掌握得并不好,他说的是一种"孟买式英语",但也不全都是。他们的邻居,一个退了休的老师非常热心地帮助父亲改正他的拼写和语法错误,并暗示他有时候把"正确的单词用在错误的地方,反之亦然"。他的文章经常被装在贴有邮票的回邮信封里退回,这是《作家和艺术家年刊》里所建议的。最近,当他们从信箱里把信取出后,父亲不再打开看,而是把它们都撕了,然后踩着那些碎片,用乌尔都语咒骂,诅咒那些英国人,他深信是他们把他拒之门外的。可真是这样吗?母亲曾暗示他可能不该从事这个而应该学一些更能赚钱的东西。但从未得到好的回应。

如今每天早上母亲会让阿兹哈出去把邮递员拦截下来,取回那些退回来的手稿。他们像藏酒瓶一样的将这些信封和包裹藏在花园周围的各个地方,有的在垃圾箱后面,有的在自行车棚里,还有的甚至被藏在水桶下面。在那里,它们承载着父亲所有的希望,驱赶着家族的厄运,在这期盼的时间长廊中不知不觉地腐烂。

每到一站,阿兹哈都希望能有人上来阻止或逮捕比利父子。但没人这么做,而且随着他们继续前行,车上的人几乎都走光了。小比利开始向上跳并拨铃,售票员看着他只是笑笑而已。

接着阿兹哈看到小比利从口袋里摸出一颗弹珠,一只手背在身后站着,准备将它掷出。大比利注意到时也睁大了双眼。他伸出手去够小比利的手腕。然而弹珠已经被掷了出去:把阿兹哈和母亲两人之间的窗户敲碎了。

母亲大声地喊叫:"停车,停车!没有人过来帮忙吗!我们要被谋杀了!"

她发出的声响来就好像自天堂或是地狱。此时小比利脸色苍白,一个劲儿地往他父亲那里靠;他们变得安静了。

阿兹哈从位子上站起来准备去打他们,可是售票员挡住了他的去路。

他们熟悉的车站就在不远处。公交车刹车前,母亲站起身,手里紧握着她的包;她让阿兹哈拎两个包,并用肘轻轻把他推往站台。当他经过比利父子身边时,并不打算看他们,但他确实给他们看了眼色,直直地瞪着他们,双方怒目而视,这样他看着他们但并不那么害怕了。他们可以恨他,但他会知道他们是怎样的人。可如果他不能用武力对付他们,他的愤怒要如何发泄呢?

他们被绊倒在地,不用看也知道穿着绉面鞋底鞋子的比利父子就在他们身后,因为他们早就大叫了,尽管没有之前那么大声。

当他们走到他们所住的那条街的尽头,那位曾经帮助过父亲的退休教师正从房里走出来,穿着三件套,头戴一顶软毡帽,手里牵着他那条苏格兰猎犬。他仔细张望着他的花园,从地上捡起了被风吹到篱笆那里的碎纸片,然后闻了闻夜晚的空气。阿兹哈很想笑:他就像是个幽灵;在一个疯狂的世界里,普通不过的事也会变得最异乎寻常。母亲马上拉着阿兹哈来到他的大门口。

邻居举了举帽子,友好地和他们打招呼:"你们好吗?"

起先阿兹哈听不懂母亲在说什么。可是她说的都是关于父亲的。"他们每天都把他写的东西退回来,他很生气……非常生气……你能帮帮他吗?"

"可以帮的,我都帮了。"他回答道。

"那就让他停下吧!"

当他问起发生了什么事,她连连摇头,用手帕捂着脸哽咽地说不出话来。

比利父子犹豫了片刻,接着安静地继续往前走。阿兹哈望着他们离去。现在是没事了。可是明天他一定会受到惩罚的,接着后天,然后是大后天。没有一个母亲能够阻止这样的事情发生。

"他是个不错的小伙子。"老师这样形容父亲。

"可是他能有所成就吗?"

"也许吧,"他说,"有可能。但是他好像有点——"阿兹哈踮起脚尖听。"自信过头了。过于充满希望。"

"是的。"她说，紧咬着嘴唇。

"让他多去读些吉本①和麦考莱②的书吧，"他说，"这应该能改变他的思路。"

"好的。"

"你现在感觉好点了吗？"

"好点了，好点了。"母亲坚持道。

他关切地说："让我陪你们回去吧。"

"好的，谢谢。"

母亲和儿子没有回家，而是朝着相反方向走。他们经过一片轰炸后的废墟，没有选择走大路，而是走了一条狭窄的小径。等到他们再也走不动了，便在黑暗中穿过附近一个满是车子碾轧痕迹的泥泞球场。一阵狂风吹过，不停地把他们往一旁吹，他们几乎要和泥泞的球网纠缠在一块儿了。他并不知道她认识这个地方。

终于他们在一个阴暗的小屋外面停了下来，那是一个公共厕所，里面到处都是蜘蛛和虫子，他和朋友们常常来这里玩。他抬起头却看不见母亲的脸。她将门推开，踩在潮湿的地板上。当他还在那儿犹豫时，她用力把他拉进小隔间。她没准备让他现在走。他用小刀在墙上挖了个窟窿，练习屏住呼吸直到她方便完，用稀稀落落的纸把自己擦拭干净。接着，她紧闭双眼坐在那里，就像是在做祷告。他的牙齿在打架；耳边传来丝丝鬼魂的声音；外面有脚

---

① 爱德华·吉本（Edward Gibbon, 1737—1794），英国历史学家，《罗马帝国衰亡史》作者。
② 托马斯·巴宾顿·麦考莱（Thomas Babington Macaulay, 1800—1859），英国历史学家、政治家。

印;死亡之手似乎正在召唤他。

她久久地凝望着镜子里的自己,开始往脸上涂了些脂粉,换了一支口红,又梳理下头发。这里听不到人类的声音,只听见雨点落在金属屋面上的声音,雨水正一滴滴地滴在他们头上。

"妈妈。"他大叫。

"不要发牢骚!"

他想喝他的茶。他等不及想要离开。可在昏黄的灯光下,她的双眼正死死地盯着他看。他知道她是想告诉他不要提起今天发生过的任何事。终于她意识到这是没必要的,便拽着他的胳膊往外走,并催促他快点回家,除此之外她没多说一个字,好像一切都是他的错,他们才会被困在这里。

公寓里既明亮又温暖。父亲上早班,已回到家中。母亲走进厨房,阿兹哈帮她把买来的东西拿出来。她试着表现得和平常一样,但正是她的刻意出卖了她,因为她没有像往常一样亲吻父亲。

此刻,父亲正坐在祖父和叔叔旁边听着收音机里板球比赛的评论,收音机的照明盘上印有他们从来都叫不出的城市名字,比如布鲁塞尔、斯德哥尔摩、希尔弗瑟姆、柏林和布达佩斯。父亲的打字机被桌上的空啤酒瓶包围在中间,挡纸舌也已经弯了。

"过来,孩子。"

阿兹哈跑向父亲,父亲正往杯中倒了些啤酒并混入了些柠檬汁递给他。

男人们抽着烟斗,凝视着盛烟灰的碗,轻轻地在桌上敲了敲烟斗,然后用烟斗通条戳着烟斗,再次点燃它们。他们大声地用乌尔都语和旁遮普语①聊天,虽然言语中也夹杂着一些英语单词,但他们却不断地比画着手势,并用一种英国人不会使用的方式相互拍着对方的背。然后他们中的一人会突然跃起,一边拍手一边大喊:"对—出局—出局!"

  阿兹哈开始习惯和他的家人在一起,尽管他们说的话他只能听懂只字片言。他努力地去挖掘他们说话的重点,在他们笑的时候,他也总是跟着一起笑。要是他听不懂某些话的意思,他便只轻轻动动嘴唇但不出声,在不理解中,始终,这一切让他晕头转向。

---

① 旁遮普语(Punjabi),印度的旁遮普邦和巴基斯坦的旁遮普省所使用的语言,也是印度旁遮普邦的官方语言。

好的,宝贝

—D'accord, Baby—

整个星期比尔一直都在期待这个时刻。他即将要与和他老婆上床的那个男人的女儿上床了。躺在她的床上,他能听见塞莉斯泰因在浴室里一边作着准备,一边哼着歌。

他已经很久没有在这么一个没有暖气的冰冷的屋子里待过了。过了一会儿,他勇敢地把手臂从毯子里伸出来,撕开一个安全套,把它放在用作床头柜的纸箱上。他打算再准备一个,但又不想表现得过于乐观。因为一次就能达到他的目的了。之后他就会马上离开。已经耽搁了太久。像是之前的华尔兹,尽管让他忍不住咯咯地笑起来。然而,他已经告诉他怀孕的妻子妮可拉,他会在午夜的时候回家。塞莉斯泰因在那里做些什么呢?他甚至没有听到淋浴声;风猛烈地从破窗户外刮进来。

他妻子是在巴黎遇见文森特的,也就是塞莉斯泰因的父亲,他是一位研究毛泽东思想的法国知识分子。他肯定给她留下了深刻的印象。因为她时不时地会谈起他,这已经够糟的了,可后来她却鲜少再提到他,现在他明白了,这才是更糟的。

妮可拉做着一档午夜的电视讨论节目。两年来,她一直渴望撰写关于文森特如何从一个革命者演变为天主教"反动派"的介绍。这是在——比尔脑中挥之不去的她爱对着他说的那个短语——呈现这个时代。她好几次前往巴黎看望文森特;后来被邀请到他靠近欧塞尔乡下的家里做客。终于,她把他带到伦敦录制访谈。等到结束后,为了庆祝,她带他去了随想曲餐厅喝香槟,吃煎鱼饼和炸薯条。

那个晚上,比尔没有看他执导的电影剧本,而是早早地躺在床上,拿着一把尺、一支铅笔和一本《卡拉马佐夫兄弟》①。在妮可拉变得对文森特格外热情的时候,比尔下定决心不但要研究一些伟大的书籍——那些最深奥最难懂的,又总是令他望而却步——而且还要标注出重点部分,甚至背诵某些段落。当他的思绪纷扰,飘忽不定时,努力集中注意力则变成了一种折磨。然而大多数夜晚——即使是在妮可拉准备去和文森特见面的那段时间——他的灯亮着的时间始终要比她在外面待着的时间更久些。决定了要给予最大限度的理解,他会躺在那里嘴里喃喃地咕哝着他想要记住的一些句子。他最喜欢的是爱默生②的那句:"我们总是半遮半掩,羞于启齿各自所拥有的绝佳主意。"

---

① 《卡拉马佐夫兄弟》(*The Brothers Karamazov*),俄罗斯作家陀思妥耶夫斯基的最后一部长篇小说,通常也被认为是他一生文学创作的巅峰之作。
② 拉尔夫·沃尔多·爱默生(Ralph Waldo Emerson,1803—1882),美国思想家、文学家、诗人。

一天夜里,妮可拉睁开眼,用揶揄的目光看着他说:"你就不能让自己好过些吗?"

为什么呢？他是不会放弃的。他在大学里学过生物学。所以他会蠢到找这些他读不懂的书来看吗？他对知识、智慧和培养方面的需求大于他对睡眠的需要。一个男人怎么能在他人生过半的时候,还不清楚他是谁以及他可能去哪里呢？这些厚重的书卷一定代表了人类思想飞越的最高点；它们一定包含了指引的方向。

这种透彻的、从容的沉思给他带来了一些满足感——通常是因为这些书让他开始思考一些别的事。这是他所喜爱的一天中的那个部分。通常情况下他都睡得很好。但是在妮可拉带文森特吃煎鱼饼的那个漫长的夜里,在凌晨四点的时候,他醒了,摸索着睡在另一边的妮可拉。可是她不在那儿。一直等到黎明时分,他颤抖着走出房子,想象着她撞了车。一小时后,他才想起她根本没有开车。也许她和文森特又接着去了一个开到深夜的场所。而在这之前,她从未做过这样的事。

他睡不着也无法工作。他打算一直坐在厨房的桌子前等到她回来,无论几点。他喝着白兰地,正常情况下他从来不会在晚上八点前喝酒。要是有人在这个时间前让他喝酒,他会宣称这就像是要和一整天说再见了。八十年代中期,他曾在傍晚去健身房。然而,再见,对于一些日子来说,是再贴切不过的词语了。

临近傍晚,他的妻子回来了,穿着她出门时所穿的衣服,看上去头发蓬松,衣衫凌乱,犹豫不决。她没有看他的眼睛。他问她之前都做了什么。她只反问了句"你觉得呢"便去洗澡了。

他想过好几种选择,包括用拳头揍她。可是他却选择逃离这个房子,去了酒吧。自从学生时期以来这还是头一回他独自一人坐在那里,无所事事。他哪儿都不想去。他没有随身带报纸,虽然他喜欢报纸;只要是写在新闻纸上的,哪怕是再老套,再离奇的内容,他都能接受。看着人来人往,他在想,如果一个人没有容身之所,这个世界该是多么的冷酷无情。

他强迫自己去思考这样一个问题:限制住一个人是多么不值得。大多数的关系里都有不忠。如今每个男人女人都有可能戴绿帽子。当婚姻已无法满足大多数人的需求时,为什么要反对出轨呢?妮可拉有她需要的东西,她就去追寻。多么勇敢和潇洒。去指责一个人追寻任何一种形式的爱是多么无聊啊!

他觉得丢脸。整个星期,这种想法以一种奇怪的方式变得越来越强烈。无论是在工作、等地铁还是和妮可拉共进晚餐时——他都能看出她的心不在焉——他发现自己开始对文森特生气了。接连几天,他根本无法思考别的什么事。似乎他的思绪已经完全被这个男人占据了。

当比尔在他工作的索霍周围转的时候,他思考着若是别人会怎么来报复像文森特这种人,这让他心情愉悦。虽然这种可能性太渺茫,但这并没有妨碍他幻想各种能让他满意的构思,他甚至称赞自己所做的。文森特给他带来了怎样的刺激、烦恼、精力和兴趣啊!这差不多是他现在唯一能做的富有创造力的工作。

几天后他遇到了塞莉斯泰因。当时她正和一个男子坐在一家新开张的咖啡馆里,喝着卡布奇诺。生活给了他一次机会。这很糟。他站在门口假装在找人,一边犹豫着是否要抓住这个机会。

文森特最大的女儿住在伦敦。她想当演员,几年前比尔曾在一个商业广告里帮她试过镜。他知道她曾经在他的一个熟人所拍的电影里演过一个小角色。有了这个基础,他向她走去,介绍了他自己,尽可能地以讨人喜欢的口吻说话,然后他被邀请入座。那个男子原来是她的一个同性恋朋友。他们在一起聊天。在一阵胆怯和犹豫后,比尔用一种很酷的语气问塞莉斯泰因是否愿意在过会儿的几小时里和他出去喝一杯。

他没有回家而是在街上溜达。觉得累了便拿着《追忆似水年华》的第一卷坐到酒吧里。此前下决心如果能把整本书读完,他一定要得到大量的赞美。他在书上画了一些横线,这是他从上学以来就认定的记号,用来表示重要内容。可是他的思绪却比以往更徘徊不定,直到与她见面的时间来临。

让比尔开心的是,他看到男人们都在偷偷地瞄着塞莉斯泰因;还有些人则明目张胆地盯着她看。她去拿酒时,他们把视线转移到她的一双腿上。这种事不会发生在妮可拉身上;只有厄特尔·文森特才会对她有兴趣。随后,他和塞莉斯泰因在街上闲逛找寻出租车。而她同意让他在这个周末去她的住所找她。

好几天,他都怀着这种满足感,期待着庆祝的那一刻。今后或许他会尝试更多这样的事。显然他一直在错失生命里像这样的既卑鄙又快乐的事。当妮可拉在房间里来回走动,穿衣服,煮饭,阅读或是寻找她的眼镜时,他享受着在一旁鄙视她的感觉。他告诉自己最要好的两个朋友,报复的快感是巨大的。现在,他的同伴们正等着他演绎那出好戏。

塞莉斯泰因把钥匙扔出窗外,身上裹着一条茶巾。到她的公寓来是件辛苦的事:它位于伦敦西部一幢破旧的五层大楼的最上层,那一片区域里到处都是小房间、学生和流动人群。走进客厅,他发现从这里可以看到广场。风夹杂着雨水正不断地从被报纸堵上的破窗里刮进来。四周墙壁都已泛黄,棕色地毯上满是污迹。煤气炉前的晒衣架上挂着好几条牛仔裤。炉火散发着呛人的气味,房间里只有一部分能感受到热气,其余地方都是冷冰冰的。

她说服他将外套脱下,却没让他脱掉围巾。然后他被带到只有几块地板的厨房,在破旧的水槽和烧水壶之间,几乎没有可容纳他俩的空间。

"我来做晚餐。"她指了指两包购物袋。"你喜欢吃哇鱼吗?"
"什么?"

她说的是鲑鱼。她买了土豆和青豆。等吃完后,还会有苹果馅奶油卷。她去了次商店回来就给自己添了不少麻烦。不知要多久才能准备好。他可不想干等。他对她说要去买些喝的,便从她那里离开了。

外面下着雨,他走到一家外卖酒店去买葡萄酒。准备付钱的时候他透过窗户看到红绿灯旁停着一辆出租车。他从店里跑了出去拦下出租车,但打开车门后他却不想带着酒上车。拿着买来的酒,他走了回去。

她做饭的时候,他在客厅里等她,慢慢地踱着步,喝着酒。她家没有电视机。刺骨的寒风敲打着窗户。她的住所不禁让他回想起了他在学生时期和别人一起合租的房子。他刚想对自己说,感谢上帝,我再也不用住在像这样的地方了,突然间他想到如果离开了妮可拉,那么他就有可能不得不暂时住在像这样一个陌生的地方,忍受污迹斑斑的地毯和破烂不堪的家具。他开始变得多么挑别！这地方怎么会变成这样？当他往一个方向看时，另一边还会有哪些变化呢？

他留意到钉在墙上的一个鬈发男人的照片。看上去像是六十年代末拍的。比尔推断这很有可能就是那个和他老婆上床的激进分子。他曾是个英俊的男人，手握烟斗，蓄着长发，穿开领的衬衫，脸上流露着迷人的神情，彰显着他的自信和低级趣味。比尔想起了那段时期里用来宣传巴黎的口号。"万事皆有可能""把理想付诸于实践""禁止禁令"。他曾在一个电视广告中使用过它们。那个年代的人是多么乐观啊！老文森特把时间都留给了文学、思想、社交、写作和政治承诺，他一定拥有过一段快乐时光。那时候的文森特不用像比尔和他的朋友们一样，不间断地工作。

食物还不错。比尔在桌前俯身去亲吻塞莉斯泰因。他的唇拂过她的脸颊。她转过头望着外面，视线穿过黑暗的广场和后面的灯光，仿佛在试图寻找什么。

他谈论起电影产业以及演员、导演和制片人的真实情况。并不是因为他自己认识他们，而是因为这些都是其他演员和技师们经常拿来八卦的内容。她问了些问题，无拘无束地笑着。

事情该继续往前发展。他第二天一早五点半必须起床，去为一家银行拍摄广告。他以这种收入高但工时短的工作为人们所知。如今妮可拉怀孕了，他不得不去接更多的活。这让他很难挤出时间做他想要做的电影剧本创作。他开始渐渐明白如果他打算在他这个年纪做一些有价值的事，就必须以一种新的方式认真起来。然而当他想起自己不再向任何人提及的那些志向——读着普鲁斯特的书去缅甸旅行，还有其他一些更为"内在的"东西——他感到一股羞愧感涌上心头,仿佛怀抱这样的希望是不成熟的,下流的;仿佛,从某种意义上来说,已经太迟了。

他拖了把椅子绕着桌子走,直到他和塞莉斯泰因并肩坐在一起。他准备再次亲吻她。

她起身,向他伸出手。"我们跳舞好吗?"

他惊讶地看着她。"跳舞?"

"可以让你更暖和。你不……跳舞吗?"

"不跳。"

"为什么?"

"为什么?因为我们总是像这个样子跳舞。"他闭上眼睛,点着头,仿佛在用前额敲钉子。

她脱掉了鞋子。

"我们是这样跳舞的。我来教你。"她看着他。"拿住他了。"

"什么?"

"这个多余的东西。"

扯掉他的围巾,她把椅子推到墙边,放上肖邦的圆舞曲,一只手牵起他的手,另一只则抚在他身后。他始终注视着她舞动的双足,即使他踩到了她的脚,她也丝毫不在意。温柔地,稳稳地,她带着他在房里转圈,直到他感到头晕,她的发丝弄得他的脸直发痒。每次他抬起头,便会看到她深情凝望他的双眼。每当他们在房里走交叉步时,她会顽皮地往后小跑,再来拉他。她似乎下定决心要让他学会跳舞,很肯定这会对他有好处。

"你需要一些练习。"结束的时候她说。他坐回到椅子上,边喘气边笑。"不过谁知道呢,说不定一个星期以后,你就能当舞男了!"

午夜时分。塞莉斯泰因赤裸着身体,抽着烟走出浴室。她睡到床上躺在他身边。他想起有一次在纽约,公司派了一辆豪华轿车去机场接他。当豪华轿车一路从东河驶向曼哈顿,他坐在车里喝着威士忌,看着电视,而他想要的只是他的朋友来看他。

她卖力地骑在他身上,他觉得整个地球都在摇晃:要么是因为正在做爱,要么就是因为他正躺在两张单人床的拼接处,而它们正在被逐渐分开。他伸出手臂想把它们固定住,但每一次晃动时他的头都再一次地被推到这个裂缝中。他觉得他的耳朵快被扯掉了。他们俩就快要从床上摔到地上去了。

他抱着她翻滚到一张床上。然后他坐直给她看本来会发生的事。她开始大笑,停不下来。

煤气表在吱吱地走;她正打着瞌睡。他从未躺在一张如此动人的脸庞边上。他想到妮可拉和塞莉斯泰因的父亲在一起的那个晚上她可能想要寻觅的东西。爱慕、关心、深谈、坦诚、忘忧。可他现在给了她这些吗?他们能够给对方这些吗,然后再迎接即将到来的孩子?

塞莉斯泰因轻轻地推推他,试着在他耳边对他说了些话。

"你想要什么?"他问。接着他说:"当然……不……不行。"

"比尔,可以。"

他喜欢去想他愿意尝试任何事。打青了的眼眶肯定会传递给她父亲一个确信的信息。他举手表示同意时,她笑了。

"伤害是我应得的。"

"没人应得。"

"可你看到了……那是我应得的。"

那个晚上,在那间冰冷的房间,他做了一切她想让他做的事。他赞扬了她的美貌和智慧。他从未如此长久地亲吻一个人,直到他忘了自己身在何处,他们是谁,直到他们没有任何想要的了,只剩下让他们最心满意足的平静。

他起身穿衣服。但是浑身不断地颤抖。他想洗个澡,因为身上还散发着她的气味,可他并不打算洗个冷水澡。

"你为什么要走?"她突然跳了起来抱住他。"留下,留下来,我还没有和你结束呢。"

他穿上外套,走到客厅。然后头也不回地匆匆走下楼梯。他推开前门,想要呼吸夜晚新鲜、潮湿的空气。可是门打不开。他忘记了:门是锁上的。他站在原地。

她裹着一件毛皮外套站在楼梯上,望着窗外。

"钥匙。"他说。

"老男人,"她大笑着说,"你是。"

她光着脚从楼梯上走下来。开门的时候,他低声问道:"你会和你父亲说我见过你吗?"

"可是为什么?"

他摸了摸她的脸。她向后退。"你应该在上面敷些什么,"他说,"我见过他一次。他认识我妻子。"

"我现在很少见到他。"她说。

她伸出手臂。他们在走廊里跳了几步。现在他跳得好点了。

他走在街上。几辆出租车从他身旁驶过,但他没有伸手去拦。他继续走着。雨水给了他安慰。他抬头仰望天空。他有这样的感觉,幸福离他很遥远,而一切正在变糟糕,还有,人们无法掌握命运,只能接受。

你的舌伸进我喉咙深处

—With Your Tongue down My Throat—

1

　　我可以很肯定地说,我现在是又累又脏,可是有人告诉我还有好几天洗不上澡,所以我还得继续这么脏兮兮下去。昨天早上我哭得很惨,那个女人让我把地址给她以免我有意外,我就胡编了一个给她。我不得不脱下衣服,换上白色的病服,他们给我量了五次体温和血压。然后我坐在轮椅上,护士推我到一间绿色的房间去见医生。他称呼我们所有人"小姐",还讲了些笑话。看得出来一些人开始反感。只可惜他是印度人,他看着我的眼神有点奇怪,仿佛在说:"你来这里做什么?"但也许这只是我的猜想罢了。

　　我不得不躺在桌子上,我不知道他们在左手臂上扎了一针还是两针。然后一股热流涌上我的脸颊,我想要说话。接下来我所知道的就是我躺在恢复室里,护士对我说:"亲爱的,醒一醒,已经好了。"医生用手戳了戳我的腹部说道:"没事了。"我感到自己有些不爽。"你总是这么做吗?"我问。可他说他并没有别的举动。

他们在六点的时候把我们叫醒,我看到外面站着几个表情尴尬、睡意蒙眬的很多个人的男朋友们。我乘上公共汽车,回到自己的小窝里。

几个月后我们被赶了出来,我只好回到我老妈的住处。现在我已经回来了,正把脚搁在桌子上写着这玩意儿,心想着自己看上去就像个画家。我喝了一口柠檬水,里面只有一片柠檬。我在老妈厨房的桌子前,周围有一些种着香草的罐子。虽然这里破烂不堪而且可能随时崩塌,但至少很干净。这里还有老妈的那些女性朋友的照片,她们来自工党和妇女组织,还有布莱克的牛顿照片,旁边放着的是她学校里的孩子们画的画。这里到处都是书,都是关于亚历山大方法、铃木音乐教学法和世上所有叫作什么方法的书。然后就是她的男朋友了。

是的,在我用笔记录他时,科尔曼·霍华德,这个激进的(哈!)电视编剧以及出名的酒鬼正坐在我的对面。他正在边抽烟边研究一个剧本,慢悠悠地翻着页,可糟糕的是,他还不停地对着剧本傻笑。真希望老天保佑老妈能快点从她所任教的天主教女子学校回来。

这本日记是霍华德让我写的,他说要我写下发生过的事情。我同父异母的妹妹纳迪亚很快就要从巴基斯坦过来和我们一起住了。把这些都记下来,他这么说。

如果你能像我一样可以看到此时此刻的霍华德,你一定会克制不住大笑起来的。我是说真的。他差不多四十三岁,身上穿着一件嘎吱作响的皮夹克,一条牛仔裤屁股差不多荡到膝盖处,脚上踩着一双鞋底如床垫般的运动鞋。霍华德看上去似乎从没添置过任何新的物品。或者也许买过,只不过从商店里买回来后,就把买来的东西扔到地板上,然后将垃圾桶里的垃圾丢到上面,再用穿着肮脏的马丁靴的双脚来回地踩踏。在他看来,穿脏衣服是一种政治行为。

但这是在我的窝里。霍华德抽着雪茄。他有一个罐头和卷烟纸,于是整天用他那又短又粗而且泛黄的手指卷烟、舔舐、摆弄、轻拍、点烟、熄灭再重新点燃。这些烦琐的事发生在他和老妈睡在一起的时候,很可能是枕在她胸上时。我在早上的时候进去窥探过,看到了他放在床边的烟灰缸,上面放着避孕套。

天啊,在我记叙的时候他居然朝着我点头!这是因为他太热衷于平凡无奇的底层人士在那里表达自我了吧,尤其是像我这种毫无希望的女孩。一旦人们发现我们在写作,立马便会把我们推到风口浪尖上。

每星期五霍华德会来和老妈见面。

我们的霍华德英雄,你真是值得夸奖,总是带她去一些寻欢作乐的场所,像是新开的夜店(对一个拮据的教师来说这可是件大事)。回来以后,你解开她的内衣,再用手将她的外衣猛地拉下,而她则用温热的双手抚摸你的裆下。我曾经走进房间撞见这一幕!在这场年轻人的游戏之后,老妈便和她的恋人回到床上,在房里翻云覆雨了半小时。我呢,则点上一根蜡烛,关上收音机,然后躺在那儿,耳朵不断地受到震动。听着你自己的老妈干那事很奇怪。

房里不时会传来大叫声、粗重的喘息声和哼哼声,就好像霍华德正在试图把钉子敲进砖墙里。而老妈听上去更像是正在做手术。有时我真觉得我需要提着急救箱冲进去。

这个每星期五的约会听上去是不是很不寻常?他只有在这一天才会来看老妈。但要是他必须去领他的作品所获的奖项,或者要和评论家共进晚餐的话,就要等到后一周的星期五他才会过来看我们。而星期六是肯定没指望的!

我们住在九楼。我对霍华德说:"嘿,聪明的靴子。你别专注于自己了。看看窗外。"

外面那块地看上去像是建筑工地。到处都是厚木板和窗框——电线杆、水泥浆搅拌机、粗砂岩、张着嘴的男人们和他们脚下裂开的砖块。

"怎么了?"他问。

"都是垃圾不是么?纳迪亚会觉得我们就是垃圾。"

"我的小尼娜。"他说。他就是这么叫我的。

"呃,我的大霍华德?"

"为什么要对自己感到羞愧?"

"因为和纳迪亚比起来我们没什么了不起的,不是吗?"

"我了不起。你也了不起。现在,继续你的写作。"

他用手指轻抚我的脸庞。"你很兴奋,是吗?这对你可是件大事。"

没错,我想可能是的。

在我整个人生里,我都是这里唯一的孩子,和那个做戏剧老师的老妈住在这个会议场所。十一岁以前,我一直是独生女,直到有一天老妈说她有一个惊喜给我,那是我所拥有过的最棒的惊喜。在另一个国家,我还有一个和我一样年纪的同父异母的妹妹。

"你的父亲在印度有一个妻子。"老妈说。每次她说到'父亲'这个词脸部就会抽搐。"他们在十五岁那年结婚,这是他们那儿的传统。我对他而言太过于强势了,因此他决定离开我,回到印度,回到他妻子身边。就在那个时候我发现我怀上了你。他的另一个女儿纳迪亚是在几天后被发现怀上的,但她其实就在你后面的一天出生。亲爱的,试想一下。那以后,我才发现他居然在那里还有另外两个女儿!"

我根本不想去理会我那个在异国他乡同父异母的同岁妹妹,总之我就是讨厌她,谁让她突然决定要出现。直到有一天夜里,一时冲动,我写信给父亲,问他是否会让她来我们这里。我起身,乘着电梯下楼,然后走到马路上,在改变主意前把信寄了出去。那是我经历过的最糟糕的一个夜晚,我希望纳迪亚能来拯救我。

如果我不用忙着在星期五下午给 DJ 们写长达十页的满腹怨气的信,霍华德便会和我一起作想象力训练。我不得不躺在地上,开始想象一些疯狂的事,然后描述它们。这太像六十岁的人才会做的事了。可随后我就听到他这样评论别人:"哦,她六十岁的样子真不错!"

"尼娜,"在进行其中一个练习时他说,"你必须得想办法处理你和你妹妹的关系。我希望你能描述一下纳迪亚。"

我脑海里迅速地浮现出各种画面——霍华德正蹲坐在我身

边,他的手抚在我的前额上,传递着关爱的信号。一个女孩的身影突然出现在我脑海,她坐在一棵棕榈树下,读着勃朗特①的小说,喝着酸奶。我看到一个被我父亲搂在怀里的小女孩。他说着老虎、大象和人力车的故事。我看到……

"我看不到了!"

因为我想象不出纳迪亚的样子,我必须见到她。

所以。一切就是这样开始的。老妈和我正在吃早餐,她嘴里嚼着素食奶酪。她穿了一条长而宽松的紫色无袖连衣裙准备去上班,还穿着黑色的长袜,头上绑了一根黑色的头带,这让她看上去像一个五十年代的未成年少女。最近一段时间,老妈把头发染成了金黄色,还时不时地照镜子。我呢,还是T恤和长裤。老妈还是像以前一样紧张地工作,昨天晚上她在电话里和她的朋友谈了几个小时学校的事情。她试着让我对虐待儿童、乱伦以及它们和普通中等教育证书的关系感兴趣。而我则告诉她我有多讨厌吃饭这件事,它有多无聊,我多希望每星期只需要吃一次,而别的时间便可以不用去想它。

"可是味觉是种敏感的感觉,"老妈说,"你应该好好培养你的味觉,而不是——"

"要是你想说教的话,就请闭嘴吧。"

信寄来了。老妈打开一封航空信。她看了两遍。我知道是老爸的来信,就从她手里把信抢来,拿着它往房间里走。

---

① 夏洛蒂·勃朗特(Charlotte Brontë,1816—1855),英国女作家。

亲爱的：

这是个好主意。纳迪亚会在五号那天到。请去机场接她。你们的邀请太慷慨了。请替我照看她，她是我在这个世界上最珍贵的礼物。

爱你们的

信的末尾处纳迪亚写着："我期待很快见到你们。"

嗯……

老妈又倒了些咖啡，开始思考起一切。她有非常糟糕的嗜咖啡症。她的胃一定就像是受损的皮革一般。她下定决心要变得有条理而非情绪化。她说我必须要取消这次的见面。

"很简单。你只要写个纸条告诉他们这里面有些误会。"

我的反应是这样的："我不相信！为什么？没门！可是为什么？"天啊，难道我还不能去死吗，我想上帝知道我已经试过很多次了。

"尼娜，原因是这样的，我根本没有这样的准备。我不清楚我是否愿意见你的这个妹妹。她象征你父亲对我的背叛。"

我拿走了放在桌上的无糖果酱（无添加剂），把桌子收拾干净。

"象征？"我说，"可她是人。"

老妈穿上雨衣，整理好她前晚上打完分的作业。我想说，你穿得太素了。老妈吻了吻我的头。学校里的那些女孩们很喜欢她。在那里，她是个明星。

但我很刻薄。听听这个:"妈。纳迪亚要来了。或者我会过去。我从那扇门里走出去后,日子就回到过去那样,毒品和卖淫。"

她放下包,坐了下来。乓的一声她把车钥匙丢在了桌上。"尼娜,我求你了。"

2

希思罗机场。我和老妈埋头吃着甜甜圈,我们已经在那里等了三个小时。从出口处走出的人群像是刚刚刑满释放的犯人一样,不得不遭罪似的从欢呼雀跃的亲人们和举着"欢迎来自尼日利亚的恩戈吉"牌子的司机们中走过。

可是没有看到纳迪亚。"我今天休假,"老妈说,"但没想到却在机场度过。"

可紧接着。那是她。她现在过来了。是她!我知道是她!我高兴地跳上跳下,疯狂地朝她挥手!是的,是的,不,是的!终于!我的妹妹!我镜中的另一个自己。

我们都拥抱了纳迪亚,老妈突然痛哭流涕起来,泣不成声。我也哭了,我甚至不知道自己抱得如此紧的究竟是谁。直到我能偷偷地打量起眼前这个女孩。

你。每天醒来我都想看见你的脸庞,而如今你就在我眼前,我们的眼泪浸透了你,你因为紧张头有些微微颤动,几乎没有说话。我知道我对你一无所知,但是你却让我感到有些紧张。

你比我矮小。也没我漂亮,我能这么说。鼻子比我的大。当然还有比我更黑,光亮的头发像一块巧克力一样贴在后背。我原本想,不知为何(我猜是因为纯粹的偏见)你会穿着民族服装、松垮垮的裤子、长长的上衣,还有一条把全身上下都能裹住的轻薄的头巾。但你却穿着FU牛仔裤和一件褪了色的蓝色运动衫——看上去就像是从恩菲尔德①来的。我想我们会修正它的。

纳迪亚坐在车的前排。老妈一有机会就会瞥向她。她必须要问纳迪亚父亲怎样了。

"哦,是的,"纳迪亚回答,"爸爸。他和以往一样,谢谢。他真的没什么变化,黛比。"

"但是我们不常见到他。"老妈说。

"我知道。"纳迪亚终于说。

"所以其实我们,"老妈把嗓音提高了说,"并不知道'和以往一样'是什么意思。"

纳迪亚看着窗外绿色的、灰蒙蒙的英国旧遗址。而我不希望老妈此时陷入怨恨的情绪中去。

这之后很长一段时间里老妈都没有再看纳迪亚。而纳迪亚则一路欢欣雀跃。

"你们这里的道路真好啊!那么平滑,那么宽阔,还那么长!"

"没错,它们通往四面八方。"我说。

"哇。四面八方。"

我的天啊,难道她们那里都没有像这样该死的路吗?

纳迪亚小声地说着什么。我们靠近她才听到她说起她亲爱的父亲的身体状况。那个老男人如今一天往那个紧紧夹在他双腿中

---

① 恩菲尔德(Enfield),英国英格兰东南部大伦敦北缘自治市。

间的尿壶里撒几次尿。他状况不佳的衰老的牙龈以及令人不快的口臭。老妈和我不由自主地望着眼前这位亲爱的人,想知道她究竟是谁:她与我们如此亲近,又和我有着血缘关系,然而却以一种我们永远无法分享的、过分亲密的口气谈论着父亲。我们到家了,她用蜜糖般甜美的声调(我第一次听到时不禁忍俊不禁)说:"我觉得很累。想稍微休息一下。"

"你可以睡我的床!"我喊道。

早前我告诉老妈我是不会放弃的。可是当我的妹妹和我们一起穿过一整片住宅区最终站在我们位于建筑工地上方的公寓里,喝着所有她觉得新奇的饮料,拿起老妈的书和她的戏剧节目看时,我的心融化了,融化了。我将不得不从现在起睡在客厅里。不过为了她,我甚至愿意睡在厕所里。

"礼尚往来,"她说,"让我,对,我必须给你们一些东西。"

她从箱子里取出一条地毯递给老妈。"这是爸爸给你的。"老妈将它铺在地上,仔细地看了看然后踩在了上面。

给我的礼物呢?包在我一直都十分钟爱的皱纹纸里的,是我现在正穿在身上的来自巴基斯坦的裙子(搭配手工制作的露趾凉鞋)。它太美了:黄色和绿色相间,钩着金边,是轻薄的夏季面料。

我马上要去失业救济办公室领救济金了,而且我现在还因为我的这身派头而打起了精神。我会继续跟进一切的。

写下这个的时候我正在房间外面等着纳迪亚醒来。每隔十五分钟,我就像个忧心忡忡的护士一样轻轻地敲敲她的房门。

"你醒了吗?"我低声问。还有:"妹妹,妹妹。"我喜爱这个新名词。"你有什么需要的吗?"

我想我懂得了什么是爱。终于。

老妈出门去拿回图书馆的书,把我留在家里。老妈的整个内心,我希望你们能看到。她是个温和善良的人,无法理解这个世界上存在着不友好和暴力。她认为每一个人只是在等待改邪归正。"这样我们就能一点点地改变这个世界。"她会这么说,然后抓着我的手在选举期间挨家挨户敲门。然而在我所有回想得起的记忆中,她始终处于崩溃的边缘。在霍华德之前她还有过其他的男友,但没有一段恋情能够维持下去。他们大多数都是已婚的,因为她那时就是利用男人享受放纵的乐趣。其中有一个中产阶级谄媚者来自工党,我称呼他"胖家伙"。

"你结婚了吗?"等到老妈走出房间坐在他身边并拨弄起他的尼龙领带时,我发出了嘘声。

"是的。"

"你不得不承认,不是吗?那么你老婆呢?她知道你在这里吗?这个下午你感到满足吗?"

你能看到当这些男人看出老妈从心底里大声呼喊需要他们的爱来填补内心的饥渴时,他们都逃之夭夭了。而我这个满头绿发、恶魔般的小孩则怒视着他们。霍华德却并不畏惧老妈的需求,因为他是个自私狂妄的家伙。他只是选择视而不见罢了。

这是怎样的状况啊,我穿着这身巴基斯坦服饰到处走!

我中途去了一次药店买我的药,镇静剂。我住在这一区的朋友珍妮特和我一起,她习惯了我的古怪——比如戴着一顶拖着长长的兔尾巴的浣熊皮帽子。当我把药方拿给那个穿着白大褂的女药剂师看时,她向我点了点头却对珍妮特说:"她会说英语吗?"

我被自己从里到外的这身打扮惊呆了。我把围巾裹在头上走进社区中心,看上去就像是个在乡间迷了路的妇女或者是花园里的小鸡。

不到一会儿工夫,共产党人和那些大人物们都涌到我周围。我含糊地裹在围巾里说话。他们给了我一些宣传单和电话。我有一种压抑的感觉,觉得自己受了伤,似乎眼前有一场被安排好的婚姻和可以预见的殉葬,但却对这样的生活无知得像头猪一样。可是我已经受够了,况且还有一场飞镖比赛和斯诺克球赛在等着我,我还要和一个可爱的拉拉去喝几杯。

又回到家了,我给纳迪亚做了意大利面,往里面放了红辣椒、碎胡萝卜、奶酪和荷兰芹。我还跑出去买了一瓶白葡萄酒。在路上我看到一群孩子们在一辆开过的公共汽车上面互相追逐。他们站在车子的上层仔细地打量着我,其中一个是黑人。这些小鬼们特意走到站台处,在扶杆上来回荡着秋千,嘴里冒出带有种族歧视的言语。

"咖喱味,咖喱味,咖喱味!"

公共汽车呼啸而过。我狼狈不已。

我的纳迪亚终于出现了,一脸睡眼惺忪的样子,眼睛周围有一圈黑眼圈。她坐在桌前,双眼睁不开,又不想说话。我端给她食物并倒了一杯酒给她,不过她抬手拒绝了。我目不转睛地注视着她,可她却瞧也不瞧我一眼。为了打破沉默,我放爵士乐给她听——温顿·马萨利斯①的第一张唱片。我问她是否喜欢这张唱片,可她却沉默不语。也许是第一次听还没有太多感觉吧。我看着她吃东西的样子。但她丝毫不受影响。

她剩下很多食物,然后坐了下来。我递给她一条没有纽扣的黑色李维斯501s牛仔裤,还有一件大号的开司米绒线高翻领Polo衫(偷来的)和一件黑色皮夹克。

"把它们穿上试试。"

她简直一头雾水。"这是我想看到你穿的。我所有的衣服你都可以穿。"

她还是一动不动。我轻轻把她推到卧室里并关上房门。她应该感到幸运。那件该死的夹克是我最好的衣服。我在门外等着。她走了出来却没有穿我给她的衣服。

"尼娜,我觉得不适合我。"

我知道要怎么做了。我又把她推了进去。这次她走出来,又往后退,双手捂着脸。

"拜托,让我瞧瞧。"

她张开双臂转了一圈,头发飞舞了起来。

"好吗?"

"黑色很衬你的头发。"我这样说道。我唯一想到的就是她穿上我的这身衣服后改变有多大啊。她的鼻子上镶着宝石,看上去是多么的漂亮,危险,脆弱而又出众。

---

① 温顿·马萨利斯(Wynton Marsalis,1961—),美国著名小号手、作曲家。

"可它是不是……让我看上去有点野?"

"噢,没错!现在我们可以出发了。出去走走好吗?去看看风景什么的。"

"安全吗?"

"很难说啊。但我有这个。"

我拿给她看。

"哦,我的上帝啊,尼娜。我就知道。"

哦,这才是我所担心也让我崩溃的。我还没解释她已经在心里给我下判决了。

"你以前用过吗?"

"只用过两次。一次是在酒吧里对付一个种族主义者。还有一次是我遇到一个类似抢劫犯的家伙,要我给他一些首饰。"

她看上去变得态度强硬。把脸转过去望着别处。"我是要当医生的,你知道的。我的人生注定是要反对人体伤害的。"

她朝着门的方向走去。我只能把弹簧刀收了起来。

老爸,这些就是我带妹妹看的景象。我把她从公寓里拉出来一直到走道。她看到风猛烈地刮进破碎的窗户。传来的阵阵恶臭让她不得不屏住呼吸。被困在家中的狗汪汪大叫。她看到一个白痴在门上写着:不要抢劫我我没有东西可以偷我全都扔光了。她还看到一些猪头喷在墙上的字:尼娜是条没用的狗。我按下电梯的按钮。

我刚想把她带出这幢楼,糟糕的事情就发生了。有三个十一二岁的男孩正从被他们闯入的那家的门里爬出来。邻居们站在一旁嘴里嘟嘟囔囔地抱怨着。这帮孩子拿到一个大电视机、一个微波炉,小手臂里还夹着一双他们中某个人喜爱的运动鞋。但随后运动鞋掉了下来。

"嘿,"他对着纳迪亚说(这是她来到这里的第一天)。纳迪亚整个人僵住了。"嘿,你帮我把它们拾起来吧!"

她看着我。我哼着《只是幻觉》的小曲。我并不怕这群小浑蛋。只是不想表现出软弱的样子。纳迪亚把鞋子捡了起来。

"把它们塞在这儿就好了。"小鬼边说边抬起腋窝。

"你不觉得你穿太大了一点了吗?"纳迪亚问。

"关你屁事。"

很快我们离开那里,来到了室外。我们走向南非路和一家名叫"斯密兹将军"的酒吧。孩子们在铁丝网后面踢足球。穿着厚重外套的老女人们像是裹着小脚蹒跚而行的食品贩子。她们没好气地推着装满巧克力和猫粮的手推车。

我现在十分紧张,作好了坦白一切的准备。我意识到有必要告诉她一切,只希望能让她了解我的内心和我走过的人生路。

我向她解释(情不自禁地):这件事发生在这儿,那件事发生在那里。我在那个小窝里怀了孕。又从那个穿着黄T恤头戴草帽的老家伙那儿买来毒品。我在那里遭到袭击然后穿过那个公园。我在那家店里偷了笔,把它们丢在我摩托车的头盔里。(要是你感兴趣的话,摩托车的头盔很方便偷的。)站在那个角落,我对周遭一切人和事都不再关心,感到自己无法向前走,也不能停留在原地,更无法回头。我摩托车的齿轮和引擎衔接不上。然后我的精神崩溃了。

她一言不发地听着,时而点头时而摇头。有人在听吗?我拉过她的手,把脸靠近她。

"我告诉你的这些之前从未对任何人说过。我希望我们能彼此向对方敞开心扉。"

她在街上停住脚步,用手捂着脸。

"但是我父亲对我说这地方有多棒!"

"纳迪亚,你想说什么?"

"你却让我看到肮脏不堪的东西!"她大叫道。她搭着我的手臂。"哦,尼娜,如果你能尽力让我看到一些美好的东西该有多好啊。"

美好的东西。我们必须乘公交车往东面去,到荷兰公园和拉德布罗克丛林路①附近。这里是伦敦的富人们爱来的地方。这里有饭店、酒吧、书店、比医生更多产的房地产经纪人以及身着黑衣的魅力人士,他们大多容光焕发,神采飞扬。这里有许多出售健康食物的商店,你能在那里买到豆腐、坚果、有机酸奶和有机牙膏。在这里,可爱的黑人小孩们为了狂欢节在高速公路下面练习敲打钢鼓,老黑人们则坐在空地的橘黄色箱子上冲着他们呼喊。这里,穿着范思哲西服的毒品贩子从郊区乘坐市郊火车过来,手里提着公文包,想要卖旧轮胎的碎片给贫民们让他们用来点烟。

不仅如此,这里的明星比乞丐多。比如呢?范·莫里森②穿

---

① 拉德布罗克丛林路(Ladbroke Grove),伦敦诺丁山地区的南北向主干线,诺丁山狂欢节盛大的游行表演就在这里举行。
② 范·莫里森(Van Morrison,1945—),北爱尔兰民谣教父。

着一件大外套正紧张又急促地向某个方向走去。

"嗨呀,范!范?你都不打声招呼吗!"我在街对面大叫道。听到我的声音,范这个大男人加快了脚步,就像一条被尖头皮鞋戳着屁股走路的狗一样。

纳迪亚看上去有点累了,我把她带到"茱莉"酒吧,那儿有报纸,我们坐在摆放在长凳上的编织精良的坐垫上。至于一杯茶,天知道他们怎么有脸开得出这样的价格。她现在看上去好多了。我们非常融洽地坐在那里,而这次她先开口说话了。

"你多久见一次我们的父亲?"

"每隔两年或者三年。他来这里办公事的话就会过来看我。"

"他真好。"

"是啊,他就是这么认为的。你能和我说点什么吗,纳迪亚?"我靠近她。"我们的父亲,他回家后,是怎么跟你说我的?"

要是我没有引出这些话该多好。可要知道这就是我:不喜欢生活里存有疑问。

"哦,他很担心,担心,担心。"

"天啊,你说了三次担心了。"

"他说你……还是不说了。"

"他说什么?"

"不,不,他没说什么。"

"他说了,纳迪亚。"

她坐在那里望着那些穿着亚麻布衣服、品位极差的电视制作人,缄默不语。

"告诉我老爸到底说了什么,要不然我就把这壶茶从自己头上浇下去。"

我拿起茶壶,打开盖子,方便接下来从头上浇下来。纳迪亚还是一言不发;事实上她把头别向了其他地方。我除了眼睁睁地让茶水从我头顶上浇下来,还有别的选择吗?水滴在我的脸上,马上又流到下巴。我能告诉你,真的很烫。

"好吧,他说,他说你就像是个野兽!"

"像野兽?"我说。

"没错。而且有时候他希望他能把你射死好结束你的不幸。"她直视前方。"是你自己要问的。你逼我说的。"

"这个浑蛋。我可是他的亲生女儿。"

她握住我的手。这是她第一次看我,睁大双眼,急于想说些什么。"在那个家里很糟糕,非常糟糕。尼娜,我必须逃离!而且我和一个人相爱了!一个对我毫不关心的人!"

"还有呢?"

没有了。她没再说别的了,只是重复着:"太残忍了,太残忍。"

我向四周望去。现在这地方倒真是个逃跑的好地方。用不了一眨眼的工夫你就可以跑到门外,跑过半条马路后乘上地铁。我刚想这么跟纳迪亚建议,可是,因为我之前已经告诉过她我的毒瘾、两次流产还有要把水浇到头上,我不希望她对我留有不好的印象。

"我希望,"我对她说,"我希望上帝能让我们不仅是亲戚还能成为好朋友。"

好吧,我的老爸是怎样一个浑蛋啊!野兽!他自己也不是什么天使,又凭什么说我?过去我总是尽力表现得最好,把手腕胳膊都遮起来。此刻我控制不住地想到他。这让我伤心不已。

这就是我的老爸在他过去还会来看我们时到我们家的情况。

首先是一整天的恐惧、期待和准备工作。当我和老妈已经筋疲力尽,把公寓打扫得一尘不染后,一辆黑色的出租车渐渐映入眼帘,这可比救护车还少见,后座上放满了令人欢欣雀跃的礼物:香槟、自行车、不合身的衣服、书,还有装有梦想的盒子。老爸穿着价值三千英镑的西服,打着真丝领带,显得光彩夺目。邻居们在阳台上弯着身子看着眼前这位王子,这愉悦了他们的眼球。楼上的礼物,即使让他们两三个人轮流搬,也要好几次才能搬完。

然后我们会乘坐出租车前往那些菜单是法文的餐厅,老爸认识那里的经理。他会和我们讲极端宗教还有好笑至极的腐败故事,每当老妈情不自禁地想笑,她便紧咬住嘴唇——为什么呢?我猜她是发现自己再一次地被他的迷人磁场吸引过去了。

酒足饭饱以后我们会一起去看大型演出,此时老爸和老妈会手牵着手。后来我才知道,所有的这些演出都出自安德鲁·劳埃德·韦伯①之手。

这就是生活里最美好的片段,可是<u>一旦老爸离开后,我们又不得不回到自己原来的生活中去</u>,我们并不总是希望这样。我和老妈会变得很不自在,大眼瞪小眼的,我们又再次地回归到平凡无奇的生活中。为什么他总是要离我们而去呢?

---

① 安德鲁·劳埃德·韦伯(Andrew Lloyd Webber,1948—),音乐剧大师,代表作品有《猫》等。

有一次在他离开后我因为想念他而跑出去。每当一个人的时候,我便和他说话。第二天早上五点我回家。八点,老妈来到我房间,站在那里,一个孤独的女人,充满愤怒和绝望。

"你是不是在干吸毒和卖淫的勾当?"

为了钱我一直和男人们出去。在按摩院里你几乎用不着做什么事。那里没有人会鄙视你,我们可以和他们一起开怀大笑。老妈之所以会发现是因为我一直有很多钱。她了解外面的情形。她密切关注着我。

"是的。"我并不想逃避。我只是说了出来。是的,是的,是的。

"我想也是这样。"

"对,这就是我目前的生活。现在我能回去睡觉了吗?我十二点还要去工作。"

"别称它为工作,尼娜。它有别的名称。"

她走了。在她的车还没有驶出院子前,我冲进了卫生间,往水池里注满水,然后找出老妈的劣质剃毛刀,在水里用它戳向手腕,一次,接着又一次,想要找寻到静脉。(有机会的话你们应该试试,这比你们想象中的难:皮肤粗硬,喉咙里涌起一股酸酸的、呕吐般的感觉,恶心至极。)我割断了手上的神经,因此不得不进行手术,所有人都为我惹出这么大的麻烦而生气。

几星期后,我改变了伎俩,吞了三十粒药片,然后就把自己送进了萨里郡精神病院。在那里我玩拼图,做篮子,定期和那个小指甲很长的艺术治疗师以治疗的名义做爱。

自杀是一种表达歉意的方式。

和纳迪亚一起来到伦敦塔、纪念碑、海德公园、白金汉宫,到国家剧院里看许多戴着假发的人演的戏剧。纳迪亚不愿听我继续坦白,便和我闲聊起来,这些闲谈逐渐地刺伤我的心灵,就像蔗糖腐蚀牙齿一样。

老妈虽然闷闷不乐却还是精心表现出一副热情好客的样子。大部分时候她很难让纳迪亚从房间里出来。每天纳迪亚都要在浴室里花上几个小时来化妆。后来,我们的霍华德英雄决定出场了。

老妈还没回来。现在是傍晚。你猜怎么着?纳迪亚正和霍华德坐在屋子另一侧的沙发上。这是他们第一次见面,但他们差不多已经坐到对方的腿上了。(我差点写成嘴唇。)整个下午,我不得不目睹他们的心灵相会。他们一直在谈论政治。投射在墙上的词是:多元主义、民主、神权政体和贝娜齐尔[①]!霍华德的意识太强了!这个小贱人想不到在同样的身体下(穿着黑色开司米毛线衣和黑色皮夹克)竟隐藏着这等的智慧和美貌,而且对第三世界有如此清晰的认识!我看到戴着手镯,喷了香水的她用一种从未对我使用过的方式和他说话——手舞足蹈!

"霍华德。我发自内心地告诉你,那是一个极度腐败的国家!即便是那些革命者也很腐败!没人感觉得到希望!"

回应她在谈话里提到的尼亚加拉,霍华德问她:"纳迪亚,我给你看些东西好吗?我自己创作的一些电视录像?"

---

① 贝娜齐尔·布托(Benazir Bhutto,1953—2007),巴基斯坦前总理。

她已经等不及了。

我们都没看到她进来。此刻我妈正站在这里，穿着外套，手里拎着包，望着纳迪亚和霍华德两人胳膊贴胳膊，如此亲近地坐在一起。

"哈啰。"她终于对霍华德打招呼。然后问候了纳迪亚声"嗨呀"。她的胳膊下面夹着买给自己的花——康乃馨。霍华德没有起身去亲吻她。除了纳迪亚他谁都没碰，而且他现在正忙得不亦乐乎。纳迪亚朝老妈点了点头，但视线马上又拉回到霍华德英雄身上。

她对霍华德说："西方国家根本不在乎我们是一个非民主国家。"

"我累坏了。"老妈说。

"嗯，"我对她说，"不管怎样，哈啰。"

我和老妈在厨房将她买回来的东西拿出来。霍华德的声音从远处传来，他在问老妈学校里的事情，但她权当没听见。伤害已经造成了。哦，是的。纳迪亚完全是在老妈的房子里将她视为空气。而霍华德呢，我能看出，他对此感到非常不自在。他刚准备离开座位，纳迪亚一把拉住他的手臂问道："你如何创作？"

"我如何创作？"

霍华德是如何创作的？她简单地用这样五个亲吻般的字眼就足以激起霍华德勃起般的兴奋。"你如何创作"是最不该问这样的家伙的问题。

"他们相处得很好，是吗？"老妈从门的缝隙里望着他们问道。我倚在冰箱上。

"为什么不可以呢?"

"没有原因,"她说,"除了这是我的家。我在外面所做的一切都是在消磨时间,可是没有一个人感谢我也没有人关心过我,而现在我在自己的公寓里还被人排挤!"

"嘿,老妈,别——"

"给我倒杯该死的威士忌,行吗?"

我马上倒了一杯给她。"老妈,你的晚饭在微波炉里。"我递给她威士忌。她用手托住酒杯。她的一生都在挣扎。她参军的父亲;穷苦的白人。她必须通过斗争才能学习。"是鱼排。我还把衣服洗好也熨好了。"

"在这方面你总是做得很好,我无话可说。就算在生病的时候你也做饭。我一回到家饭就做好了。我一个人吃完然后把剩余的饭菜放在你门外。就像喂仓鼠一样。你可以是个很好的人。"

"你确定吗?"

"只不过你的友善不得不和你其他那些野蛮的个性共存。我认识的那些女人,她们的孩子都千篇一律。不是给人带来灾难就是让人失望。他们的热情太高涨了。这是我们在英国的年代。我只希望,我只希望你能有些像样的工作之类的。"

我看着她,而她转过脸望着霍华德和我带回家的妹妹依偎在一块儿。老妈虽然难过却表现得温和。我可以此刻用拥抱来安慰因为我的缘故而难过的她,但却不想纵容她。我想到了一个奇怪的问题。"老妈,你为什么还要和霍华德在一起?"

她坐在厨房的凳子上,小口呷着酒。一边对着地板看了约莫三分钟,一句话也不说,然后鼓足勇气,用拳头捶着腿,就像是一个刚刚吞了深水炸弹的人。霍华德在那边滔滔不绝的话语传到我们耳旁。

老妈站起身,砰的一声关上了门。

"因为我爱他,即使他并不爱我!"

她的酒杯摔在了地上,玻璃在我们脚边碎了一地。

"因为我需要性,为什么不呢!因为我孤独,我很孤独,可以吗,而且我需要一个乐观的人来和我说话!你觉得我能和你交流吗?你觉得你哪怕有一分钟能听我说话吗?"

"老妈——"

"你从来没有关心过我!不仅如此,你还违背我的意愿把纳迪亚带到这儿来,她的甜蜜她的挑剔,让我想起了所有悲惨的过去,想起我一个人独自挣扎了那么久!"

老妈在她房里啜泣。霍华德和她在一起。而纳迪亚和我则坐在沙发的两头。从墙里清晰地传来老妈诉说的伤心事,听得我耳朵都红了。"当然,我在乎你,"霍华德提高了音量,"我爱你,宝贝。我也爱尼娜。你们两个我都爱。"

"我不相信,霍华德。你从没表现出来。"

"可我是个不善言辞的人!"

我对纳迪亚说:"男人都是无比自私的家伙,他们不懂得我们。这就是我知道的。"

"霍华德是引人关注的那一类人,"纳迪亚平静地说道,"他的思想如同艺术家一样开放。"

我开始像老年人那样充满保护欲并且动怒了。

"他是我母亲的男朋友也是长期的恋人。"

"我知道。"

"那么就离他远点。拜托了,纳迪亚。请你理解。"

"你们这些人究竟想指责我什么?"

我懒得去理"这些人"是什么意思。但是听听下面这个。

"我以为你们这些开明的西方人推崇的是自由的性爱?"

"是的,没错。我们一直很随意。"

"那么,尼娜,你怎么解释呢?"

"是因为他,"我更加深入地解释道,"他具有全部的弱点。女人嘴里说出一句好话就会让他以为她们想跟他上床。两句话就能让他飘飘然,以为他是这世界上唯一的男人了。这是一种精神疾病,一种妄想。如果我是你我才不会和这种容易被蒙骗的男人纠缠在一起!"

当然了!

几天之后。

我没精打采地站在霍华德家里。他的窝,或者被他称作"储蓄罐"的家在肯辛顿大街上,在一幢有华丽的黑橡木走廊,周围有公立学校的红砖大厦里。事情往越来越糟的方向发展了。纳迪亚要么关在她的房间里不出来,要么就出门用她的小相机捕捉"历史"。老妈则会去参加所有她知道的聚会。而我准备好了这一次走公路干线。

我帮了你们一个忙了。本来我想描述我们是怎么耐着性子听完霍华德的电视节目œuvre的(我总以为这是蛋的意思)。但不要——听那些细节!

他们就在我面前,霍华德和纳迪亚,脸贴着脸,近得能感觉到对方的呼吸,两人正在一起研究剧本。

今天上午早些时候我们一起去了科芬园购物。纳迪亚想让我给她一些买衣服的建议。于是我们看了几件时髦的犬齿花纹的夹克,明显的城市味儿,精良的棕色和白色毛料,一条黑色皮带把夹克的腰部收紧;短A字裙;真丝的圆高翻领T恤;还有黑色小圆帽、麂皮手套和高跟鞋。凡是她喜欢的,看上的,她全部都买。有钱人。纳迪亚给我买了一件亚麻夹克。

可能是我老是在唉声叹气。他们不悦地看了我一眼。

"如果你愿意的话我可以送纳迪亚回家。"霍华德说。

"我会照顾我妹妹的,"我说,"不过我现在想出去走走。我随时会回来的。"

我漫步走向诺丁山的一家咖啡馆。我走到荷兰公园,经过英联邦学院(我们以前称它为黑鬼的角落)蓝色的斜面屋顶,有一次学校旅行去那里时,我曾往一个废纸篓里撒尿。一些摩登的保姆从我身旁经过——和我一样年轻的女人染了一头黑发——遛着狗并照看小孩。

公园里都是些在荷兰公园学校念书的时髦小孩,他们在草坪上抽烟;穿着单色上衣、肌肉发达的黑人;掷着飞盘之类东西的嬉皮士;放着麦当娜和王子①的音乐的白人男孩。这里还有眼珠不

---

① 王子(Prince,1958—),美国歌手。20世纪80年代在世界流行音乐界涌现出的极少有的多才多艺的音乐家中最耀眼的一位,被称为"明尼阿波利斯之声"。

停转溜、四处踩点的可恶的小偷,伦敦常见的不劳而获的人,游手好闲之人和心怀不轨的人。我可不想和他们扯上什么关系,所以我走上在公园尽头,两旁种满鲜花的小径,包装软糖的工人以前总是在夜里在那儿他妈的排起长队。墙上写着:阶级团结才是快乐的团结。

咖啡馆外面停着一辆警车,一群没戴头盔的猪猡在镶有铁栅栏的窗户里咯咯地笑着。这是这里附近寻常的景象,只不过街道比往日安静了一些。我走过一个站在马路上向我问好的亚裔女警身边。"汤姆阿姨。"我边小声说道,边走进咖啡馆。

他们在这里播放着最新的卡吕普索音乐①和索卡音乐②,还有埃里克·萨蒂③的新唱片。一个拉斯特法里教④信徒和我一起坐在桌前。他请我喝茶。我点了一份红辣椒配烤马铃薯和奶酪粉,附加一份土豆色拉和一块波兰芝士蛋糕。咖啡馆里的人比平常显得压抑;那些猪猡让所有人紧张。但这个拉斯特法里教信徒却真是个好人。他好到在桌子底下拉过我的手把东西塞进我的手掌。一块藏有毒品的厚实的菱形巧克力。

"嘿。我想买一些。"我说。我的鼻子着迷般地绕着它转。

"亲爱的,我只有这些了,"他说,"你把它拿去吧。这是我最后一块了。"

---

① 卡吕普索音乐(Calypso),起源于西印度群岛,是一种由特立尼达土著即席编唱的歌谣。
② 索卡音乐(Soca),源于西印度群岛的流行音乐。
③ 埃里克·萨蒂(Erik Satie,1866—1925),法国作曲家。
④ 拉斯特法里教(Rastafari),在牙买加兴起的黑人基督运动,相信前埃塞俄比亚皇帝海尔·塞拉西一世是上帝的转世,鼓吹好斗的黑人民族主义。

他走了。我望着他离开。当他穿着他那廉价的衣服走到街对面时,他的头发就像小弹簧床的床面一样一根根竖着,警察从车里走出来把他拦下。他朝着他们挥舞着手臂示威。警车里的人去部出动了。有大约六个人把他围住。他们开始了争执。他对着他们出言不逊。警察开始搜他的身。其中一人扯住他的头发。咖啡馆里所有的人都在看。我一口吞下那块巧克力。简直美味极了,美味极了。

现在我走到了街上。啥都不在乎。我的朋友在街对面冲我喊:"他们在栽赃我。我什么都没有。"

我让那群该死的猪把他放了。"他没撒谎!他什么都没有!"我冲着他们大声喊。有一个警察来向我走来。

"看来你也想被抓!"他边说边用力推了一下我的胸口。

"我无所谓。"我说。我真的无所谓。老妈会来看我的。

孩子们围了过来看热闹。他们的脸在同一时刻却看上去不同,有的凌乱不堪,有的可怜兮兮,有的表情严肃,有的独立,还有的一副挑衅的面容。我为我们所有人感到难过。这群猪把我的朋友拖进车内。我是最后一次看到他了。我知道,他面临是两年的麻烦。

我回去后,他们正坐在沙发上,那是霍华德的栖息地。有一些事明显有了进展而且是非传统的。他们离得实在是太远了,让人不安。我头上冒出了水珠,我把头伸到外面感受温度。是的,难道我就不能在这种情况下处理这件难办的事了吗?

"快点,"我对纳迪亚说,"老妈在等我们。"

"是的,没错,"霍华德边说边起身,"把我的爱带给她。"

我瞪了他一眼。"所有的爱还是仅仅只有一点?"

我们相安无事地坐在公共汽车上,很安静,车子驶过商店、人群和失业救济处,这时一些我无法解释的糟糕事情发生了。我前面的所有座位,事实上是公交车的整个上面一层全都不停地向上升起。我把头伸向窗外指望至少马路和地面是固定的,但此时情形与我想象的则完全不同。整条马路从我头顶上方掀起,像被龙卷风席卷的大楼,被抛到半空后又沉了下去。商店成一个角度地向我撞来。世界变成了魔鬼。我的上帝,没有一样东西还能保持静止,但我下定决心要和她摊牌。于是我紧握住座位,对纳迪亚说,至少我想我是这么说的:"你吻了他?"

她两眼直视前方,好像被一个乞讨者纠缠一样。我马上就要被甩到车子外面了,我知道。但我还是毫不犹豫地继续。

"纳迪亚。你做过了,对吗?你做了。"

"但这并不重要。"

我没错吧?你以为我隔了一百码的距离就嗅不出空气里亲吻的味道了吗?

"接吻不重要?"

"不重要,"她说,"尼娜,它不重要。它只是简单的喜爱。这很正常。只不过霍华德和我有很多可以相互倾诉的话罢了。"她似乎突然间陷入沮丧之中。"他知道我和别人相爱。"

"我不反对聊天。但是你可以仅仅和一个人聊天而不必让自己的舌头和对方的扁桃体搅在一块。"

"你把事情形容得太过赤裸了。"她回应道,眼神锋利地看着我,然后站起身,头顶到了车顶。"真遗憾你从来就不理解激情。"

是啊,我很赤裸。而且我还马上就要被二百只棕色气球挤到车子的角落里去了。哦,我的妹妹。

"你觉得不舒服吗?"她边问边站了起来。

下一秒钟我知道的就是我们从行驶的车里跌了出去,而我躺在阿尔伯特音乐厅外一条不寻常的潮湿的人行道上。我上方的天空在摇晃。纳迪亚的脸如同精灵一样在我头上盘旋。然后她像医生一样把手放在我的额头上。我用力地甩开它。

"你为什么在哭?"

要是我们的父亲现在能看到我们就好了。

"你和霍华德的龌龊行为让我为我老妈难过。"

"龌龊行为?等我告诉我父亲——"

"是我们的父亲——"

"关于你的事。"

"你会怎么说?"

"我要告诉他你做过妓女还是个瘾君子。"

"你真的会这么说吗,纳迪亚?"

"不会,"她最后说,"我想不会。"

她伸手给我,我抓住了她的手。

"我该回家了。"她说。

"我也是。"我说。

3

今天不是星期五,不过霍华德和我们一起来到了希思罗机场。

纳迪亚快速地翻阅着时尚杂志,看着她不再有机会购买的服装。她今天的骄傲和自尊高涨。霍华德递给我一叠书和书写纸,还有大概十二支笔。

"他们那里没有笔吗?"我问。

"那里是第三世界国家,"他说,"他们缺少必需品。"

纳迪亚打了一下他的手臂。"霍华德你这个笨蛋,我们当然有笔啦。"

"我是在开玩笑,"他说,"那些笔是给我的。"他试图将它们都装进他的上衣口袋。但是它们掉在了地上。"我要写一些让你们都感兴趣的东西。"

"我们对你写的所有东西都感兴趣。"纳迪亚说。

"并不全是。"老妈说。

"但这次的会特别的……重要。"他说。

老妈把我拉到一边。"尼娜,如果你非要走的话,一定要写作。还有千万别和你父亲提起关于我的任何事!"

纳迪亚转移了所有人的注意力,她高举着手臂,回过头在机场中央大声喊着:"不,不,不,我不想走!"

我的房间,这个单人间,在我父亲房子旁边的一间空房,有着石头地板和粉刷成白色的墙壁。房间里是一张单人床和我敞开着的行李箱,没有衣柜,也没有音乐。朴素得简直不能再朴素了。每样东西上面都有一层黄色的灰尘,让我忍不住想打喷嚏。窗户很小,只有我的两个头那么大。所以这里有点阴暗。隔壁是一间更小的屋子,里面有一个临时的淋浴房、一个水池,地上有一个洞眼,要是你想方便的话就得习惯蹲在上面。

尽管我怨声载道,但这一切我都习惯。事实上,是我自己要求住这个房间的。一开始老爸想让我住在纳迪亚那儿。可我和这里所有人都格格不入,尤其是和我另外两个同父异母的姐姐:我叫她们格鲁米和穆妮。

我醒来,天气实在是太热,太热,太热了,到处都是噪声和汽油味儿。我穿上牛仔裤,然后套上一件带有凯斯·哈林[①]涂鸦的T恤。有一次我走在国王街上,先后有两个人过来问我:"这件是凯斯·哈林的T恤吗?"

外面,烈日快把人烤干了。这里的光线也不同寻常:你真的透过光线还能看见东西。我戴上墨镜。这是副很酷的墨镜。在这里没有多少妇女会戴墨镜。

司机正在预热老爸停在我房间外面的三辆车中的一辆。我打开其中一辆的车门坐了进去,一下子就有一种屁股在火上烧的感觉,我来回摇晃,司机见状哈哈大笑起来,牙齿都露了出来,就好像这是他见过的最有趣的事。

"开我走,"我说,"开我去有阳光的地方。麻烦你了。谢谢。"我伸手去触碰他,而他则从我身边闪开。好吧,他的确很帅。"这些车用不着预热。开车吧!"

他把车子发动起来,按了按喇叭,好像要开走的样子。他还很年轻而且身形单薄——他们这里的人看上去都有点营养不良——

---

① 凯斯·哈林(Keith Haring,1958—1990),1980年代美国街头绘画艺术家、社会运动者。

还有他总爱逗我。

"你这愚蠢的家伙。"

看,我是不是已经学会了怎么跟下人说话了?我至少用了一星期才把原本对待穷人本能的礼貌抹去。

"快点走!从这条车道开出去!"

"尼娜,不能穿鞋,不能穿鞋!"他指着我的脚说。

"不能吃香蕉,不能吃菠萝,"我说,"那么你也没有工作了,鲁鲁。要是你再不开车的话就等着去就业中心吧。"

于是我们驶离这条车道几码之外。大门口的守卫在招手。我回头看,你正站在那里,穿着睡衣站在房子里的走廊上,脸上还抹着剃须膏,头上因为刚刚擦了油还包着一张白纸。你挥着手臂却不说再见。格鲁米,我一夜间多出来的姐姐,跟在你身后跑了出来,挥着拳头,狗在窝里狂吠,小鸡在笼子里尖叫。哈,哈。

我们缓慢地行驶在住宅区内,这里除了老爸还住着所有其他陆军、海军和空军的人:大房屋,远离马路的大平房,草坪上有洒水装置,有一些还有游泳池,每一处都有守卫。

我们驶向超级高速公路,在众多色彩缤纷的,甚至颜色比中国娃娃还要艳俗的卡车中间,我们就如同一只孤立在孔雀群中的麻雀。真是一条糟糕透顶的路,而且一路上一点也不好玩,就像是在月球上开车一样。老爸说修路人偷了材料然后非法出售,所以没有足够的材料来把路修完。因此他们只好停下工程,使得整条路几乎成为烂尾。

这个地方有一个特点就是总有什么突发事件。无论好事坏事,这里总是有事情发生。正当我在想这里的一切多么让我欢欣鼓舞,迎面一辆出租车,老式的黑黄相间的莫里斯,用胶带粘成一块儿,正一路颠簸着驶过来。它飞快地避让车流直到司机完全失控,撞上了它前面车子的后尾,又擦过另一辆车边上,最后越过高速公路向我们直冲过来。鲁鲁最后刹车的时候我得看那个司机的脸。在距离我们还有三尺远的时候,出租车在飞驶后一头撞进了沿路的墙里。两个男人由于惯性控制不住地继续向前,他们的头撞到了胸口,整个身体从挡风玻璃里摔了出去,跌落在清晨的空气中。他们看上去就像圣诞布丁。

鲁鲁加速了。我一把拉住他冲他嚷嚷着让他停车,但是我们的车却越开越快。

"该死的又死人了,"我松开他时他说道,"一个野蛮的国家。这种事情在英国也会发生是吗?"

"嗯,我想是的。"

我终于说服他把车停下,我从车里走了出来。

我独自一人走在集市里,手里拎着首饰、地毯和一些罐子,感到有点困惑。我知道我得买些礼物。尤其是霍华德英雄,钱是他出的。啊,眼前就有一个:一个和大油漆罐差不多大小的笼子,里面有三只小鸡。卖家看到我正盯着它们看。他猛地把一只小鸡拉出来,在砧板上砍下了它的头然后把它举在我面前,羽毛溅落在我头发上。

我走开了,接着闪身躲开了一个醉醺醺的、坐在用门制成的四轮小车上的小女孩,她向我猛冲过来,然后驶过小径,穿过下水道,消失不见了。到处都是有病的和无药可治的人。我刚准备去吃午饭,周围人都一下子跑动了起来。他们从路边突然跳出来,把他们的孩子拉走。一浪接着一浪的活动开始了,三辆满载士兵的封闭大卡车从集市里穿过,身后背着步枪的男人们站在那里纹丝不动,旁若无人。一辆自行车从我脚上压过,我感觉自己已经半个人跨入地狱了。我踮着脚尖走出人群,沿着那条该死的下水道边缘一路走,屎溅在了鞋子周围。我已经受够了这个国家,正当我想要大声叫喊要回去南非路时——

"鲁鲁,"我叫道,"鲁鲁。"

"让我来照顾你,"他说,"抱歉我碰到你了。"

我重新回到车里。肥胖的黑水牛哼哼地边叫边在泥地里打转。我不喜欢看到这些动物还有鸡啊狗啊之类的,身上溃烂,流着血,受着威胁,带着恐惧,四处乱跑。

"你知道吗?"我说,"我很孤独。找不到可以和我说话的人。这里没人可以和我一起开怀大笑,鲁鲁。我觉得他们都恨我,我的家人。你的家人恨你吗?"

我伸了个懒腰,穿着T恤和短裤在前花园里弯弯腰,扭扭身子。我大口地深呼吸。睁开双眼的那一瞬间,这个世界的明亮让我震惊。一个仆人躲在树后偷偷注视着我的一举一动。

"嘿,偷窥者!"我叫道,然后继续。我再次看过去的时候,发现厨子和清洁工也加入到偷窥的队伍中来了,不仅如此他们还紧张地颤动着。

"我正在做什么?"我问自己,"开音乐会吗?"

在早上的报纸中我注意到了,准新娘们都标榜自己"贞洁善良而且肤色白皙"。为什么我却会想做个缺德的、棕色皮肤的人呢?

但是我愿意,我愿意!

我在房间里洗了个澡然后在房子里散步。老爸,我就站在你门外,人们总是在傍晚的时候在这里相会。我透过纱门上的铁丝网看到你,我这些年来的父亲,就在那儿。你现在所想的就和当时的我一样吧,当我还坐在位于谢菲尔德布什的学校教室的最后一排,并且怀有身孕时,我想着你为什么不爱我。

早上我们在客厅的吧台相遇,那时我正吃着早饭,而你坐在健身器上。你一边气喘吁吁地做着运动,一边时不时地瞅我一眼。你健硕的身体不停摇摆,绷紧,可你一句话都不说。就算我开口,你也不会听。你就是那些老一代的浪漫多情的男人中的一个,在你们这样的人眼中女人根本不存在,除非你们决定让我们存在。

此刻你躺在床上,一只手挑着食物,另一只手翻阅着美国连环漫画。一个年轻的仆人把一个你在《观察家》广告上看到的那种脂肪振动仪压在你的小腿上。你抬起头看到了我。我的出现让你生气。你愤怒地招手让我进来。不。还没到时候呢。我继续朝前走。

这幢房子里女人待的地方很少会有人来,老爸的老婆正坐着干针线活。

"你好,"我说,"我想吃一根甘蔗。"

我想问她桌上其他水果的名字,可是老婆大人性格脾气暴躁,她不说英语,我说任何语言她都摇头。她随身有两个仆人,正蹲在那里看录像里放的印度电影。一位老妇人,我看得出她曾经是个银幕女神,现在正跪在地上用一把小树枝扫地。我坐在那里摇晃着腿,一不小心脚踢到了她的背上,在她衣服上留下了一个脏印记。

"试想一下。"我对老婆大人说。

我把甘蔗塞进嘴里。溅进嘴里的汁水刺激着我的味蕾。我把咀嚼后的残渣吐在了银幕女神的小树枝前边。对着一个听不懂你在说什么的人说话真的很享受。

"想象一下我老爸是因为你才离开我老妈的!而你甚至不曾离开那个座位。除了每月一次去银行核对你的珠宝。"

老婆大人把她所有的家当都放在她周围的地上。她肯定是疯了。可是我喜欢这里的疯子:他们只是和任何一个人四处游荡,没人会来烦你,而且人们还会给你食物。

"你看上去就像是个捡破烂的人。你知道什么是捡破烂的人吗?"

穆妮走进房间。很明显她听到了我说的每一个字。她开始冲着我大吼。老婆大人鹰嘴似的鼻子转过来对着我,似乎现在有了兴趣。一些比电视里还要有意思的事情发生了。她们想把我击垮。我想这就是她们希望我在这里的原因。老妈,如果你能看到的话,他们会这样对我完全是因为你在老肯特路上的一次跳舞中认识了一个男人,然后当你躺在暖炉前高抬起你的双腿时,他的安全套破了!

"你趁我们去上班的时候把车开走了!"穆妮吼道,"你强迫司机带你走!我们必须炒他鱿鱼!"

"为什么炒他鱿鱼?"

"他太不听话了!不懂规矩!你说了他乱开车,差点就出人命了!尼娜,你总是不断地制造麻烦,做一些蠢事,一些愚蠢至极的事!"

格鲁米和穆妮的年龄比我和纳迪亚都大。她们都已经结婚了,但因为受到老爸给她们安排的丈夫的粗暴对待,都分居了。那是她们绝无仅有的机会。如今她们又回到老爸这里。如今她们成了秘书。如今她们指责我的一切。

"顺便说一句。这个。"我把手伸进口袋。"拿去。"

看到我摊开的手心,穆妮的眼珠快弹出来了。她的眼睛让嘴巴安静了下来。她开始左右摇摆地缓缓朝我走来。她开始动摇了。她走了过来,伸手拿走了唇膏。

"现在你可以和我一起出去了。我们准备去假日酒店。"

"好的,不过你太淘气了。"她的心思全在唇膏上了。"它是什么颜色的?"

"看在上帝的分上你就不能让她清静一会儿吗?你总是找她的麻烦!"说这话的人是纳迪亚,她下班回来了。她一下子瘫在椅子上。"我好累,"她对着仆人说,"给我倒些茶。"然后微笑着看着我。"你好,尼娜。今天过得好吗?我听说你做了一些锻炼。他们在我工作的时候打电话告诉我的。"

"是的,纳迪亚。"

"哦,姐姐,他们居然还分话题的优先。"

对其他人来说我的身份是"表姐妹"。从一开始关于如何描述我的身份就很尴尬。通常,如果是穆妮或者格鲁米,她们会说,"这是我们从英国来的远房表妹。"父亲在这个问题上的处理方式更让我感到好笑。他没法从嘴里说出"表姐妹"或"女儿"这样的词语,所以他只是叫尼娜,别的不管。不过当然,所有人都知道我是他的私生女。而纳迪亚才是这里真正的"女儿"。"纳迪亚是个出类拔萃的人。"我第一天来到这里的时候老爸这样说,让我清楚地明白自身的渺小,渺小得就像她指甲里的污垢。的确,她聪明,不久以后会是医生,生命的拯救者。现在的她看上去似乎没有在伦敦时那么矮小了。我只能说她把整个政府的自豪全都一个人占了。

"他们在医院使用催泪瓦斯。"

"谁?"

"那些聪明的警察。有一些人在外面示威。警察过来镇压。他们在追逐那些在室内的示威者时竟然对他们使用催泪瓦斯!多糟糕的一天啊!多糟糕的国家啊!我得去洗洗脸。"她走了出去。

"看见没,看见没!"穆妮激动地说,"她比你强多了!就是,就是,就是!"

"我希望如此。这并不难。"

"我们当然知道她比你强!"

我从这里正在发生的一切中走出去,来到父亲的房间。这就像是从一个剧本跳到另一个剧本。在这出戏里又会发生什么呢?一个绿色的卷成圆形的东西在门外烧着,使整个屋子弥漫着一股烟熏味,可以熏死蚊子。发达的通讯设施让他与巴黎、迪拜和伦敦都能取得联络。电视里放着一部美国电影。五个年轻男子强奸一个女人。父亲——我该怎么称呼他?老爸?——坐在床边,伸出小腿。仆人在往他的脚上套袜子。

"你会中暑的,"他说道,仿佛他了解我全部的生活,也有权利专横霸道,"光着身子在花园里活蹦乱跳。"

"现在变成光着身子了吗?"

"我们还必须把司机解雇。坐下来。"

我坐在他身旁的一排椅子上。就像是在医院里看望病人。他侧身卧着,摆着他所喜欢的"嘲笑我运动"的姿势。

"现在——"

灯突然不亮了。电视关了。我闭上眼睛笑了起来。停电了。父亲在床上跳上跳下。"去他妈的这个见鬼的国家!"仆人赶紧点燃蜡烛。今天是星期五,我坐在这里想起老妈和霍华德今天会见面,吃饭,聊天,然后上床。我想霍华德其实并不坏,甚至还有那么一点点好看。他从未故意伤害老妈。他有别的女人——但那仅仅是一种空虚,一个弱点,并不是犯罪——他只有在星期五才和她见面,可他从来没有毁灭她。你还能怎么指望男人呢?老妈很爱他——从一开始,她就这么说;她无法自拔。抛开一切不说,她依然相信别人也依旧愿意敞开心扉。

而我永远不会这样。

老爸转向我。"你在英国究竟都干了些什么?"

"纳迪亚已经和你详细汇报过了,不是吗?"

详细汇报?两天来,当他们面对面轻声低语,咯咯而笑,竖起眉毛,下巴像是要上断头台似的掉下来,摩拳擦掌时,我目瞪口呆地透过窗户拼命读着他们的唇语,老爸和纳迪亚在对我控诉。穆妮和格鲁米这两个"圆盐瓶"和"胡椒瓶"则分别在通道口把风。

"是的,可我想听你自己坦白。"

他喜欢逗弄人。但他是个危险人物,一旦他知道了,很快便人尽皆知。

"坦白什么?"

"你四处流浪。换句话说,你整天都在鬼混。"

"除了雅皮士,每个在英国的人都在鬼混。"

"那么你是和一个男生还是和很多个一起?"我无言以对。"不过你母亲现在有一个男人对吗?什么没用的作家、完全的失败者、花花公子,还有眉毛不自然地会交叉在中间?"

"纳迪亚就是这么形容这个男人的吗,她自己还试图——"

"什么?"

"和他成为亲密的朋友。"

仆人拿起一把剪刀。他开始替父亲理发,清理耳朵,修剪鼻毛。他把一块茶巾系在父亲的衣领处,然后在他脸上涂上皂沫,将剃刀磨好。父亲的脸被刮得很干净,但有些微微发红。

"不完全是这样,"父亲边吐着泡沫边说,"我运用了自己的想象。纳迪亚谈到眉毛我就想到了灌木丛。"他对着仆人说,实则是在暗示我。"一个土生土长的英国人,呃?"

仆人拿着剃须刀忍不住笑出了声。

"可是你是和我们一起的,"老爸说,"别担心,我会让你步入正轨。不过首先你得接受严格的课程训练。"

房间里坐满了盛装出席的人们,他们围坐在老爸的床边,看着他穿着最好的衣服躺在那里。老爸大肆地诽谤那些没有前来的偷税者、受贿者和一些败类们。他显然是这里最受欢迎的人。成为一个给人带来欢乐的人比做好人来得更好。这下老妈可以去喝漂白剂了。

最后他们终于等到了父亲的指示。

"把酒拿来。"

仆人打开酒柜拿出了威士忌。

"除了尼娜,每个人都可以喝酒。她需要学着适应最纯洁的生活方式!"他说,每个人都在笑我。

这些人中有拖拉机经销商(我第一次遇见卖拖拉机的人!)、记者、地主,还有一个年仅三十一岁的报业大亨,他继承了许多家报业。他文化涵养深厚,体型也一样的巨大无比。我建议从正面去看他,然后告诉我他看上去不像是条比目鱼。我抬头看见我的妹妹正站在老爸房间的窗户边,泪眼婆娑地注视着这条不愿与她结婚的比目鱼,因为他早已拥有世上最惬意的生活。

你们这些在国内的傻瓜,让我来告诉你们点消息。这里的男人们邀请纳迪亚和我去他们的住处,带我们去他们的俱乐部,还和我们一起打网球。他们极度大男子主义,却掩饰得很好。他们幽默风趣又慷慨大方,带你去他们的农场,向你展示他们的枪械,还当着你的面杀死一条蛇。他们与你调情,想进入你的身体,但对此却并不期待。

比利悄悄地溜进房间,他穿着肥大的篮球衫、粉色的帆布鞋和打了补丁的牛仔裤。他站在那里,双手叉进口袋,然后又抽了出来。

"嘿,比利,来喝一杯。"

"好的。谢谢……是。好的。"

"别害羞,"老爸说,"尼娜就不害羞。"

说完,整个屋子的人都看着害羞的比利,而比利则盯着地板看。

"不,可以,我能喝一杯。就一杯。谢谢。"

仆人倒了一杯酒给比利。一个人对另一个人说:"他从拉合尔放假回来后看上去好些了。"

"对他来说真是太有帮助了。"

"发生在他身上的事真是太可怕了。"

"是啊。是啊。太糟糕了。"

比利过来坐在我身边。他们滔滔不绝的交谈还在继续。

"我听说过你,"他在他们喋喋不休的谈话声中说道,"人们不停地说起你。"

"那真是太棒了。"

"呵呵。话题女王是吧?"他说。

他坐在床上,我打开箱子,把我所有的磁带给他。

"这是从英国带来的最新的东西。"

他迫不及待地看了起来。"在这里你根本买不到。这是我见过的最好的东西了。"他看着我。"可以吗?我可以借走它们吗?你知道,如果你不介意的话。"我点了点头。"我的房间在这幢房子的最上层。我不会走远的。"

噢,现在就吻我吧!虽然我知道这有点不成熟,尤其是在这样一个国家,他们会因为通奸而把你的手臂或者别的什么部位割下来。我喜欢你的黑色牛仔裤。

"你的口音是哪里的?"我问。

"加拿大。"他站了起来。不,不要离开。还没到时候。"想去兜风吗?"他问。

司机们在车道上抽烟聊天。他们望着我们,安静了下来。比利把他的棒球帽戴在我头上,他的手指触碰到了我的头发。

"比利,把自行车推到马路上这样就没人发现我们离开了。"

我问起他有关他的事。他母亲是加拿大人,去世了。他的父亲是巴基斯坦人,不过比利是在温哥华长大的。我转过身,穆妮正冲着我喊:"尼娜,尼娜,很晚了。你的父亲现在必须见到你,他要和你说规矩的问题!"

"比利,继续走别停。"

他没有理会穆妮,继续推着自行车走。他时不时地偷偷看我,好像不相信自己会有那么好的运气。宝贝,是我不敢相信我的运气!

"就这样爸爸和我回来生活。家。这个地方不是我家。可是他却总是希望能回家。"

我们一直推着自行车在街上走,直到我们走到了主马路。

"和温哥华比起来,这个国家让人崩溃。"他说道。

"我也觉得。"

"是吗?"他变得尖锐。"可是我是被带来这里生活的。你怎么能理解这是种什么感受呢?"

"我不能。没错,我他妈的理解不了。"

他继续说,"爸爸和我那时在拉瓦尔品第改装我们的房子。挖地基,粉刷墙壁,装马桶……"

我们坐上自行车,我抓着他。

"比利,去海边。"

"好的。但这不太容易。你知道警察会把情侣拦下查看结婚证。"

这是真的,可是他妈的见鬼去吧。缓慢地,严肃地,两个叛逆的棕色肤质的黑人骑车穿梭在这座充满战火的城市。我在夜空下高唱着艾瑞莎·弗兰克林①的歌。男人们蹲坐在抛锚的汽车边上。受了伤的野狗在我们经过的小路上奔跑。车辆急速地驶在飞扬的尘土中,经过酒店和航空公司的大楼,从蹲坐在红绿灯旁读书的学生身旁掠过,那里附近有恐怖主义爆炸,道路像塑料一样全都融化开来。

我们一路没有出示结婚证就来到了海滩。说是海滩却更像一片沙漠。只有沙子:没有商店、酒店、卖冰激凌的人,也看不到一个有文身的人。一片漆黑。我双眼惊恐地想要寻找到一束光,找到一丝安全感。可是这个世界如同装上了优质帘幕一般,任何光线都无法渗透进来。

我把比利带到比目鱼的海滨小屋里。小屋——这地方比老妈的公寓还大。我们推开后门来到宽敞的客厅。比利和我开始蹦蹦跳跳,我们打开了百叶窗。月光洒向地面,海滩的景象顿时映入眼帘,比利继续说着他爸爸的事情。

"爸爸想让我在厨房打几个洞眼。但是我必须先把手推车清空。所以他就自己来打洞。但是他碰到了电缆或者什么。总之,他死了,不是么?"

我们亲吻了很久,大概有四十分钟。在接吻的过程中没有多

---

① 艾瑞莎·弗兰克林(Aretha Franklin,1942—   ),美国流行音乐歌手。

少事可以做;让一个人的舌头伸进你嘴里半个小时似乎成就了一个永恒之吻,但凡能做的事,我们都做了。我脱下所有衣服,聆听大海的声音,我差点就要因为想念南非路而哭泣。但至少我们的双唇还有轻微的碰触,虽然几乎就要分开。变得困难了。我用力把他的头拉近我。我的舌在他嘴里的每个角落游徊。很快舌尖在他的双唇间滑过,开始舔舐他唇里的弧线。突然间他将整个舌头伸进我嘴里,侵略我的口腔,我用牙齿轻轻咬住了它。哦,哦,哦。他向后退去,我紧跟着他,舌头滑进他温热的唾液里,然后我躺在长凳上,旁边是敞开的百叶窗,可以俯瞰整个阿拉伯海。我们舌交缠着舌,交换着彼此的唾液,我用手指抚摩着他的双耳和头发,他的手指伸进了我的体内,我们的身体不断地融化,直到我们忘记了自己,忘记了一切,感谢性带来的所有。

还是伸手不见五指,九十分钟不到,我听见屋外停车的声音。我把比利摇醒,把他从我身边推开,拖着他穿过小屋走进厨房。那扇该死的门因为变形无法关上,我们只好挨着对方躺在地板上。我用手捂住比利的嘴让他别出声。我的鼻子边上传来一股屎的味道。我开始咯咯地笑。我把比利的手指塞进我嘴里。他也在因此发笑。可是当一对情侣走进了小屋并开始四处转悠时,我们立马没了声音。不知为什么,我想象着我们要被当场捉住了。

男人开口说话:"真奇怪。一定是我姐姐上次来这里以后忘了关百叶窗了。"

另一人说了一些诸如很好、月光等等之类的话。然后他们便不再说话。我看不到男人的那个家伙,可是我的耳朵正全力以赴。

没错,是接吻的声音。

纳迪亚说:"避孕套在这里,泡泡!"

我的妹妹和比目鱼!好吧。比目鱼点起一盏灯笼。是的,他们就在那里,我能看见他们:她想要脱去他的长T恤,而他在反抗。

"我只脱下面的!"他抱怨道,"我的肚子!哦,我的上帝!"

看着在昏暗的光线下阳台投射在他阳物上方巨大的影子,我对他的害羞并不感到奇怪了。

我听到了我的名字。纳迪亚开始告诉比目鱼——或者"泡泡",她不停地这样叫他——伦敦的计划生育部是怎么发放给我避孕套的。比目鱼一脸吃惊的样子并发出不赞成的声音,他正躺在窗边的长凳上,看上去就像河马,我的妹妹则蹲坐在他身上,上下起伏,时而叹息,时而尖叫。他们非常自然地闲聊,做爱,八卦。比目鱼谈到了我,他想知道我是不是一个滥交的人,我是不是可以随便和任何人上床。还有如今我父亲已经可以掌控我,他准备怎么让我守规矩?比利改变了躺着的身体的位置。他是会轻易地相信这些屁话的。我真希望此刻我身边有纸和笔,可以写张条子给他。我只能温柔地吻他。吻他的时候我有一种前所未有的感觉:我能感受到我是在吻比利,不仅仅是他的嘴唇或身体,更是他的内在,仿佛他的外在只不过是他整个人,他的过去和血液的代表。我从来没有产生过这样的爱慕之情!

纳迪亚和比目鱼越来越激烈了。她不断地问他为什么他们不能每天做爱。他说,好的,好的,好的,你要不要抚摩我的睾丸?我真怀疑她要怎么找到它们。随后比目鱼一阵颤抖,纳迪亚之前像是在跳慢舞一样有节奏地运动,现在不得不停下来。"泡泡!"她叫道,打了他一下,仿佛他是个刚刚呕吐完的淘气的小孩。他长长地放了一个屁。"哦,泡泡。"她说道,回到他身上,把他拉得更近。

很快他睡着了。她不再跨坐在他身上,而是坐在了椅子上,一边望着他一边小声地哭泣。她只想被人抱着,亲吻和抚摸。我觉得我进入了她的内心。

我醒来时已经是白天了,他们正坐在那儿,谈论他们最喜爱的话题。比目鱼在抽烟,纳迪亚想帮他手淫。

"那么她为什么要到你这里来呢?"他问。比利睁开眼却不知道他此时在什么地方。然后他叹了口气。我同意。这是什么鬼地方,我们在做什么啊!(不过,仔细想想会发现你总能在派对的厨房里找到我。)

"就是有一天吃早饭的时候尼娜问起我。我别无选择,还有那个叫霍华德的男人——"

"对了,对了,"比目鱼笑了起来,"你说过他很帅。"

"我只说过他的发型不错,"她纠正道。

可我却因为这样牵强的赞美,有点同情比目鱼了。他站了起来准备走了。

比利也跟着站起来。"我再也受不了这些了。"他说。纳迪亚突然间把头转向我们这边。有那么一刹那我觉得她发现我们了。不过比目鱼转移了她的注意。

我听到车钥匙的哐当声,然后是比目鱼说:"你的内裤在这里,穿上它。你不会是想把它们留在地上吧。不过让我先来吻一下!我要亲亲它们!"

接下来是让人作呕的亲吻声。比利脸部剧烈地抽搐着,他用脚在地上咚咚地敲。纳迪亚看着比目鱼,他的脸正被一小条白布盖着。

"而且,"他蒙着声音说,"我又硬了,纳迪亚。我们躺下吧,我的小美人。"

比目鱼按捺不住地猛地拉过她的手放在他的下面。她一把甩开他,看上去不怎么高兴。

"我的内裤早就穿上了,你这头蠢猪!"纳迪亚愤怒地说,"你鼻子上面的这条一定是你在这里有过的别的女人的!"

"什么?可是我没和别的女人在这里待过!"比目鱼怒气冲冲地瞪着她。他仔细地检查着这条内裤,似乎希望从里面找到一个名字。"玛莎百货①。好奇怪。我觉得恶心。"

"玛莎百货!去他妈的!"比利说,硬是把我的手从他脸上拿开。"我的手脚该死的马上就要断了!"

比利站了起来。他梳了梳头发,卷起衣领,然后一边从"这,这"这里唱起合唱团里的歌曲,一边缓慢地走进客厅。我起身跟着他,正好发现纳迪亚看到我们的出现后张大了嘴高声尖叫。光着下身的比目鱼也大惊失色,赶紧丢掉我的内裤,我捡了起来,当做没事一样地将它穿上。我很平静,彻彻底底地败给了这个最糟糕的场面。不管怎样,我的手臂依然环抱着吉米。

"嗨,你们好,"比利开口,"我们就睡在另一间房间。别担心,我们什么也没听见,什么安全套啊,尼娜的个性啊,内裤啊什么的。

---

① 玛莎百货(Marks & Spencers),英国最大的跨国商业零售集团。

通通没听到。一起去喝杯茶或者别的什么好吗?"

中午的时候我从比利的自行车上下来。"宝贝。"他叫住我。

"我没事。"我说,然后穿着他的方格衬衫逃走了。穿过了一片有洒水器的草坪,我动身去老爸的俱乐部,那是一幢被花团簇拥的白色宫殿。

身穿白色制服的男仆如同殡仪员一样的谦恭,毕恭毕敬地将一盘盘发泡酸奶放下。我能适量地喝些酒。和上将在一起的上校,烫着鬈发的女士们,粉丝,还有跷着二郎腿的人坐在藤椅上。我真希望自己能多睡一会儿。

老头。你就在那里,穿着一身便衣,在能俯瞰花园的橡木建造的诵经台上翻阅着《泰晤士报》。你抬起了头。很好,很好,很好,你的眼睛在说,这一天将不会无聊。有她可以消遣。

你带我去餐厅。这地方冷冰冰的,但看上去还不错,桌子上面铺着厚厚的白色桌布,上面摆放着银制餐具。男士们为优雅的、身材曼妙的女士拉开椅子,而大腹便便的男士们则把外套交给服务生。我注意到这里没有年轻人的身影。

"尽情地吃,"你温和地说,"然后过来坐到我身边。顺便也给我拿点吃的。我要一些肉和木豆。"

我从放在房间中央自助台上的铜壶里取了食物装在盘子上拿给你。接着我们就这样坐在这里,父亲和女儿,一切都显得友好。

"爸爸,你今天好吗?"我触摸着你的脸颊问道。

我们周围那些安静的上流社会人士正在狼吞虎咽。你没有听见我说的话。我又轻轻地重复了一遍:"你今天好吗?"

"你这该死的小贱人。"你说。推开了面前的食物,点起一支烟。

"好啊,"我说道,语气变得冷淡,"现在我们开始进入正题了。"

"你他妈的昨晚去了哪里?"你开始质问我。然后继续说:"你就那样一声不吭地走了。我担心得快要发疯了。血压都要冲到屋顶了。什么事都有可能会发生在你身上。"

"的确。"

"那个可恶的家伙疯了。"

"可是比利人很好。"

"不,他和你一样让人讨厌。是个大麻烦。"

"爸爸。"

"别打断!你们这些混血的败家子,不属于任何地方,是所有人的麻烦,就像一个犯了错的愚蠢的杂种狗一样四处游荡,没人要,每个人都想在背后踹上一脚。"

那些还在研究菜单的人啊,我正喝着眼泪熬成的汤。

"是你抛弃了我们。"我说。我颤抖着。你也颤抖着。"看看吧,许多年前是你毁了我们,然后丢下我们不管不顾,从来没寄过一分钱给我们,却让我们耐着性子看完该死的《万世巨星》①和《贝隆夫人》②"。

有人走了过来,他是曾经帮助绞死首相的能干的法官。我们在一起握了手。天啊,我忍不住要放声大哭了。

---

① 《万世巨星》(*Jesus Christ Superstar*),1973 年由诺曼·杰威森执导的电影。
② 《贝隆夫人》(*Evita*),1996 年由艾伦·帕克执导的影片。

现在是黄昏时分,我正坐在大楼屋顶上面比利房间外的躺椅上。比利则坐在枕头上。我们穿着五分牛仔裤,喝着冰水,读旧英文报纸。我们在房间的一个角落和电视机天线之间拉了一根绳子,把洗好的衣服晾在上面。房间的大门敞开着,我们一遍遍地听着《现在是谁在爱着你》[①]——音量非常响亮——因为这是我们最喜欢的唱片。比利不停地说:"再听一遍,你知道的,就一遍。"我们就像是一对坐在谢菲尔德布什露台上的老夫妇,一直坐在那里,直到我们起身光着脚开始跳舞,屋顶的炙热烤着我们的双脚,让我们不停地大笑,喘气,于是不得不回到室内,又一次做爱。

比利去洗澡了,我看着他走进浴室。我不喜欢和他分开的感觉。当听到水声后,我又坐了下来,把报纸扔在一旁。接着我下楼站在纳迪亚的门外,敲她的房门。老婆大人坐在那儿,穆妮在她身后。

"她不在。"穆妮说。

"进来。"纳迪亚说,打开了她的房门,我走了进去坐在梳理台下面的凳子上。这是个漂亮的房间。到处都是粉色,她的物品全部都整齐地摆放着,她坐在床上梳理她那有光泽的头发。我对她说我们应该谈谈。她对我微微一笑。尽管让我吃惊,但我能看出她在努力尝试。那天我们从厨房里走出来的时候她确实变得怒不可遏,还试图想要打我什么的。

"那是个意外。"我现在告诉她。

"好吧,"她说,"可是你认为这给那个我想嫁的男人留下了怎样的印象呢?"

[①] 《现在是谁在爱着你》(*Who's Loving You*),1969 年由杰克逊五兄弟演唱的歌曲。

"骂我吧。就说我是个精神有问题的西方人。说我疯了。"

"你影响的是整个家族。"她说。

她走到抽屉旁,并将它打开。取出一个信封然后递给我。

"这是给你的礼物。"她友好地说。我刚想打开信封,她便阻止了我。"请先不要打开。这个惊喜要晚一些再揭晓。"

比利穿着短裤站在屋顶上。我拿来一条毛巾替他将头发和腿擦干,他抱着我,我们想象着音乐声一点点靠近彼此。我想起纳迪亚给我的信封便将它打开,里面是一个闪亮的文件夹。是回伦敦的机票。

我之前已经把回去的机票交给父亲保管,那是一张不定期的机票,可以随时使用。很明显,纳迪亚去过航空公司,限定了日期并预订好了航班。明天一早我就要走了。我跑到老爸那里问他这是怎么回事。他只是看着我,我意识到我非走不可了。

4

你好,读者。我想你们已经发现了,是我,霍华德,在我的小屋里写下这个尼娜和纳迪亚的故事。我没有离开这个国家,现在正坐在这里听着约翰·柯川[①]的音乐(一边抽着卷烟)。你们觉得凭尼娜的水平能写出"蜜糖般甜美的音调",还有"装上了优质帘幕一般任何光线都无法渗透进来",特别是"哦,哦,哦"这样的语句吗?就凭她的文化水平?所以,从头到尾,都是我在扮演她们的角色,模仿说话,进行伪装,尝试着在谎言的基础上说出事实。不仅

---

① 约翰·柯川(John Coltrane,1926—1967),著名爵士萨克斯演奏大师。

如此，我还想成为尼娜。那些日子里，我和黛博拉想帮她洗脑，试着去转变她的思路，让她一会儿读这个，一会儿学习跳舞，一会儿又说这里有本巴兰钦①的书等等。她是如何看待这些强加给她的东西呢？因此，我成为她，进入到她的世界中。抱歉。

事实上尼娜回来已经有一个星期了，虽然我直到昨天才得到她的消息，她在电话里说我是一个浑蛋，还有她必须见我。我立刻就赶了过去。

在尼娜的住处。她在那里，坐在厨房的桌子旁，一双脚架在桌子上的烟灰缸旁，这样的姿势就像个画家。黛博拉还没从学校回来。

"你看上去好极了。"我告诉她。我亲吻她的时候，她并没有因为排斥而退缩。

"我看上去好极了吗？"她感兴趣地问。

"是啊。小麦色肌肤。身体健康。精力充沛。"

"哦，就是这样吗？"她认真地看着我。"我还以为你会说些有趣的东西。比如我有所改变啦什么的。比如发生过了一些事情。"

星期五的下午，我们走出大楼。如今的她是怎么面对这一切，好像她已经从中走出来似的！她轻声地告诉我一切：她的父亲、仆人们、叫比利的男孩、接吻、内裤。她说："把比利一个人留在那个国家让我觉得自己就要被毁了。他会做些什么呢？他的身上会发生什么事？我寄了一包磁带给他。还有一些录像。可是他会有多

---

① 巴兰钦（Balanchine George，1904—1983），美国芭蕾演员、编导。

么的孤独啊。"她很沮丧。

我们三人吃着晚饭,黛博拉想要说学校的事,可尼娜无视她的存在。又回到过去了。只不过尼娜忽视黛博拉不是因为她的残忍,而是因为她的心思在别的地方。黛博拉所想的是,尼娜有可能会永远离开她。而我担心的则是她会把更多的期待放在我身上。

第二天,我马上回到书桌前,放起迈尔斯·戴维斯①早期的音乐作品。我把尼娜说过的话、她看上去的样子和我们做过的事通通在脑海中过了一遍,全部浮现出来,我还写了(后来又划掉了)我是如何喜欢在做爱时把小指插进黛博拉的屁股,还有在她能满足地到达高潮时,是如何对我做同样的事情的。我毫无羞愧地把它们通通写下来(还添加了点内容),因为把在这儿发生的事情记录下来就是我的工作,也因为我自己有一条规则,那就是没有素材是神圣的。

这些让我成为了一个怎样的人呢?

有一次我在电影院看电影,安东尼·布伦特②和他的一个朋友走了进来。整个电影院里的人(除了我)都站了起来,有节奏地反复喊着"出去,出去,出去",直到年老的女王站起身离去。我感觉自己的所作所为就像这个老间谍,一个被大肆抨击的可恶的叛徒。

我把这个故事献给你们,黛博拉和尼娜,让你们在我将它送去

---

① 迈尔斯·戴维斯(Miles Davis,1926—1991),爵士音乐史上最具有时代意识和开拓意识的音乐家、小号演奏家之一。
② 安东尼·布伦特(Anthony Blunt,1907—1983),美术史家,女王的绘画管理人。1979 年被证实为前苏联间谍。

出版社之前了解我要诉说的内容。

亲爱的霍华德:

你真是太好了,把你写的故事放在厨房的桌子上,然后随意地写着:"我想在我将它出版之前你们应该读一下。"我感到很欣慰:我还给你一个额外的吻,想着至少你希望我能分享你的工作(我差点写成世界)。

我难以想象你竟然用一次堕胎作为故事的开篇。我想你应该知道我了解这整个故事来源于你的前女友茉莉写给你的那封信。她流产的时候你恰好在纽约,因此她只好在信里吐露她受伤的心灵。你把这些放进你的故事中,假装这是我女儿写的。

这个故事里也涉及我、我们的"关系"甚至我们手指的位置。你把我描述成一个被男人抛弃的可怜的怨妇,这让我绝望至极,但也让我从中明白了像你这样冷感、吸血的男人,为了控制女人,需要将那些老套的故事放在她们身上,甚至去摧毁她们。

我只是感到难过,我用了那么久的时间才意识到你是一个多么低级、恶劣、利用他人的人,根本不值得我们给予你的爱。你让我完全崩溃了。我希望有一天同样的事也发生在你身上。请不要再试图与我联系了。

黛博拉

有人在敲公寓的门。我一整天都一个人待着,并不指望有任何人会来,那会是谁第一个过来呢?

"让我进去,让我进去!"尼娜大喊道。我打开门,她浑身湿透地站在那儿,拿着一个塞得满满的运动包,腋下还夹着几只塑料袋。

"准备搬进来了?"

"你该感到幸运。"她说,从我身边闯了进来。"我走在路上想起该到你这儿坐坐,顺便借点钱。"

她走进厨房。那里很阴暗,外面的院子中滴滴答答响起了雨水声。不过尼娜心情愉悦,她很开心能重返英国,如今她对于父亲再也不抱幻想了。显然,他对她太过粗鲁,居然叫她混血等等。

"哎,霍华德,你有麻烦了,对吗?"尼娜说,"老妈跟你完全一刀两断了,老兄。她在店里没完没了地哭。我受不了了。我已经搬了出来。你知道,你会带着一颗伤心的心死去,也能用这种方式谋杀另一个人。"

"别提这个了。"我说,用锤子敲开冰块然后倒进杯子里。"她写了一封充满恨意的信给我。想看看吗?"

"这是隐私,霍华德。"

"看在上帝的分上,读一下吧,尼娜。"我说,把信塞给她。她开始读信,而我在厨房里来回走动并望着她。我在她身后站了很久。今天我无法将视线从她身上转移。

她面无表情地把信放下。她不是一个感性的人;总是把一些问题看得很透,因为她知道人有多下贱。

"你以前就把她伤得体无完肤。她会恢复过来的,而且除了那些卑鄙的中产阶级没人会读你写的狗屁东西。只要有人付钱给你,只要你从中分些给我,我是不会介意的。"

我没猜错。我知道她会被取悦的。我给了她一些钱,她开始收拾东西。可我并不想让她走。

"你要去哪里?"

"哦,到海克尼一个朋友那里。以前和我一起住在疯人院里。我会在那儿住。哦对了,比利也会和我一起。"她难掩悦色。"我很开心。"

"哇。那很好。你和比利。"

"是啊,不就是嘛!"她站起身,喝完剩下的威士忌。"再见了!"

"别那么快走。"

"我得走了。"

走到门口时她说:"希望你写作顺利,一切好运。"

我送她到电梯。我们一起乘电梯下楼。我走出大楼的前门。看着她在滂沱大雨里行走,我说,"我陪你一起走到街角。"于是我陪着她,尽管我并没有穿雨衣。

到了街角,我还是不想让她走,又陪她去了车站。我穿着T恤和拖鞋陪她在车站等了十五分钟。我拎着她所有的包,全身都湿透了,但我想这样的情形太多见了。"别走。"我不断地在脑中说。后来,车来了,她拿走了她的包,上了车,我站在原地望着她,可是她没有看我一眼,因为她想的是比利。汽车开动了,我一直望着,直到它消失,然后我回到公寓里,换下衣服后洗了个澡。后来。我写下了她说过的话,但这个地方依然满是她的味道。

照片，忧郁的你

—Blue, Blue Pictures of You—

我过去喜欢谈论性。我想,人生的全部——从政治到美学——都会逐渐化作肉体的结合。一个爱抚,就能把你从对爱的极度渴望,带到美好的境地,直到疯狂的地步,更不用说一个吻了。为了更好地阐释这种想象,我曾一度想要收集一本"欲望之书",一本围绕这个主题的奇闻逸事、可悲可叹以及诙谐有趣的故事集。这个特别的故事就是其中之一,如果这本书完成——或者可以启动的话——我会将它囊括其中。这是一个与众不同的故事。把这个故事告诉我的摄影师埃申,他自己是这样形容的。他说至少这是他所接受过的最不同寻常的请求。当他酒吧里的同伴向他提出时,他的第一反应就是尴尬和困惑。不过当然,他也为之心动。

埃申在街道尽头有一间小办公室和一间狭小昏暗的房间。在大多数的日子里,他都会在六点半或七点的时候去酒吧。他喜欢朝九晚五的工作,认为他所做的事需要很强的纪律性,好像如果不是这样的话他会马上变得疯狂——尽管事实上他从未接近过疯狂的边缘,如果去那间酒吧不算的话。

埃申认为自己喜欢循规蹈矩的生活,他可以连续几个星期每天做相同的事,而同时又常常厌恶这将沦为一种习惯。他会在酒吧里抽烟,喝酒,读一个小时或更久的报纸,这取决于他的心情以及他是否对于妻子和两个孩子充满感情,感到愧疚或者感觉平淡。有时他会在孩子们睡觉前赶回家,让他们骑在他背上,和他们一起踢球,然后给他们讲头上有蜘蛛的猪的故事。其他时候他则会晚回家,这样他就能让妻子做晚饭,也不会感觉孩子们正在消磨他的生活。

每天,酒吧里都聚集着许多倒霉鬼:从当地的康复所里出来的哈欠连连的瘾君子,失业的和没有工作能力的人,还有那些玩弹球游戏的蠢蛋。埃申会和他们中的许多人打招呼,不过要是有人未经他同意就坐到他的桌子上,他可以马上变得粗鲁。然而更多的时候,他会和来往经过他身边的人聊天,他自己都没意识到他的那些无关痛痒的谈话让他非常受欢迎。他从不刻意,却已经成了酒吧里的名人。

埃申酷爱给那些有过重要创造,做着有"意义"的工作的人拍照。这些人里有哲学家、小说家、画家、电影导演和戏剧导演。他只使用最少的道具,然后打上强光,直接照明。这样做并不是要去掩盖什么,而是去暴露。观看者能把照片上的这张脸和这个人所从事的职业联系起来。他将这称之为展现那些追寻真实的人自己的真实瞬间。

他给"艺术家们"拍照,但有时也会在没人的时候把自己暗想

"某种"艺术家。去展现一个人——一个充满美德和愚蠢,不断变化着的人——对埃申来说是最具诚实感和成就感的工作。可是虽然他的作品已经被出版和展出过,他还是不得不在他的代表作后面附上自荐信寄出去,让别人不厌其烦地听他诉说自己的才能。这有损他的身份。如今想来,他觉得他本应该可以走得更远。但他能够接受目前的状况,因为他想到,不管怎么说,他已经拥有了大部分他曾经期盼的一种简单而不完美的生活所需要的。他妻子的工作是给儿童书籍加插画,收入可观,因此他们的生活还算过得去。为了更好地谋生,埃申为流行出版物上面的新组合拍摄了照片——他并不是被这些乳臭未干的脸庞所感染,尽管偶尔他也会被他们的丑陋、无辜的愚蠢和鄙俗的愿望而触动。而是因为他们需要的只是走形式。

一个常常戴着粉色墨镜,名叫布莱恩的年轻男子开始定期地和埃申一起喝酒。酒吧是布莱恩吃完早餐后第一个踏足的地方。他对于自己过去做过的事很模糊,尽管似乎涉及管理乐队以及创建和音乐有关的事业。而他主要的职业是进行毒品交易,总喜欢拿不同种类的大麻给埃申,声称这能赋予他"创造力"。埃申则回应说他每晚都吃药来让自己不要变得富有创造力。每当埃申谈及超现实主义或者伟大的摄影师,布莱恩总是过分认真地听着,仿佛如果他是另一个人,就会对这些感兴趣。不过,结果表明他的确了解一些埃申特别喜爱的音乐,比如美国西海岸六十年代中期的迷幻音乐,以及与之相关的电影、文学作品和政治。埃申会谈论它所表现出的对于自由、反叛和不负责任的向往,还有他自己多么希望能有勇气去那里并参与其中。

"你说的听上去就像是伦敦过去几年里的样子,"布莱恩说,"除了音乐发展得比较迅猛,别的都基本没变。"

布莱恩在和埃申在酒吧见面的几个月后,和他那些临时的女朋友们分了手。他经常性地混迹在外面——就像是份工作;他是那种能在公共场所吸引女人的男人。希望无处不在;每一晚都能把你带去一个新地方。可是布莱恩已经快三十岁了;很久以来他总是追逐各种新鲜事物,不活在当下而是活在未来。他开始意识到这样的生活方式留给他的少之又少,这使他感到害怕。

一天他遇见一位曾在一个"神游舞曲"组合里敲鼓的女孩。任何话题——经济、巴黎、罗马或柏林的相对优点——都能让他们聊到一块儿去。每一天他都煞费苦心地想给她买东西,即使只是一支铅笔。其他时候则有可能是伊丽莎白·戴维①的第一版书,一盏从布拉格带回的装饰艺术灯,《五只歌》②的录像带或者是一张列侬《去往瑞诗凯诗的路上》的走私唱片。他会非常紧张地把这些东西带到酒吧征求埃申的意见。埃申猜想是不是因为自己是摄影师所以布莱恩认为他具有品位和判断力,而且他已婚又懂得浪漫。

几杯酒之后埃申会回家,而布莱恩则开始打电话制定晚上的计划。在埃申所认为的午夜时分,布莱恩和劳拉会先去俱乐部,然后上别人家里,接着再去另一个俱乐部。埃申得知有一些地方只有在星期天早上九点才开门。

和妻子一起躺在床上看电视,读19世纪的小说,一边喝着甘

---

① 伊丽莎白·戴维(Elizabeth David,1913—1992),英国烹饪作家。
② 《五只歌》(*Five Easy Pieces*),1970年上映,由罗伯·拉菲尔森执导,杰克·尼科尔森主演的影片。

菊茶时,埃申发现他在试图想象布莱恩和劳拉在一起的场景,他们正在过怎样的美好时光。他期待第二天能听到他们去了哪些地方,吸食了哪些毒品,穿着什么样的衣服,又谈了些什么。他尤其想知道劳拉看到每件礼物的反应;他想知道她是不是想索取更多更好的礼物,又或者她欣赏每一件礼物的优点。还有,埃申关切地询问布莱恩得到了什么回报。

"太多了。"布莱恩不假思索地回答。

"那么她对你很好?"

不同于以往,布莱恩说从没有一个情人给过他劳拉所给予的东西。接着,他身体向前倾,左顾右盼,不再顾及他自己的原则,而感到非告诉埃申那是什么不可。她的触摸,她的言语,她的感官艺术,更不用说她的喃喃低语、喘息、叫声;还有她那优美的手腕,细长的手指,那乌黑浓密的毛发犹如小流氓的莫西干头一样惹人注意——所有的这一切都让他感到前所未有的神魂颠倒。就在前一个晚上,她抓着他的肩对他说——

"什么?"埃申问。

"你的脸,你的手,你,你的全部,你……"

埃申把手汗在裤子上擦干。从内心里叹了一口气,他边听边无可奈何地附和着。他鼓励布莱恩把一切都复述给他听,就像在说一个深受喜爱的故事,而布莱恩也很高兴这样做,直到他们不再有确定的事实。

也许埃申嫉妒布莱恩拥有这样一个情人以及他们的鱼水之欢,而布莱恩则开始羡慕埃申拥有稳定的生活。无论他们之间的想法如何,布莱恩还是让埃申介入到他的新恋情中来,尽管这段感情让他痛苦,而埃申则很高兴看到这点。劳拉激发了布莱恩最大的冲动;亲切、善良和慷慨。他开始更积极地进行毒品交易,为了可以在大多数夜里带她去饭店吃饭;他还借钱带她去布达佩斯玩了一个星期。

然而在爱情中每一个瞬间都会被放大,每一个动作,每句话,每个音节都会像总统的演讲一样被关注。坚定的期待,展露无遗的愿望和难以估量的失望——所有这些交织在一起,就如同一杯混杂了各种毒品的鸡尾酒,在一小时内狂饮下去,使两人都感到天旋地转。如果她打扮好和异性朋友一起参加聚会,他便整个晚上像个偏执狂般精神紧张;而如果他去和前女友见面,她则表现出一副永远都不再理睬他的样子。无疑,她还在和别人约会,一些在各方面都更出色的人?他们相互间的感觉是相同的吗?爱她就是担心失去她。如果可以,布莱恩会愿意把她关在一个空房间里,让一切尽在掌握之中,哪怕只有一分钟。

一天埃申去酒吧回来后发现布莱恩打开了他放在桌上的文件夹,手里正握着那些照片。布莱恩有一些放肆无礼,不过这正是他的魅力所在,而且埃申喜欢魅力,因为这不多见,将它视为一种天赋也不为过。但这同时也暴露出布莱恩是个充满担心和恐惧的男人;他的魅力就在于他能在人们伤害他之前消除人们的敌意。

"嘿。"埃申说。

布莱恩把手指放在一张多丽丝·莱辛[①]的照片上。他说劳拉

[①] 多丽丝·莱辛(Doris Lessing,1919—2013),英国女作家,诺贝尔文学奖以及多个世界级文学大奖得主,代表作《金色笔记》等。

正在读《金色笔记》;他是否能将它买下送给她?可以,埃申说,而且不要钱。但布莱恩坚持要给钱。于是他们谈妥了价格并决定把它装进黑色相框里。又喝了几杯酒后他们便猜想劳拉会怎么想。几天过后布莱恩汇报说虽然劳拉不可能把书看完——她从没看完任何一本书,这种满足感在她身上转瞬即逝——但她看到照片后很高兴。不知道她是不是能来参观他的工作室?

"工作室?如果能称得上的话。不过好的,把她带过来吧——我们是该见面了。"

"那么,明天吧。"

他们晚到了两小时。埃申一直在沉思,每当他紧张或是气愤时便会这么做。他无法因为那些东方宗教浇灭了他的欲火而去打压它们。准备关灯离开时,布莱恩和劳拉带着葡萄酒出现在门口。埃申把他的作品拿给劳拉看。她每一样都看得很仔细。他们吸食了些大麻,那是他用布莱恩给他的种子在阳台上种的,然后他们头靠在一块儿躺在地上看肯尼斯·安格①的电影。布莱恩和劳拉打电话给他们的一些朋友,然后说他们准备出去。他是否愿意跟他们一起?埃申几乎要答应了。他说很想和他们一起,但他工作时起得很早。还有电子乐一波又一波刺耳的尖叫声、噪音和音乐节拍,完全是非人类的音乐。

"是的,没错,"劳拉说,"那里没有人类。只有一群吃了药的机器人。"

"这不是你本意吧。"布莱恩说。

---

① 肯尼斯·安格(Kenneth Anger,1927—),美国先锋派电影创作人、导演。

那次拜访过后的几天布莱恩便提出了那个奇怪的请求。

"她见到你很高兴。"他在埃申在酒吧读报时这样说道。

"我还有她,"埃申眼睛没有抬地嘀咕道,"任何人都会的。"

布莱恩开心地想听到对她的赞美。"她很漂亮,是吧?"

"不,是美丽。"

"对,就是这个词,你形容得挺准确。"

布莱恩拿起电话。"她想拜托你一件事。能让她来吗?"

"我得走了。"

"当然,你得让孩子们上床睡觉,但我想你会发现这是个有趣的请求。"

劳拉不到十五分钟就赶到了。坐在他们的桌旁,她开始说。

"我们想让你替我们拍照。"

埃申点点头。劳拉瞥了一眼布莱恩。"裸体的。或者我们可以戴一些东西。脐环啊之类的。但总之——是在做爱的时候。"埃申看着她。"你把我们做爱的过程拍下来,"她总结道,"你明白吗?"

埃申一时语塞。

她问:"怎么样?"

"我不拍色情作品。"

这听上去一定是有些傲慢。因为她给了他一个好笑的表情。

"我看过你拍的东西,而且我们也没胆量去拍艳照。甚至我们要的不是其中的美。我知道这并不是你追求的。"

"不是。那么是为什么?"

"你想,我们睡到床上,吃饼干,接着喝葡萄酒,爱抚对方,然后整日闲扯。我们的生活里都有过可怕的经历,你明白的。如今我们想捕捉这个夏天的瞬间——我的意思是我们希望你为我们捕捉。"

"用来回顾过往?"

她说:"我想可以这么说。我们都明白爱无法长久。"

"是这样吗?"埃申问。

布莱恩补充道:"有可能被其他的东西而替代。"

"但是这种可怕的激情和对未来的疑虑……还有性爱的强烈程度……会变得乏味,"她继续说道,"我认为人一旦有了一个想法,即使是奇怪的,也应该去追寻它,你不这么认为吗?"

埃申对此表示同意。

劳拉吻了吻布莱恩,然后对他说:"埃申答应了。"

"我不确定。"布莱恩说。

埃申收拾好东西,在他返回前,走到门口并道了声再见。

"为什么是我?"

她看着他。

"为什么?布莱恩偶然撞见你和你的孩子在一起。你是一个慈父,一个正常的男人,而且你一定理解我们想要的。"埃申看着布莱恩,始终没发表意见。她接着说:"不过……要是这个请求太过分的话,就忘了吧。"

这是他们构想过的最轻浮的想法。他会给她机会去放弃。她应该会在早上打电话给他。

躺在床上的时候他不断地在想这件事。劳拉提出请求时,尽管她很激动,却看上去并不像是疯了或者过分热情的样子。毫无疑问,那是一种空虚,但却是一种动人的、单纯的空虚,并不严重;而他则比以往任何时候都赞成纯真质朴。劳拉同时也是任何人都会想要看一眼的女人。

一架古老的立式钢琴和一把吉他;染色的帆布挂在墙面上;抽屉的柜子上放着俱乐部的传单、烟卷纸、药丸、一片剃须刀片、空的和装满的啤酒瓶。一面长镜子靠在柜子上。床在房间的中央,上面铺着白色亚麻布床单。

劳拉把窗帘放下,然后又再将它们拉上去一半。

"光线充足吗?"

"我会调整的。"埃申低声说。

布莱恩去刮脸。埃申把东西一一取出时,他张着嘴喝着啤酒弹着吉他。他们三人把声音放得很低,留意着对方,似乎他们即将要做一些危险而又需谨慎的事情,就像是准备去装炸弹。

穿着点子花纹衣服的年轻男子在房间里徘徊。

"快离开这儿回家睡觉,"劳拉说,"你得了水痘。这里有人得过吗?"她问。

他们都笑了。气氛一下轻松了许多。她搬来一张椅子靠在门上。他们看着她在床上调整姿势。埃申拍下了她的背部;拍了她的脸。然后她脱下衣服。从开启的窗户里吹来的微风爱抚着她。她把手伸向布莱恩。

他走到她身边,他们的脸交织在一起。埃申拍了下来。她将他的衣服褪去。埃申抓拍到了他的不安表情。

很快他们开始变换不同的姿势,为每一次拍摄调整头摆放的位置,手一会儿摆放在这里,一会儿又摆放在那里。布莱恩的脸上开始露出微笑,他似乎很享受作为模特的感觉。

"这很好,但是没用,"埃申对他们说,"你们没展现出最佳的状态。简直像缺乏灵魂。"

"也许他说得对,"劳拉对布莱恩说,"我们得假装他不在这里。"

埃申说:"那么现在我要把胶卷放进照相机里了。"

埃申没有回家睡觉,而是带着他的东西穿过漆黑的城市回到他的工作室。他尽可能快地把胶卷冲洗出来,等到全部完工后回到家中。妻子和孩子们正在吃早餐,他们像平常一样地大笑,争论。埃申走了进去,孩子们不断地要求他脱掉外套。他感到自己就像一个罪犯,尽管他触犯的只是他自己的法律,而且他也不清楚究竟有哪些。

和往常不同的是他把照片带在身边,一边吃着吐司一边又看了好几遍,但他不让孩子们看。

"让我看看好吗?"妻子把手放在他的肩膀上。"别把它们藏起来。你已经很久没有给我看过你的作品了。你的生活太神秘了。"

"我有吗?"

"有时我想你在那里根本什么事情都没有做只是坐着而已。"

她翻着照片然后合上了文件夹。

"你一声不吭地彻夜不归。你都在做些什么?"

"拍照。"

"别这样跟我说话。这些人是谁,埃申?"

"是我在酒吧里认识的人。他们请我为他们拍照。"

他们来到厨房,她关上了门。她可能会坚决反对,而且她不喜欢秘密。

"所以你答应了?"

"你知道我喜欢从某处开始然后在另一处结束。这不是纵欲。"

"你打算将它们出版或者卖出去吗?"

"不。他们付了钱给我。仅仅这样而已。"

他站了起来。

"你要去哪里?"

"回去工作。"

"你今天是还要做类似的事情吗?"

"哈哈哈。"

他希望恢复他循规蹈矩的生活,但他无法专心工作,甚至听不进音乐也看不进报纸。他能做的只是盯着那些照片看。它们不是色情照片,与之比起来太过于露骨和未经修饰。他把非人类的照片删去了。尽管如此,这些图像仍然使他口干舌燥,兴奋不已,也同时让他感到困扰。在这些东西离开工作室前,他是无法开始做任何事的。

他想布莱恩可能会来他这里,但并不确定。然而,他说服不了自己先打电话。他想碰碰运气,于是原路返回到那个地方。虽然筋疲力尽但他仍小心翼翼地穿过之前穿过的马路。

她穿着睡衣来开门,吃惊地看着他。他说他把东西拿来了,并把文件夹交给她作为证明。

他从她身旁走过上楼。她把睡衣拉紧,好像他从未看见过她的身体似的。他们坐在楼上的破沙发上。她犹豫着要不要看这些照片,但她知道她必须得看。她举起图片索引,翻来覆去不停地看。

"这是你想要的吗?"他问。

"我不知道。"

"这是你最好的状态吗?"

"我该感谢你所做的。我不知道我可以怎样回报。"他看着她。她说:"一堂打鼓课怎么样?"

"好。"

她领他去了一间稍大一点的房间,他注意到那里放着许多布莱恩送的礼物。一扇可以看到街景和广场的大窗户前放的是她闪烁发亮的装备。她演示给他看她是怎样玩的,然后教他如何玩。很快她便感到无聊,于是去做午饭。他吃饭的时候,她又重新开始看起照片,不发表评论地浏览着它们,然后回到桌子旁。他不确定她是否希望他在这里。不过她并没有流露让他走的意思,似乎认定他没有别的什么好做。他不知道他还能做什么,仿佛有些事已经结束了。

他们开始看电视,可是突然她把电视关了,站起身又坐了下来。她显得烦躁不安,开始问他关于他所认识的人的问题,他有多少朋友,他喜欢他们什么地方,还有他们互相间会说些什么。一开始他都生硬地回答,担心这会让她感到无趣。但她说她从未得到过任何指导,在过去的几年里,和所有人一样,她只想拥有一段好时光。如今她想要做一些重要的事,希望能找到一个让她在四点前起床的理由。他低声说做爱也许是个待在床上的好借口,就好比需要洗澡是个躺在浴缸的借口。她说她能够理解。她几乎不认识有工作的人;伦敦到处都是吸毒者、没用的人,他们不听从别人的建议,整天只是想着如何使自己得到消遣,他们从不会认真说话。她对此厌倦;她甚至厌倦了恋爱;这已经成为另一种麻醉剂。如今她想要的是一些有趣的难事,不是快乐也不是安逸。

"看呢,看看这些照片……"

"你都看到了什么?"

"太多了,我的朋友。"

她匆忙地走出房间。过了一会儿她提着一个水桶回来,坐在地毯上。她把照片举在水桶上方,邀他一起将它们点燃。

"你确定吗?"他问。

"哦,是的。"

他们把地毯烧焦了,还灼伤了手指,然后把烧成的一把灰扔到窗外,高兴地欢呼。

"你现在要去酒吧吗?"在他向她道别时她问道。

"我想短时间内我是不会再去那里了。"

他告诉她,第二天他要去给一个画家拍照,那个画家还设计唱片封面。他邀请她一同前往。"去见识一下。"她说她会去。

离开房子后他穿过马路。他能透过窗子看到她坐着打鼓。当他越走越远,整条街上,他都能听见她的声音。

我的儿子,狂热者

—My Son the Fanatic—

父亲暗地里偷偷地潜入儿子的房间。他会在那儿坐上几个小时,打起精神只为找出些许蛛丝马迹。然而让他感到困惑的是阿里竟变得爱干净了。他的房间现在既干净又整齐,不再像过去那样衣服、书本、板球拍和电子游戏堆在一起;原来凌乱的地方,如今也开始腾出了空间。

起初帕维斯对此感到欣慰:他的儿子已经长大成熟不再是十几岁那时的状态了。直到有一天,他在垃圾桶旁发现一个裂开的袋子,里面装着的不仅是些旧玩具,还有电脑光碟、录像带、新书和儿子几个月前新买来的时髦衣服。除此之外,阿里还无缘无故地和他的英国女友分了手,那个女孩过去常常到家里来。而他的老友们也不再给他打电话了。

至于原因,帕维斯无从理解,他无法和阿里谈及他的反常行为。他意识到他已经开始有点害怕起他的儿子了,因为除了沉默,他说话也变得尖刻起来。帕维斯唯一对他说过的一句"你很久没有弹吉他了"就引来了他神秘而又意味深长的回答:"我有更重要的事要做。"

然而帕维斯把他儿子的古怪视作是对他的一种不公平。他非常清楚别人的儿子是如何在英国沉沦的。因此,为了阿里,他一直加班加点地工作,还支付高昂的学费供他读会计。除此以外他给阿里买好衣服、所有他需要的书,还有电脑。可如今这孩子却把这些家当都扔了!

先是电视、录像机、音响设备,紧接着是他的吉他。很快,他房里的东西就所剩无几了。即便是原本挂在墙上的他自己的照片也被他取下了,只留下孤零零的一面墙。

帕维斯失眠了;他开始借酒消愁,即使是在工作的时候。他因此意识到自己有必要和一个富有同情心的人谈论这件事。

帕维斯当了二十年的出租车司机。其中有一半的时间他都在为同一家公司工作。和他一样,其他大部分司机也是旁遮普人。他们更喜欢在夜里工作,因为那时的路面更空而赚的钱也更多。而白天的时候他们则用睡觉来逃避他们的老婆。当他们聚在一起时几乎过着男孩般的生活,一起在司机室里打牌,恶作剧,互说色情故事,一起吃饭,讨论政治和各自遇到的问题。

然而帕维斯却不能和他的这些朋友谈及这个话题。他太羞愧了。同时,他也感到害怕,怕他们会因为儿子的误入歧途而指责他,如同过去他指责他们的孩子结交不良少女、逃学和加入帮派。

多年来帕维斯始终在别人面前吹嘘阿里的优秀,说他是如何的擅长板球、游泳和足球,还有他是一个多么细心的学生,几乎每门功课都拿 A。难道说他要求阿里现在去找一份好工作,和一个合适的女孩结婚然后成家立业,这个要求太过分了吗?如果有朝一日这些能实现,他会乐坏的。这样他在英国出人头地的梦想就能成真了。但是现在他究竟是哪里做错了呢?

一天夜里,当帕维斯和他两个最要好的朋友一起坐在办公室里的破椅子上看西尔维斯特·史泰龙①的电影时,他终于忍不住了,打破了压抑许久的沉默。

"我实在想不通!"他突然叫道,"阿里房里的东西全都不见了。而我再也没法和他交流了。我们的语气不像是父亲和儿子——而是兄弟!他都去了哪些地方?为什么要这么折磨我!"

说完,帕维斯痛苦地用手捂住了头。

就在他诉说这一切时,男人们摇着头,相互心照不宣地看着对方。从他们严肃的表情里帕维斯看出一些异样的端倪。

"告诉我发生了什么!"他询问他们。

得到的回答令人欢欣鼓舞。因为他们早就猜到有一些问题。而现在一切都再清楚不过了。阿里在吸毒,他把东西变卖了去换毒品。这就是为什么他的房间空无一物。

"那么我必须做些什么呢?"

帕维斯的朋友们教他在阿里还没有失去理智,因吸毒过量致死或者谋杀他人之前仔细地观察他的一举一动并对他严厉一些。

帕维斯在清晨的雾气中艰难地行走着,害怕他们是对的。他的孩子——吸毒的杀手!

---

① 西尔维斯特·史泰龙(Sylvester Stallone,1946—),美国演员、导演及制片人。

让他欣慰的是,他看见贝蒂娜坐在他的车里。

通常晚上最后一批客人是当地的"婊子"。出租车司机们和她们很熟,经常带她们去接客的地点。等这些女孩做完最后一笔生意,男人们就会把她们送回家,尽管有时这些女人也会和他们一起在办公室里喝上一轮。偶尔司机们也会和女孩们一起走。这被称为"上车换上床"。

贝蒂娜和帕维斯认识三年了。她住在小镇外,在回家的漫长旅途中,她并不坐在乘客的座位而是坐在他的身边。帕维斯会与她相互倾诉彼此的生活和理想。大多数的夜里他们都会见面。

他能够告诉她一些他永远无法和妻子探讨的话题。作为交换,贝蒂娜经常向他汇报晚上的活动。他想知道她去了哪里,和谁一起。他曾经把她从一个暴力的客人那里解救下来,从那以后他们便开始彼此关心起对方。

虽然贝蒂娜从未见过阿里,却时常听到有关他的事。那个深夜,当他告诉贝蒂娜他怀疑阿里在吸毒后,她没有对孩子或者孩子的父亲发表任何评论,而是有条不紊地告诉他应该去关注哪些方面。

"他的眼睛能说明一切。"她说。他的双眼可能会充血;瞳孔可能放大;他有可能会显得疲惫。他还可能会容易出汗,或是容易情绪失控。"明白了吗?"

帕维斯心存感激地开始了他的监视。现在他感觉好多了,因为他已经了解问题可能会是什么。而且他猜想事情肯定还不至于太糟糕?有了贝蒂娜的帮助,他很快便能把问题解决。

阿里每吃一口饭他都会观察。一有机会他便坐在他旁边盯着他的眼睛。只要可以,他就会抓起阿里的手去感觉他的体温。要是阿里不在家,他就变得异常活跃,忙着检查地毯下面,翻他的抽屉、空衣柜的后面,四处嗅嗅,进行侦察。他知道他要找的是什么:贝蒂娜给他画了胶囊、注射器、药丸、粉末和块状毒品的图样。

每一晚,她都等着听他的调查结果。

在接连几日不间断的观察后,帕维斯能够汇报说,尽管阿里放弃了运动,他看上去还是健康的,双眼清澈明亮。他并没有像他父亲所想的那样因为愧疚而回避来自父亲注视的目光。事实上阿里很警觉,从这种意义上来说他的情绪也很稳定:他一方面闷闷不乐,一方面又很警惕。他带着不满,甚至是指责的目光来回应父亲长时间的注视,目光如此强烈,以至于帕维斯开始觉得他自己才是那个做错事的人,而不是他的孩子!

"没有别的可疑的地方吗?"贝蒂娜问。

"没有!"帕维斯想了一下说,"只不过他留了胡子。"

一天夜里,帕维斯在和贝蒂娜在通宵开放的咖啡馆店里坐了一会儿后,特别晚才回到家。他和贝蒂娜犹豫地抛弃了他们此前唯一的解释,那个关于毒品的说法,因为帕维斯没有在阿里房里找到任何类似毒品的东西。况且,阿里不再变卖物品了。他直接把东西扔了,或是赠送给别人,要么就捐给慈善商店。

站在客厅里时,帕维斯听到儿子的闹钟响了。他急急忙忙地走进卧室,妻子还没睡,正倚在床上做针线活。他让她坐下然后保持安静,尽管她原本就没有站着更没说过一句话。她好奇地望着他,而他则在说完这句话后,从门缝里观察着儿子的一举一动。

阿里走进浴室去梳洗。待他回到自己房间后,帕维斯立即穿过客厅,趴在阿里房外听里面的动静。屋内传来喃喃自语的声音。帕维斯有点困惑但又顿时释然了。

一旦有了线索,帕维斯则在别的时间观察他。确实阿里是在做祷告。只要在家,他每天要做五次祷告,一次都不少。

帕维斯把他的发现描述给贝蒂娜听。他还告诉了办公室里的人。那些好奇心十足的朋友现在出奇的安静了。他们无法因为阿里的虔诚而谴责他。

帕维斯决定放自己一个晚上的假和阿里一起出去。他们可以把事情说清楚。他想听听阿里学校里的进展;他想给他讲他们在巴基斯坦的家族的故事。而他最渴望的是想了解阿里是如何发现这个"宗教领域"的,正如贝蒂娜描述的那样。

让帕维斯没有想到的是,阿里拒绝和他同行,声称他早已有约。帕维斯只能坚持说任何碰面都没有父子间的碰面来得重要。

第二天,帕维斯赶紧到街上去,而贝蒂娜穿着高跟鞋、短裙和一件防雨衣正站在雨中,希望能吸引来往的车辆。

"快进来,进来!"他喊道。

他们驾车开过荒原,把车停在一块空地上。从那里可以欣赏几公里内一览无遗的野鹿和野马的景象,在那些没有烦恼的日子里,他们会躺下,半闭着双眼,然后感叹"这就是生活"。可此时此刻,帕维斯却在颤抖。贝蒂娜伸出手臂环抱着他。

"发生什么事了?"

"我刚刚度过人生中最糟糕的时刻。"

贝蒂娜轻抚着他的头,他把前晚他和阿里去一家餐厅吃饭的情形告诉了她。在他们看菜单的时候,帕维斯认识的那个侍者端来了他常点的威士忌还有水。帕维斯此前一直很紧张,他甚至还精心准备了问题。他打算问阿里是否担心即将到来的考试。不过他想先放松一下,于是他松开领带,嘴里嚼着炸面包片,喝了一大口酒。

帕维斯还没开始说话,阿里就一脸不开心的表情。

"难道你不知道喝酒是不对的吗?"他问。

"他对我说话的口气非常尖刻,"帕维斯对贝蒂娜说,"我本来想指责他的无礼,可还是想办法克制住自己。"

于是,他耐心地向阿里解释着这么多年来他每天都工作十小时以上,几乎没有娱乐也没有爱好,更是从没在节假日外出过。他觉得在他想喝酒的时候喝上一杯不算是罪过吧?

"但这是被禁止的。"阿里说。

帕维斯耸了耸肩。"我知道。"

"还有赌博,不是吗?"

"没错。不过我们都只是凡人吧?"

后来帕维斯每喝一口酒,阿里就会皱一下眉头或者还夹带着不满的表情。这让帕维斯不得不赶紧把酒喝了。那个侍者为了让他的朋友高兴,又端来了一杯威士忌。帕维斯知道他快要喝醉了,但却控制不了自己。阿里的脸上露出了可怕的表情,写满了厌恶和责备。就好像他恨他的父亲。

饭吃到一半的时候帕维斯突然情绪失控,把一个盘子摔在了地上。他有想把桌布也扯下来的冲动,但是侍者和其他顾客都盯着他看。可他受不了需要自己的亲身儿子来告诉他什么是对什么是错。他知道自己不算是一个差劲的人。他拥有良知。虽然他也有过一些感到羞愧的事,但总的来说还算过着问心无愧的生活。

"我什么时候做过不道德的事了?"

阿里用低沉而又单调的声音向帕维斯解释其实他的生活并不好。

帕维斯对他发出的责难既恼火又困惑,于是他点了更多的酒。

"问题就在这里。"阿里说。他的身体向前靠过来。这个夜晚他的眼睛第一次活跃起来。"你太沉溺于西方文明了。"

帕维斯打了个饱嗝;他觉得他快要噎死了。"沉溺!"他叫道,"可是我们生活在这里啊!"

"西方的唯物主义者恨我们,"阿里说,"爸爸,你怎么能去爱那些恨我们的人呢?"

"那要怎么解决呢?"帕维斯痛苦地说,"在你看来。"

阿里在他父亲面前流利地进行演说,好像帕维斯是需要镇压和劝降的不安分子。无信仰者将一次次受到烈火焚烧;西方世界是伪善者、通奸者、同性恋、瘾君子和卖淫者的巢穴。

在阿里讲述这些时,帕维斯始终望着窗外,仿佛是在确定他们是否还在伦敦。

"我们的人已经遭受了太多的苦难。如果迫害不停止,我们就会发起圣战。我和数以万计的民众,会心甘情愿地为这一事业献出我们的生命。"

"可是为什么,这是为了什么呢?"帕维斯问。

"我们的回报就是在死后可以去天堂。"

"天堂!"

最后,当帕维斯眼含泪水时,阿里仍极力说服他改变生活方式。

"这怎么可能呢?"帕维斯问。

"祈祷,"阿里答道,"和我一起祈祷。"

帕维斯要求埋单,他用最快的速度把阿里带出餐厅。因为他再也听不下去了。阿里说话的口气简直就像另外一个人。

在回家的路上,阿里坐在出租车的后排,好像自己只是一个乘客。

"是什么让你变成现在这样的?"帕维斯问他,担心自己才是那个罪魁祸首。"有没有一件特别的事对你产生了影响?"

"生活在这个国家。"

"可是我喜爱英国,"帕维斯从镜子里望着阿里说,"在这里他们让你做几乎任何你想做的事。"

"这就是问题所在。"他回答。

这么多年来这是第一次帕维斯感到双眼模糊看不清楚。他的车身撞上一辆卡车,后视镜也被撞了下来。幸运的是他们没有被警察拦下。不然帕维斯会被吊销驾照,继而失去工作。

在把车开回家并从车里走出来后,帕维斯被绊了一下摔倒在地,擦破了双手也磨破了裤子。他费力地爬起来。然而阿里甚至没有伸手去拉他一把。

帕维斯对贝蒂娜说他现在愿意祈祷,如果这就是阿里所想要的,如果这样就可以让他的眼神不再冷漠。

"可我不能接受的是,"他说,"从我亲生儿子的嘴里说出我死后将下地狱!"

更让帕维斯失望透顶的是阿里告诉他自己放弃了会计学的学

习。而当帕维斯问起他原因时,阿里讽刺地说这再清楚不过了。

"西方教育培养的是一种反宗教的态度。"

并且,据阿里所说,在会计师的世界里和女人交往、喝酒以及放高利贷都是很寻常的事。

"但那是一份高收入的工作,"帕维斯争辩道,"多年来你一直都在为此准备!"

可阿里说他打算去监狱工作。最后,在夜晚即将过去而阿里也准备上床睡觉时,他问他的父亲为什么没有留胡子哪怕是一撮小胡子。

"我感觉就像是失去了儿子,"帕维斯对贝蒂娜说,"我受不了他看我的眼神就像是在看一个罪犯。我决定了我该做什么。"

"是什么?"

"我要告诉他让他收拾好他的跪垫然后滚出我的房子。这是我作过的最艰难的决定,但今晚我就要去做了。"

"可是你不能就这么放弃她,"贝蒂娜说,"许多年轻人会误入歧途。但这并不代表他们永远会执迷不悟。"

她告诉帕维斯他必须留在阿里身边,给他支持,直到他醒悟过来。

帕维斯被说服了,认为她的话是正确的,尽管在他意识到以往所做的付出没有得到丝毫的感恩后,他已经不想再施予儿子更多的爱了。

然而,帕维斯仍试图去忍受儿子看他的表情以及对他的指责,并尝试着和他谈论他的信仰。但只要帕维斯冒险说出一句批评的话,阿里就会粗鲁地回应他。有一次,阿里指责帕维斯对白人"卑躬屈膝";和他完全相反,阿里解释自己并不"劣等";对于世界来说并不只有西方国家而已,尽管西方国家总是认为它们是最好的。

"你是怎么知道这些的?"帕维斯问,"在你从来没有离开过英国的情况下?"

阿里用藐视的表情作为回答。

一天夜里,在确定嘴里没有酒气后,帕维斯和阿里一起坐在厨房里。他希望阿里会称赞他正在刻意留的胡子,但阿里并没有注意到。

在这之前的一天,帕维斯对贝蒂娜说他认为生活在西方世界里的人们有时会感到内心空虚,人们需要一种哲学理念来生存。

"是的,"贝蒂娜同意地说,"这就是解决方法。你必须让他知道你的生活哲学是什么。那样他自然就会明白还有别的信仰的存在。"

在经过费力的思考后,帕维斯准备开始行动了。阿里看着他,眼里似乎并没有任何期待。

帕维斯踌躇着说人们需要以尊重的态度对待他人,尤其是孩子和父母之间。这的确,似乎,在一瞬间,对阿里有影响。像是受到了激励,帕维斯继续说下去。在他看来,人生就是如此,你死后便在泥土里渐渐腐烂。"没有了我花和草还会继续生长,但我的生命将继续延续——"

"怎么延续?"

"延续在他人身上。我将延续——在你身上。"听到这句话后,阿里看上去有些沮丧。"还有你的外孙,"帕维斯补充道,"可是当我尚在人世的时候,我希望能充分利用这段时间。同样的,我希望你也是这样!"

"你说的'充分利用'是指什么?"阿里问。

"嗯,"帕维斯说,"首先……你应该尽情享受生活。是的。去享受你的生活而不去伤害他人。"

阿里则说享受是一道"无尽的深渊"。

"我所说的享受不是那个意思!"帕维斯说,"我指的是生活的美好!"

"我们在全世界都在受到压迫。"这便是阿里的回答。

"我知道,"帕维斯回应道,并不完全确定"我们"是谁,"但是——生活的目的就是为了生存!"

阿里说:"真正的道德已经有几百年的历史。全世界有数以百万计的人和我有着相同的信仰。你是在告诉我你是正确的而他们全都是错误的吗?"

阿里看着他的父亲,带着不容置疑的自信,让帕维斯无言以对。

一天夜里,贝蒂娜在见过一个客人后便坐在帕维斯的车里,他们行驶在街上时途中经过一个男孩身边。

"那是我儿子。"帕维斯突然说。此时他们在小镇的另一端,一个贫民区里,那里有两座清真寺。

帕维斯的脸色变得难看。

贝蒂娜转身望着他。"那么开慢点,快开慢点!"她说,"他长的真好看。让我想到了你。但却有张更坚定的脸。拜托,我们能停下来吗?"

"为什么?"

"我想和他谈谈。"

帕维斯掉转了车头,停在阿里旁边。

"要回家吗?"帕维斯问他,"有一段路呢。"

阿里耸了耸肩,闷闷不乐地坐到了后排的座位上。贝蒂娜则坐在前排。帕维斯这才注意到贝蒂娜穿着短裙,戴着俗气的首饰,眼眶有着冰蓝色的眼影。他开始意识到他喜欢的她身上的香水味正弥漫在整个车厢里。于是他打开了车窗。

当帕维斯用最快的速度开车时,贝蒂娜轻声温柔地问阿里,"你去了哪里?"

"清真寺。"他说。

"你在大学里怎样?读书用功吗?"

"你是谁,凭什么问我这些问题?"他说,而眼睛却望着窗外。随后,他们遭遇了严重的堵车,车子停滞不前。

这时贝蒂娜无意间将手搭在了帕维斯的肩上。她对阿里说:"你的父亲是一个好男人,他非常担心你。你知道他爱你甚过于他的生命。"

"你说他爱我。"阿里说道。

"当然!"贝蒂娜说。

"那么为什么他会允许一个你这样的女人那样子碰触他?"

如果说贝蒂娜是在愤怒地看着阿里,那么回应她的是加倍的更为冰冷的愤怒。

她问:"我是什么样的女人?你凭什么那样说我?"

"你自己心里清楚,"他说,"现在让我出去。"

"休想。"帕维斯回答道。

"别担心,我下车。"贝蒂娜说。

"不,别走!"帕维斯说。可是即便车子已经开动了,她还是打开了车门,快速地下了车,向马路另一边跑去。帕维斯冲着她喊了几次,但她还是走了。

帕维斯把阿里带回家,没有再对他多说一句话。阿里径直回到自己房间。帕维斯没有办法读报,看电视,甚至是坐下。他不停地给自己灌酒。

终于他走上楼,在阿里房间外来回走动。当他终于打开房门,展现在眼前的是阿里正在虔诚地做着祷告,甚至根本不朝他的方向看一眼。

帕维斯一脚把他踢倒在地。然后又一把拉起阿里的衣领揍他。阿里向后倒下。帕维斯继续打他。阿里的脸上布满鲜血。帕维斯也开始气喘吁吁。他知道他无法改变阿里,但还是想要揍他。阿里既不保护自己也不还手;在他眼里看不到一丝恐惧。他仅仅只是从开裂的嘴唇里冒出了这样一句话:"那么现在到底谁才是狂热分子?"

厕所狂想曲

—The Tale of the Turd—

我来到这里吃晚饭。她十八岁。在与她相识了六个月后,我被邀请去见她的父母。我今年四十四岁,让我意外的是,她父亲竟与我同龄,还是个教授——是一个小有成就的男人。他正望着我,又或者如我所想,是在观察我。这个已成为女人的女孩永远是他的女儿,但眼下,她却是我的情人。

　　她的两个妹妹也坐在餐桌旁,同样的楚楚动人,只是一脸想要笑的样子,特别是朝我这边看的时候。她当教师的母亲正把一条柔滑细嫩的鲑鱼端上餐桌。刹那间我突然感到,是的,这才是生活,是人们口中的幸福家庭,既然他们让我过来,我为何不安下心来,好好享受?

　　可我刚感到自在,就有些想上大号。我在所有方面都没规律。已经两天了,我连半粒屎都没拉出。可这会儿我穿着还算像样的衣服和这家人坐在一起,却忍不住想上厕所。

他们都是不错的人,只是有点严肃。而我的身上都是些不利条件——我的年龄、工作、从未有就业经历,还有我的……意图。我想说,尽管不是在今晚——除非事情发展到失控的地步——失败就是我的职业。经历了那么多年失败的历练,现在的我已对它信手拈来。

在来这儿的路上,我中途停下喝了几杯酒,否则我根本没勇气踏进这扇门。现在我正小口呷着葡萄酒,尽量故作镇定地和他们讨论最新的电影,而我的手也不再颤抖了,我的小女孩正在桌子的那一头对着我微笑,充满温柔和鼓励。你瞧,一切都挺正常,除了肠道的不适,现在越发的严重了,你能体会内急的那种感受。但我并没有不安,等一下我方便完,感觉轻松了,就再接着吃。

我问其中的一个妹妹卫生间在哪里,她友好地指着一扇门。感谢上帝,这一定是离我最近的一个了,我微微弯着腰穿过房间,不想让他们看出我已经迫不及待了。

我坐在马桶上开始担心他们是不是听得到我上厕所的声音,但已经来不及了:多节的小头已经探出了脑袋,像破土而出的花苞,只不过更厚也更长些,而且我甚至没有紧绷感,我能感觉到它整个一块地顺着肠道柔软地蠕动。就如同爱情般一直在等待这个神圣的时刻。当过去几天里体内堆积的腐尸滑进潮湿的墓穴后,我闭上双眼,享受着此刻的轻松。

方便完后,我忍不住地往下瞅了瞅——即使女王也会这么做——这坨屎是完整的,它有茄子那么宽而且也略呈紫色。我注意到里面镶嵌着斑斑点点的胡萝卜,靠近一看,啊,不,那大概是西红柿,我这才想起这实际上是我在之前二十四小时里唯一吃过的东西。

冲完马桶,我检查了一下仪表。此刻的我看上去疲惫且脸色苍白,眼睛上方有一道伤口,脸颊上还有一块淤青,但我把脸刮干净了,而且从未像现在这样感觉良好,带着男孩般的笑容,似乎在说我伤害不了你。等待我的是那个爱我的女孩,希望她是很多人中最后一个能带给我源源不断信心的人。

我刚准备开门,往下一看,看到它突出的前端掉转了方向。哦,不要,它再次地浮在马桶里,我弯下身子更近地去看。这是我所见过的最大的一堆屎。水箱里的水把它冲洗过了,毫无疑问,它是屎中的精品,有着斑点还镶嵌着像马赛克样的图案,这或许是一幅历史性的画面。我可以和人们争论说我能一个个地辨认出那些大的形状。我敢肯定我以前见到过。看得出来它们很相像但我手边没有眼镜。

本来我可以把这坨屎的样貌拍下来的,要是我随身带着照相机的话,当然要是我有照相机。可是现在我不能在这里徘徊,鲑鱼肯定已经冷了,他们太客气了非要等我过去才开始吃。但问题是,这坨屎正在不安分地上下窜动。

我在等待水箱里的水蓄满,但感觉每一滴水都那么漫长,时间在分分秒秒的过去,我能听见门外恋人一家正在轻声低语,然而我不能让它就这样沉在那里,等到她母亲走进来看到它来回地在晃动。她知道我去过诊所,也看见我又喝酒了;如他们所说的那样,我一直在关注我的酒量,但我控制不住,这样一来她会把她女儿叫去她那边,然后……

我一直在给我的小女孩注射毒品。"这是多么美妙的吸毒方式啊。"她会甜甜地说。她什么都想尝试。在这点上我不与她争论,更不会以居高临下的姿态管教她。不管怎么说,她是个坚定执着的金发尤物,而且在她朋友眼里这是件既时髦又让人激动的事。我能打包票说她是下定了决心要做瘾君子的。

  我花了不少时间去给她找最好的货——药物。我已经有五年没碰毒品了,但我还是和她一起吸,这样能确保她不会吸食过量。除了有一次她的前男友撞见我们,硬是把我拉到门口痛打一顿,认为是我毁了她。然而她为了和我在一起去逃学,我们尽情享受着在肯辛顿市场和切尔西的时光。我说给她听那里的时尚和音乐。我给她听的唱片,我抵制的书,玩过的乐队,我告诉她的那些有创造力的人,还有我们更深层次的交谈这些比起她在学校里听到的任何东西丝毫不逊色,这我是知道的。

  最后我又冲了一次马桶。

  像她这样的女孩……很容易说我是在利用她,人们确实是这么说的。但我给予她们的是时间和鼓励。我的经历让我明白,哦是的,父母可以对你多么挑剔和贬低,于是我会对她们说试试看吧,我会说可以,去尝试任何事。而我则是她们会想要去照顾的那个人。也许在她发现我无可救药,离我而去,去往一个我不能到达的迷人世界之前,我还能有两年的时间和她在一起,虽然会为此心碎。

  我只暗自祈祷她不至于挽起袖子,像展示吉祥物一样地把那些自己造成的伤疤展现给他们看,想象着他们会被吸引。这些女孩执着于真相,也喜欢让她们的父母看到她们能有多叛逆。

  我走到门这里,水是清澈的,我幻想着那坨屎正游向拉姆斯盖特①。但是,不,不,不,不要往下看,那是什么,那个棕色炸弹一定

---

  ① 拉姆斯盖特(Ramsgate),英国东南部海港和疗养地。

是不愿意去往外海。这可怕的怪物哪儿也没去,依然待在原地,和我一样,因为它阴魂不散。我又一次地冲了一遍马桶然后等待着,可它始终停在原地,而我即将要做的,肯定是个生死攸关的时刻,我的人生就聚焦在此。我浑身颤抖,大汗淋漓,但我还没有输。

我挽起身上穿着的这件意大利西装的袖子,它是件旧西装,但却是我最好的外套。我没有很多衣服,我穿的要么是别人给我的,要么是在混迹的场所里找到的,或者是偷来的衣服。

我的内心也在哭泣,你是知道的,可是除了把我的手伸进马桶,伸到尿水里我还能做什么,好吧,噢,往深处,深一点,再深一点,我四处摸索直到手指陷进了那堆屎里,抓起黏糊糊的一把,然后猛地从水里捞出来。有那么一刹那它看上去似乎有了生命,像鱼一般地在扭动。

我的直觉告诉我要冷静,我环顾了一下厕所四周想找个地方砸下去,但不能溅得到处都是,我可不希望他们认为我是在进行某种肮脏的抗议。

这会儿他们肯定开始吃了。可我正在做什么,除了手里握着一团屎站在这里?不仅如此,我的手指似乎和这坨屎粘在一起了;我的皮肤也沾上了,还有我整只手正在变成棕黄色。我肯定是吃了什么不一样的东西,因为我的指甲和手掌都开始变成肉酱的颜色了。

我的恋人她那明亮动人的双眸,她迷人的温柔。可是无论从哪方面来说,她都是个要求高的女孩。她坚持要尝试其他的毒品,每个下午,我们都会像孩子一样玩耍,扮演各种角色,直到我分不清什么是现实什么是虚幻。当她去挑战世界的极限时,我就是她的助手。她可以走到多远,然后依然准时回家喝茶?我不得不尝试然后继续这样,因为她是我的安慰。和她在一起我的人生又重新开始了,只是这一次,我新的人生,弹指间便过完了。

到最后,为了自由和过她想要的生活,她会离我而去;或者,为了给她一个机会,我必须离开她。虽然我也憧憬过婚姻以及哄孩子睡觉的场景,但人们告诉我这一切已经太晚了。一切过得实在太快以至于一个人尚未反应过来就早已结束!

我瞥了一眼那坨屎,发现它柔软的头上露出小小的牙齿,还有微张的小嘴。它正对着我微笑,哦不,它竟然在笑,还有那是什么,它在眨眼,没错,有一块屎正在冲我眨眼,还有在另外一端的那是什么,一条像是尾巴的东西,它在动,是的,它在动,哦我的天啊,它想说些什么,开口说话,不对,不对,我猜它是想唱歌。尽管好像有人说过真相会出现在任何地方,而浩瀚的宇宙可能会派特殊的使者和我们说话,但此时此刻,在我的生命中,我最不想要的就是一块会唱歌的屎。

我想把这坨屎捏碎,冲进水里,然后从厕所跑出去,但是她母亲——等她走进来,那会儿我应该正在外面狼吞虎咽地吃着鲑鱼,她脱下内裤后,我就要开始担心那堆潜伏在弯曲的排水管周围的屎,有可能在唱完一段讽刺的小调后,会像水虎鱼一样地往上蹦然后黏附在她的下体,而我将留给她的印象是无法想象的。

但我不会纠结在这个问题上,我准备想一些有建设性的解决方法,即使它明亮的小眼睛在闪烁,嘴在动,而且还不知道它在什么分泌物里膨胀了体积——别往下想了。还有那又是什么,一双小翅膀……

我抓来一卷卫生纸,撕了大概有一英里长,然后把那坨屎包了起来,绕了一圈又一圈,这样那些眼睛就再也无法那样地看着我并对着我笑了。可即便是被包在纸里,还能感到它的温热,而且越来越热,像生命的温度,特别是它还在跳动并散发着臭味。我绝望地环顾着整间房间看可以把它塞到哪里,塞进一根管道或者藏在书后面,可它会发出臭味,我明白这点,而且要是它开始动的话,会跑到房子的任何一个角落。

有人在敲门了。还有说话的声音——我的爱人。我刚打算回答"哦,亲爱的,亲爱的",这时我听到了别的声音,提高了音量而且不那么充满深情。发生争执了。有人在转动门把手;另一个人在踢门。他们差一点要冲着我把门撞开了!

我要把它丢到窗外去!我把它搁在窗台上然后用双手把玻璃窗往上抬。可是突然间,凝望着天空,我停住了。还是一个男孩的时候,我喜欢仰卧着,欣赏天上的云彩;成为少年的时候,我曾发誓在一个轻松休闲的未来,我将对着天空冥思,直到它的美丽融进我的灵魂,如同一幅我想去细察的能温抚人心的图画,它沐浴在颜料的色彩和纹理中,就像我想去溜达的城市,即使无所事事,就像我想拥有的漫无目标的谈话——有朝一日,一种建构性的漫无目标。

此刻风吹拂着我的脸庞,把我吹起来,我快要摔下去。但我没有放弃,终于把屎扔了出去,它像是一只温暖的鸽子,飞入天空,屎——鸟飞走了,飞走了。

我在水池里把手洗干净,又冲了一遍马桶,然后回到生活中来。往前,往前,一个人继续着,不顾一切,不知道为何,也不知道如何。

夜灯

—Nightlight—

"亲吻总是相互之间的。"

——罗伯特·路易斯·史蒂文森①,《为悠闲者辩护》

每个星期三的深夜,她过来找他,只为了性,出租车在外面等着。四个月前有人拜托他给她介绍工作,但他没有合适她的工作。他现在甚至都无法给自己发出工资。他们没怎么交谈,在沉默中,他们只能互相看着对方。可他们都不想就这样结束,他们之间注定是会发生什么的。因为他们一起站了起来,在桌子旁边躺下,从头到尾一句话也没说。

随后一个星期她在同样的时间出现在他的门口。他们迅速脱

---

① 罗伯特·路易斯·史蒂文森(Robert Louis Stevenson,1850—1894),小说家、诗人与旅游作家,英国文学新浪漫主义的代表人物之一。

光了衣服。她没有睡觉就离开了，但他感觉得到在她毅然果断地让自己清醒前先打过一会儿瞌睡。她一句话也没说，很快让自己恢复状态，然后头也不回地走了。他不知道她住在哪里，也不知道她从哪里来。

现在她不到房子里来了，而是直接去地下室，他没钱把那里布置一下，只有他扔在地毯上的毯子和羽绒被。他们不喝酒也不听音乐，而且几乎看不见对方。一出哑剧正在这间屋子里上演，似乎在这里一切都是允许的，唯有清楚和明白除外。

虽然还在工作，他的债务却在不断增加。他之前所拥有的可能会被一扫而空，而除了他以外没人会知道。他正在失去他所拥有的一切，但这重要吗？为什么应该在乎呢，除非到了无法挽回的地步；如果有一天他的感觉不同了，就再也回不到从前。

他在人生的大部分阶段，尤其是学生时期，一直都是成功的，或者说是在通往一条名为"成功"的路上。和大多数人一样，他一直害怕被人发现这点，但和大多数人不同的是，他可能一直都受到人们关注。他拥有一小间公寓、一辆旧汽车还有一种缺少温暖的感觉。可这些都算不上是失败。他怀念每一天的稳步前进，让他拥有与日俱增的幸福感，即便他并不快乐，但每一天都能清楚地看到未来。他从未料想到会不经意间陷入这般凄凉的境地。

每星期三天他会去学校接孩子放学，带他们去吃饭然后把他们送回那个他投入了几乎所有积蓄而如今他的妻子却禁止他入内的家。每星期五他会和他唯一的同性朋友共进晚餐。饭后，他们会去一间黑色色调的酒吧，他喜欢那里的音乐。酒吧里的男人们大多三十岁的样子，在他看来他们的生活永远是个谜，他们似乎可以整夜整夜地坐在那里,盯着女人看,或者相互看着对方,而看不出任何不满的样子。他嫉妒他们,并想知道他们的生活里是不是没有焦虑,是否他们已经变得逆来顺受,又或者是他们意识到了自己的确一无是处。

这个女人要来的那天,他花了一个小时洗澡。他叫不出她的名字,她也从来不会叫他的名字。必要时,她就叫他"男人"。她很快就要到了。他躺在那儿心想自己是多么幸运,不花任何代价就安排好了一次约会。

五年前,为了另一个女人他和妻子离了婚,虽然他不知道当初为什么会和妻子结婚,而后来那个女人没有任何理由地又离开了他。从那以后,他也有过别的女人。但每当她们靠近他,他就只会往后逃,他也不能理解其中的原因。

他的妻子不再和他说话。如果她拿起电话听到是他的声音,她就把孩子们叫来,这些充当中间人的小孩们在他们俩根深蒂固的积怨中慢慢长大。身为成功女人的她去年发现自己无法下床了。她得不到任何帮助,而孩子们不得不照料她。他们倾向于相信他才是导致这一切的罪魁祸首。而他也开始觉得自己有让女人失去理智的能力,这让他感到荣幸。

如今他和她有了这样一种说不清道不明的关系。一开始,他们带着中年人的不顾一切用力撕扯对方的身体,然后在黑暗中静静地躺下,直到他们拥有的全部欲望又重新点燃。他告诉自己不要放过任何机会。

她离开后他开始自慰,脑中回想着他们刚刚做过的事,把那些记忆刻在脑中随时用来"参考":她向下趴在床上,而他则压在她的身上，将脸长久地埋在她乌黑的发丝里。这种感觉让他想到了她后庭周围那圈被汗水浸湿的黑色体毛如同花花公子头上的发缝被压得平整。

晚些散步的时候，他的身体感到满足但内心却不满足，他不喜这样的自己，因为不知道为什么要这样做：他为自己的想法而困惑，他想不明白一个人为何会表现得如此怪异，为什么会有人因为别人最终没有给予自己根本没有要求过的东西而去憎恨他们。所以这整件事情就是一张编织好的迷网，而他就是那个受骗的傻瓜？可他希望自己多受几次骗，而且不仅仅只在星期三。

接下来的几个星期，她似乎察觉出了些什么。当他们在属于他们的空间里，躺在街道下面一层，几乎是在地下——老鼠的视野范围——她主动让他尝试不同的姿势；让他触摸她身体的各个部位。她用行动告诉他，他们可以更融入对方。

一周接着一周，一些极具迷惑力的事在这间房里上演着。他无法预测接下来可能发生什么。他不确定她是否会出现；他不相信她，或是任何一个女人，只为了不让自己失望。每个星期她都让他惊喜，直到他开始好奇她会为了什么而可能停止他们的见面。

一个星期三，出租车没有出现。他穿着睡袍和拖鞋在窗前站了三个小时，觉得第一个小时里自己就像个好色之徒，在第二个小时里像是一个等待妈妈回来的小孩，而在第三个小时里他就像是个老人。她是不是病了，还是和她的丈夫在一起？他躺在她经常躺的地板上，内心充满着难以抑制的欲望和渴望，直到，后来，他感觉到房间里有人出现，有一股悬着的气流，他坐直了身子，冲着那鬼魂大叫。

他猜自己是中毒了。对他而言,缺少劣势本身就是一种犯罪。他了解自己会有这种观点的渊源,因为妻子曾将它们一一指出。但这并未能让他摆脱对妻子的赡养。他曾一度试着让自己成为可能会被她认同的那类男人。他为每一次机会而流泪,无论在哪儿只要看见动物便和它们交流。他试着把自己的声音放低,尽管在她看来他是为了变得疯狂而"释放"自己。很快,他便不知道自己应该成为什么样的人。他们都陷入了迷茫。他害怕回到家中。他始终闭紧嘴巴,唯恐一不小心说出来什么话;这让她愤怒地去找寻让他开口的方法。

如今他担心起这个新出现的女人身上发生了什么事,可他无从知晓。是怎样的伤痛或绝望让她仅仅只是想要这样?

之后的一星期她果然出现了,裹着大衣,站在门口,脸上带着微笑,她刚三十出头,比他要小上十五岁左右。她可能有一个情人或者丈夫;可能没有工作;可能对爱情不再抱有幻想,或者下个星期就要准备结婚。可她是如此的温柔。他是多么的想念他们在一起做的事情。

第二天清晨他走下楼,闻着床单上她的气味。整整一天空气里到处都是她的味道,她究竟是谁已不重要。他发现自己不停地在想她,思索着他们之间的那种既不了解又异常亲密的特殊关系。如果性是让你认识并了解一个人的途径,那么他对她的了解有多少呢?她的身体,他只能想象关于她的一切,像是在恋爱早期,任何梦想和欲望都让你开始觉得了解一个人,直到现实推翻一切,而欲望和理想也重新来过。无疑,不了解是一件美好的事,似乎一个人所了解的每一件事都会减少纯粹想象的乐趣。比起现实,幻想更能带给他们满足感。

然而她开始让他疑惑,一天夜里当他触碰她的时候,他感到自己从未如此的去爱过——如果爱就是在另一个人那里迷失了自己,那么是的,他爱她——他开始想要确定这种越来越强烈却没有头绪的认识。而且,在生活了那么多年,接受了昂贵的教育,学习了他认为会在将来有用的语言并且看过那么多的书和报纸后,他真的能够就这样爱上一个在漆黑的房间里沉默不语的陌生人吗?不过他还是放弃了想要开口说话的念头,因为他无法再承受更多的失望了。没有什么可以破坏他们的完美夜晚。

你想要性和一段美好时光,然后你拥有了;但通常还会附带一件免费的礼物——和你一样的,一个人。他们的约定似乎史无前例,是许多人向往的,只享受最好的那一部分而不去体会最糟的,并且无所求——特别是在他经常性地想起他和妻子在相互的厌恶和抨击中浪费的精力,以及多年来他们在法律和经济上进行的报复的时候。他常常会想起他出走的那个夜晚。

那天他很晚回到家,刚刚离开和他约会时缠绵悱恻的那个女人的床。他那体型肥硕的妻子转过了身,但他却无动于衷。这是他的最后一晚。等到早晨,他会和孩子们说会儿话然后像许多他认识的男人所做的那样,离开。他们认为离家出走是这辈子只会做一次的事。他的大部分朋友,他认识的大多数人,都在不停换着妻子、丈夫和情人。这是一个到处是爱情吸血鬼的城市,他们从一个人换到另一个人,只为寻觅一个与众不同的人。

他打开走廊的灯,换下衣服,准备躺下,这时他注意到她正仰面躺着而且还睁着眼睛。奇怪的是她看上去没有那么苍白了。他这才发现她涂了眼影和唇膏。她带着微笑向他这边靠来。他避开了;有点不对劲。她扯开了身上的衣服,露出穿在里面的黑色和红色内衣。她从来没有像这样穿过,这点他能肯定。

"这一切太晚了。"他想要大声呼喊。

他捡起衣服,冲向房门然后关上身后的门。他不知道自己正在做什么,只知道他必须离开。最艰难的部分就是走到孩子们的房间,看见被一堆毛毯和玩具包围着的他们的脸蛋,然后和他们吻别。

这肯定动摇了他的决心,因为,他又匆忙地跑回书房,说服自己必须带走一些东西,他想要带走他的电脑。电线也在那儿;他拆不开它们。他收拾好放在柜子上的电视机。在把它搬下楼的时候,他转身看见了依旧浓妆艳抹的妻子,她上身穿着一件睡袍,尖声地冲他喊道:"你要去哪里? 去哪里? 哪里?"

他大叫着回应:"你已经霸占了我十年了,整整十年,不会再有更久了,决不!"

他滑下台阶,向前摔去,抱着电视机继续沿着剩余的台阶往下摔。他没有停下来检查伤势,便逃也似的离了这个家,不带任何情感也没有回头看,只是在想,一个人永远也记不清他成年后居住的房子的每一个角落,可是却会对童年时的家那般记忆犹新,这多么奇怪啊。他把电视机留在了前花园。

他时常陷入极度的惊恐中,认为那个浪漫的自己已经被碾碎了,是现在和他约会的这个女人消除了他的这种恐惧。他有一种危险感,却还是希望自己能被爱唤醒。多么温柔,多么缠绵;他梦见自己打开一扇门,而站在门后的是他将要去爱的那个人。

这种渴望时时刻刻充斥着他,无论他是在派对上,在餐厅里,在朋友那里还是走在街上。他是坐在一列火车里,和一个女人面对面坐着。和她一起,能找回过往。他跟着她。她穿过马路。他也这么做。她开始恐慌。他抓着她的手臂然后大叫道:"不,不,我不是那样的!"然后便跑了。

他不知如何跟人亲近,但厌恶让他筋疲力尽。他如今不想出门,因为会有谁在那里可以让他紧抓不放呢?可是一旦在家,他的思想就会不断地自我侵蚀;他成了一个吞噬自己意识的食人者。他如饥似渴地想得到爱。孤独是可耻的,是一种永无出头之日的痛苦!没有一种生物比拥有强烈欲望的中年男人更受人鄙视,而且这样的欲望还在每天更新,像反复发作的疾病一样不断出现,并大声呼喊着,要体验更多的生活,更多的!

夜晚,他坐在阁楼翻阅着整整一盒子女人们过去写给他的信。里面有大量田园生活的描写。这些女人们坐在咖啡馆里喝着上等的咖啡;她们在露台吃着桃子;她们欣赏着雪景。每一天兴奋的感觉都上升到最高点。他想对这一切嗤之以鼻。人们很容易把欲仙欲死的感觉想象成唯一的满足感。可是什么才能让他满足呢?似乎他生命的齿轮已经从驱动他前进的躯体中脱离了出来。每当他看到别人的渴望,他都会想不通为什么那些人不明白这根本就不值得想要。他要求自己带着新的眼光回到正常的生活中来。他想玩小孩玩的游戏:把你今天观察到的事物列一张清单,如果可以的话,把你的渴望、遗憾和满足添加到上面,这样,你的生活就不会在你还没来得及察觉就已经溜走了。而每个星期三,他则要求自己拥有一些不同寻常的体验。

他躺在她边上,他们的身体结合在一起,他们的嘴张开着,她用双腿钩着他。需要的时候,他们移动身体来维持这种温暖的享受。他只能从她做爱的方式上来判断她的情绪。有时她仅仅只是抓着他;而有时她会躺下,让他亲吻她的脖子和前颈。

他睁开眼看到她正在注视自己。已经很久没人如此关切地看着他了。他的被一种全新的感觉所激起:好奇。他思索着他们的性行为能成为日常生活中的一部分。他想要看到别人看着她,想要有人看到他们在一起,作为见证。他的爱太过强烈,他差一点就要尝试与她交谈。

好几个星期来他都决定要在他们做爱的过程中说话,每一次他都对自己说一到这个时候话便会自动说出来。他准备想说的是"我们应该谈谈",后来简化为"想谈谈吗",然后是更为简短的"谈谈"。

然而他的不说话很明显让这个女人感到高兴。他还能让谁这样高兴呢?难道坦诚相见不会破坏他们之间的理解吗,难道他们没有别的词可以代替爱抚了吗?言语可以被歪曲,可是谁能歪曲亲吻呢?他多希望他没有一直在想着必须有所行动,没有去想一些事应该发生,就好比友谊,好比火车,总是要通往某些地方的。

他开始想这间屋子里发生的是他唯一的希望。忘记了他爱这个世界什么地方,并认为生存本身就是一件苦差事,是她,一步一步地提醒他真正值得做的事。看来似乎在他全部的人生里,他一直都在追求性。他不确定为什么,但他一定是推测出了这是一种重要的欲望。而如今他已经拥有了,似乎还不够。可是这重要吗?只要还有欲望,脉搏就还在跳动;你就活着;想要,就是去超越自己的极限,一步一步。

近来

—Lately—

继契诃夫《决斗》①后

---

① 《决斗》(*The Duel*),安东·契诃夫1891年创作的短篇小说。

1

　　早上八点,那些通宵达旦的和刚刚起床的人们会聚集在海滩游泳。度过了一个温暖的春天,现在到了炎热又潮湿的夏季,据说这是近年来最热的时候。而海水的温度却十分宜人。

　　一个三十岁左右消瘦的黑发男子穿着绒拖鞋和李维斯毛边牛仔短裤漫步到海边,他叫洛克,在那里他看到了几个认识的人,这里面包括伯格,一个总是给大多数人留下不愉快第一印象的当地全科医生。

　　又矮又胖,留着板寸头,大鼻子,看不到脖子再加上声音响亮,伯格并不像是个和医学搭边的人。但和他接触过后,人们就会觉得他既亲切又和蔼,甚至还有那么点迷人。他会和每个人打招呼,还会在酒吧里或者大街上听人们诉说他们的生理甚至是心理疾病,并和他们一起讨论。人们说把病症告诉伯格,这给了他一种尝试去治愈他们的愉悦。他在一些不同寻常的和地理位置绝佳的地方举办的烤肉宴远近闻名。但他却为自己的好心而羞愧,因为这让他陷入了困境。他希望自己的为人处世能够简洁明了。

"我有一个问题要问你,"在他们穿过海边的泥滩时洛克说道,"假设你恋爱了。你和那个女人在一起生活了几年,然后——事情往往是这样——你不再爱她了,并且发现你对她的好奇已经耗尽了。这个时候你会怎么做呢?"

"离开她,我只能这么说,然后开始一段新生活。"

"假如她没有亲人,没有地方可以去,没有工作也没有钱呢?"

"我会给她钱。"

"你已经知道我在说谁了吧?"

"你说什么?"

"别忘了,我们谈论的可是一个聪明绝顶的女人。"

"哪个聪明的女人?"伯格问,尽管他早已猜出。

伯格顺着他的路线拼命地游;洛克在浪花里踩着水,随后他仰着身子在水里漂浮着。

他们在悬崖下面穿衣服,伯格抖了抖他的鞋,想把里面的沙子抖出来。洛克捡起了他带来的两份报纸,早年的《纽约书评》和《赛马快报》。

"和一个你不爱的人在一起生活简直就是噩梦,但我不会为此烦心,"医生用他那"并无大碍"的声音建议,"但假设你和另一个女人在一起后发现她也一样呢?那样的话你的感觉会更糟。"

他们去了附近一家常去的素食餐厅。像往常一样,店主给伯格拿来他专用的杯子外加一杯冰水。伯格开始享用他点的吐司、蜂蜜和咖啡。游泳给他带来了好胃口。

倒霉的是,洛克想点份杏仁羊角面包,而他只是以前在伦敦的餐厅里吃过一次;可每天早上他都会举手示意经理给他拿些过来。毫无疑问,在他们的小镇里从来没有看到过这样的东西,因此每一次他的要求都只会让经理更恼火。伯格能够预见总有一天洛克会被赶出这家店。不过他倒是希望自己也有胆量来制造如此有趣的麻烦。

"我喜爱这景色。"伯格探头望向洛克身后的大海。洛克揉了揉眼睛。"你昨晚没睡吗?"

"我必须得找个人说说。和丽莎有关的一切都很糟糕。"洛克不顾伯格正在他没有翻开的报纸上敲动着手指。"我和她一起生活了两年。曾经我爱她胜过了我的生命。可是现在不是了。也许我从未真正爱过她。也许我是被她诱惑了。可能在所有事情上我都是被诱惑了。为什么在别人的生活一团糟的时候还能有人过着理智的生活?你知道克尔凯郭尔①是怎么说的吗?只有往前看,我们的生活才能继续,而只有回头看,我们才能理解生活。过着像样的生活并且理解生活包含了方方面面。在还没有经历前,有经验借鉴总是更胜一筹。"

"克尔凯郭尔!我一直想读他的书。他很棒吧?"

"也许我只是想把她从她丈夫那里抢过来。你说什么?"

---

① 索伦·克尔凯郭尔(Søren Aabye Kierkegaard,1813—1855),丹麦宗教哲学心理学家、诗人,现代存在主义哲学的创始人,现代人本心理学先驱。

"我该从他的哪本书看起?"

洛克答非所问地说:"她总是喜欢性生活,而我总是欲望强烈。我们经常做爱,事实上就像'触电'。"

伯格把身体向前倾。"那是怎样的情景?"

"我们想离开伦敦,远离那里的人群、污染和生活开销。于是我们来到这里……想得到一点土地,然后种点东西,你知道的。"

"罂粟花?"

"别犯傻了。是种蔬菜。只不过我们还没开始种罢了。"

"现在种有点晚了。"

"你或者你的那个朋友万斯将来也许会开始做生意,成家等等。可我现在对这个镇子越来越失望了。而且丽莎总是……她总是……在这个地方。这就是我想说的。"

"我可不会离开一个像她那样的美人。"

"即使你并不爱她?"

"问题不在于她。浪漫不会长久。但相互的尊重和相伴却可以。我是医生。我的建议是忍耐。"

"如果我想测试耐力的话,我就会像那个愚蠢的万斯一样去健身房了。我觉得我是得了老年痴呆症了。"

医生把手放在洛克的前额上。他的额头微湿。洛克冒的汗似乎含有酒精。伯格刚想提醒洛克他的衣服里外和前后都穿反了,但他想起来如果他朋友的服装过于离谱,那么一定是他自己故意把它们穿反的。

"我可不这么认为。那么她爱你吗?"

洛克叹了口气。"她觉得自己是杂志上的那些独立女性,可一旦没有了我,她的世界就变得支离破碎。她真的很没用。她会做什么呢?只有那些让人恼火的手段。"

"比如呢?"伯格饶有兴趣地问。

洛克试着去想一个具体而听上去又不那么微不足道的例子。他无法告诉伯格他不喜欢她一边用手指戳他的肚子,一边试着和他说话;或是在他们做爱时,她喜欢往他的鼻孔和耳朵里吹气;或是她总是去应聘那些没有希望被录取的工作,然后声称是因为他没有给予鼓励;她是怎样容易感冒而又坚持在给她量体温时只能把温度计塞进她的臀部,因为她认为这才是唯一能测出准确温度的方法;还有她是如何的经常掉钱,掉钥匙、信件,甚至是她的鞋子,而且还常常从自行车上摔下来。又或者她是如何决定开始学习法语或唱歌,可没过几周就放弃了,然后就说自己很没用。

洛克说:"当你和一个你不喜欢的人在一起,而接着又和另一个不喜欢的人在一起,你能怎么办?这就是所谓的希望吗?我要离开这里。"

"去哪儿?"

"回伦敦。去看看全新的人,全新的一切。只不过我们没钱,而且一无所有。"

伯格说:"你很聪明,这就是你的问题。"

洛克咬着指甲。"我想念地铁的味道,想念夜晚索霍的人群,想念工人们早上八点在你的窗外修路,想念会有人往你的地下室里小便,还有那些讨厌的侏儒穿着不合身的裤子冲陌生人大喊大叫。在那个城市里什么都有可能发生。在那里,不用花很多时间去思考。我的思想不会被禁锢,伯格。"

医生收拾好东西。"我的病人们也不会。"

"别跟她提起这件事,我还没告诉她。"说完,洛克掏出了一封信。"昨天收到的。来的时候就是开着的——很意外。她丈夫的情况不妙。"

伯格俯身准备看,但又停了下来。"他出了什么事?"

"他死了。"

"你不打算把这封信给她看吗?"

"她会难过的,那样的话我就别想从她身边离开了。"

"天啊,是你把她从她丈夫那里抢过来的。现在就和她结婚,洛克,求你了!"

"这是个好主意,当我再也不能忍受这个女孩,而且无法闭着眼睛和她做爱。"

和以往一样,伯格把账结了,两个朋友沿着悬崖的顶端走。他们分别时,伯格对洛克说自己多么希望能拥有一个像丽莎那样的女人,还有他不明白为什么丽莎会愿意和洛克而不是和他在一起。

"想想她的肩膀,那些肩膀,"他喃喃道,"如果是我,我会有能力去爱她。"

"可是关于这点我们永远都无法确定,不是吗?"洛克反问道,"谢谢你的建议。顺便问一下,你从来没和女人一起生活过吗?"

"什么?也不完全是这样。"

洛克迈着悠闲的步子走了。

伯格不希望自己整个上午都在想洛克和丽莎的事情。这种时候让他为自己所拥有的感到欣慰。他会通过想一些糟糕的事来让自己珍惜现在,比如在一年里最热的那一天被困在伦敦区域线的隧道里。是的,他喜欢这个临海的小镇还有微微吹来的海风,尤其是在一清早的时候,所有商店和餐馆都开了门而海滩也被清理干净了。

"凯伦,凯伦!"他呼唤着正在海滩上慢跑的万斯的妻子。她朝着他挥挥手。

2

洛克回到家,丽莎已经穿戴整齐,甚至还梳理了头发。她穿了一件黑色的无袖长裙和一双过膝的高筒靴。前一晚她去参加了一个海滩派对。大多数的人都是一副吸毒后神志恍惚的样子。她不明白,每个人在那里精神委靡、意识模糊地跳舞有什么意义。于是她离开了,躺在沙丘上休息。此刻,她正坐在窗边喝咖啡,手里拿着一本她早已看过的杂志。

"我早上去游会儿泳可以吗?"她问洛克。

她今天本该去办理失业登记的,显然她是忘记了。洛克刚想提醒她,但却更愿意过会儿来责备她。

"你要做什么跟我没关系。"

"我这么问只是因为伯格说让我好好休息。"

"为什么,你又怎么了?"

她耸了耸肩。他看着她白皙光滑的脖子和几缕小卷毛正耷拉在被他亲吻过数遍的后颈上。

他走进卧室。额头还是感觉湿湿的,仿佛汗水不断地从他的毛囊里渗出来。他累到都懒得捏死枕头上的蚂蚁。房子里随处可见它们的踪影。你一坐下,它们都会爬到你的腿上来;你打开一张报纸,就能看到它们在上面乱跑。可他们俩没人采取任何措施。

他躺了下来。几乎在同一时刻,他开始无奈地呻吟。他能从扬声器里听到吟诵《万福玛利亚》的声音。朝圣者每日一次向当地同时也是欧洲最古老之一的神殿列队行进的活动已经开始了。他们坐着长途汽车从四面八方赶来。这些坐着轮椅,拄着拐杖,头脑简单、不快乐的还有将死之人,一瘸一拐地走在穿过村舍的小巷里。他们中一些身体相对健康些的人扛着一尊黑色的木质圣母像在肩上;其余的人则佩戴念珠和十字架。他们的声音响彻整片放牧的山野。狂热的信徒、僧人、神秘主义者;这些无望的人在四处寻觅。这些天,他们向每个人宣扬他们的宗教。谁没有因为崇拜某种观念而陷入疯狂?谁不渴望得到帮助?

在这些朝圣者来到村舍的第一个星期里,他和丽莎在他们途径时玩过一个游戏。洛克会放上麦当娜的唱片,然后跑上位于高处的花园,在树篱的正上方对着朝圣者撒尿,然后大叫道:"这是圣水,圣水!"丽莎会跑过来制止他,然后他们会在花园里做爱,放声大笑。

又一天来到他的眼前,可是他不知道自己想做什么?他想,也许拥有计划,一些激励你向未来不断前进的东西,可能会让当前变成一条可忍受的桥。但他实在想不出任何他会想要有的计划。

重新读了一遍那封信后,他抬头发现丽莎正在观察他。他准备把信塞进口袋,可是她要怎样才能知晓信的内容呢?

三年前他坠入爱河。丽莎不单单是漂亮;漂亮的女人多的是。而她是优雅,和她有关的一切都透露着美。她是个有自知之明的人,没有虚荣心;大部分的时候,她清楚自身的价值,却不自以为然。和她在一起,他会愿意尝试一夫一妻,显然一些人会把这夸耀为一种美德。她会抑制他的欲望。和她私奔也同样代表逃离空虚。然而如今,他却觉得所有必须要做的就是离开她,消失,然后以某种方式维持同样的生活。

他开口道:"我会问一下伯格你能不能游泳。正好我也需要他的一些建议。"

"什么方面的?"

"所有方面。"

洛克知道自己很有才华:他会欣赏音乐,也能创作音乐;他能执导戏剧,也能拍电影;他还会写作。为了施展他的才华,他不得不逃离这里。行动是有可能的。至少,他已经决定了。这让他高兴,但兴奋度却打了折扣,因为他甚至买不起去下一个火车站的车票。当然还有,在走之前他必须把丽莎的问题处理好。他需要和伯格好好谈谈。

十二点,他们在一起吃午餐,因为也没有别的事可以做。他和丽莎总是吃的一样,罐头西红柿汤配奶酪吐司,然后是炼乳果冻。这些都很便宜,他们也想不出还有别的什么好吃的。

"我喜欢这个汤。"他说,她朝他微笑着。"真是美味。"要表现出一副友善的样子太辛苦了。他不认为自己能继续保持下去。即便是想到她死去的丈夫,他也无法对她产生更多的怜悯。"你今天感觉怎样?还是我之前已经问过你了?"

她摇了摇头。"胃又疼了,不过没事。"

"那么好好休息。"

"我也这么觉得。"

听着她吃果冻时发出的声响让他明白了为什么会有丈夫想去谋杀他们的妻子,他希望仅这一次她能宽恕他的这种念头。他推开了自己的碗然后冲出了小屋。她望着他离去,嘴里含着勺子。

3

"人渣。洛克就是个人渣,"万斯说,"他真的是。我能告诉你为什么。"

"你最好告诉我。"伯格说。

伯格正在研究费瑟的脸,因为要给她画像。费瑟是住在附近的一个当地的治疗师。

万斯在伯格的镜子前照着自己,并不是在欣赏他那爬到两侧的鬓角、花衬衫、日益宽厚的肩膀和粗脖子,而只是想确信他总能留给人们令他满意的印象。

他在小镇上经营一家汉堡餐厅,地方很大,里面铺着木头地板,放着七十年代的音乐,墙上贴着摇滚海报和"恐龙王"乐队[①]的金唱片。他最近在地下室开了一间名叫"前进"的俱乐部。在附近他还拥有一家服装店。

万斯是这个小镇上最具野心的男人。他的野心拓展得比所有他眼前的事物或人都更快也更深远,这已不是什么秘密了。和别人相比他已经是人上人了。但让他永远不满意的是,他起家的地方却是在这里。

和不计其数的别人一样,他也常常在下午或者深夜里到伯格

[①] "恐龙王"乐队(T. Rex),华丽摇滚的先驱之一。

那儿坐一坐,聊聊天。伯格家里大部分的墙面上贴着他从路上捡来的碎木片,或是他的画,又或是笔记本。家里面有堆成塔般高的天文学、动物、植物、心理学方面的带有注释的平装书;成排的散放在地上的唱片;还有许多他在废物堆里找到的弯曲的金属片。椅子都是坏的,但却都是他喜欢的式样;洗干净的衣物一排排地晾在厨房里,这些全是他手洗的,他称之为"物理疗法"。在万斯眼里这些都是不起眼的东西,但房里的每一件物品都是经过挑选并且是被珍惜的。

万斯说:"你知道洛克是怎么说我这件衬衫的吗?他问我是不是穿着尼日利亚或者加纳的国旗。"

费瑟笑了起来。

"是的,的确很好笑,"万斯说,"他向我挑衅完,然后却想得到我的尊重。"

伯格说:"我今天早上见到他,为他感到难过。"

"他就是垃圾。"

"为什么要这么说一个人?"

万斯答道:"你知不知道——恐怕他已经跟你说过很多遍了——他有两张哲学的学位证书?他是全世界受过最好教育的人之一。可是,是谁为他付的学费?是像我或者我父亲这样的劳动人民。而他呢,现在在做什么?喝酒,闲荡,借钱,还有卖那些带给人噩梦的毒品。我想我们应该要从他的出色教育中获益吧?还是说只有他一个人能得益?"

"你是在说教育的无用,还是仅仅针对洛克?"费瑟问。

"正是如此。"伯格响应道。

"两者都是,有可能。感谢上帝,政府正在缩减教育开支。"万斯转向费瑟。"你就不能把他治疗成正常人吗?"

"难道他还有什么更恶劣的地方吗?"

万斯继续抨击道:"你知道他怎么对我说吗?他说我贪婪,说我剥削他人。没有人比他睡过更多我店里的女服务生。我有告诉过你们吗,他和其中一个女服务生在床上然后那女孩问他是否满意。你们看,我教过她们要有礼貌。可他说……说了什么?'我人生的全部意义就汇聚在这个无尽的时刻。'"费瑟和伯格听完后收起了笑容。"一个人能有多白痴啊?上一次他来到我的餐厅,撅起屁股就开始放屁。害得客人们都不敢呼吸了。"

"别笑了。"伯格对正忍不住哈哈大笑的费瑟说。

"最糟糕的是女孩们都喜欢他。可他一无所有!你们能想得通吗?"

"他知道怎么看待她们。"费瑟说。

她的眼神一动不动,仿佛在破译人们真正的意思。

"你的意思是什么?"万斯问。

"女人们从他的眼里能看出他对她们有兴趣。但他也让她们看到他的不快乐。"

万斯不明白为什么有人会因为洛克的不快乐而对他产生爱恋,但这个想法确实困扰着他,让他不得不去琢磨。

当洛克和丽莎最初来到小镇时,万斯对他们表示了欢迎。他让他们免费喝咖啡,确保留给他们最好的桌子,还把他们介绍给当地的诗人和音乐家,还有伯格。她很迷人;他也很有魅力。这就是万斯曾经心中所想的某一类在他餐厅里的咖啡群体,不是那些穿着短裤,腿上满是沙子,鼻子晒得脱皮的人。

伯格正在作画。"把一个人叫作人渣——这是极度恶劣的,我无法赞同。"

"洛克的问题在于。"费瑟说,"他爱太多的人了。"

万斯又站了起来。"为什么要为一个和别人的女朋友们上床——还带给她们疾病——四处借钱,从不工作,整天被毒品麻醉而且谎话连篇的人辩护?如今的人都失去了道德判断。他们责怪父母,或是社会,或者是头疼。洛克以前每天都到我那儿去。我曾经挺喜欢他的,也想给他一个机会。现在看来喜欢他的人都是垃圾。"

伯格扔掉了手中的笔。"闭嘴!"

费瑟说:"对愉悦的渴望占据了人们生活的很大一部分。"

"所以呢?"万斯瞪着她。"假设一直以来我们都只是在做自己想做的事,那么结果就是一事无成。我来告诉你是什么让我恼火。像他那样的人总以为他们胜人一筹。他认为整天无所事事然后讨论一些愚蠢的话题,比起上班、推销、做生意来的好。他以为这个国家是怎么运作的?像他这样懒惰的人应该被强制工作。"

"强制?"伯格说。

这是万斯最喜欢的话题之一。"比如用半周的时间,来赚取他的失业救济金。扫马路或者帮助带那些领退休金的人去商店。"

"强制性的?"伯格问道,"让警察把他带到垃圾车旁?"

"还有去那些退休的人那里,"万斯说,"我想我会亲自把他拖去那儿。"

"不是每个人都有用。"费瑟说道。

"可难道每个人不都应该作贡献吗?"

"我听不下去了。"伯格说。

他们走出房间来到他的花园里,那里的一切都如愿地在生长。天气很热却没有阳光。蜘蛛网像吊床一样悬挂在树丛上。叶子干枯而且布满灰尘,树木在枯萎,池塘也是干涸的。

湿热的空气让他们虚脱;接着他们开始喝水和啤酒。伯格在一张柳条编织的椅子上睡着了,一块手绢盖在脸上。

费瑟和万斯两人手挽手地从后门走了。他问她要不要和他一起去餐厅里喝一杯。

"我很愿意,可我还要去见客户。"她说。

"去给他们更多梦想?"

"希望是吧。"

"你难道不会对这些满腹牢骚的人还有他们那点鸡毛蒜皮的事感到厌烦吗?把他们交给我,我收费还便宜些。"

"人的思想是很有意思的。比他们的观点更有意思。当然啦,换成洛克的话他可能会说,这和汉堡一样有意思。"

她微笑着。他们总是互相消遣。就算他嘲笑她所做的事,她也不会介意。事实上,这还让她兴奋。抛开万斯的性格不说,费瑟还是挺喜欢他的。

"记得过来看看我们的理疗,"她说,"看看我们进行的谈话是怎样的。"

"我会过来做个按摩,但绝不会让你来给我洗脑。争论,争论。说话怎么能成为回答一切的答案呢?我好得很,一点问题也没有。要是我有问题的话,那么上帝就不会站在我这边了。"停了一会儿他又补充道:"洛克是个危险人物,他善于利用别人却从不给予回报。"

"有一些人就喜欢被人利用。"

"我今天告诉你,费瑟,我要杀了那个杂种。"

"只要你有正当的理由去这么做。"说完她便离开了。

4

前一晚那些寻欢作乐的人正穿着短裤坐在海滩上,累得动也不想动。一些人睡着了,其他人大口地喝着酒,还有一个人设了个小摊在卖西瓜。一个每天早晨都会带着装在盒子里的猫来到这里的女人,正和她的猫一起走在海滩上,孩子们对着她大喊大叫。

丽莎在沙滩上打盹,直到她觉得自己快被烤焦了,于是赶紧奔向大海。

她很喜欢她这条黑色长裙。差不多是唯一与她般配的东西了。她戴上她的那顶大草帽,宽宽的帽檐紧盖住她的双耳以至于她的脸看上去像是装在盒子里。当她经过那些孩子们身旁时,男孩们追在她身后喊她。她身材高挑,脖子修长,背部挺拔。她走路的时候头微微上扬,姿态也十分优雅。若是在另一个年代,一定会有男人在她旁边替她撑伞。

一个中年女人坐在附近的海滩上读着脚本。她是电视节目策划人,在这里附近有一幢小别墅,终日往返于这里和洛杉矶。她拥有大多数人想拥有的一切,但却始终孑然一身。她衣着昂贵,可是身材圆胖,而且已经年老色衰了。男孩们对着她的猫大叫,也朝着她大喊。丽莎不由地颤抖了。男人们渴望年轻的女人——这是一个多么自由的年代啊!

也许丽莎可以让她给自己一份工作。可那样的工作不到几个星期她就会感到无聊了。她怎么会有时间学习打鼓?但至少……至少她还有洛克。

曾经,在一起走路,谈恋爱,吃东西或坐在一起时,他们可以一连几个小时地说多少话啊。如果让她设想完美伴侣,一个能以她所希望的方式去看待她的人生并对她内心最深处的秘密和那些最琐碎的小事感兴趣的人,洛克曾经就是这样一个人。曾几何时,那是一种多么宁静和自然的状态,没有羞愧和恐惧。

近来,他开始变得可恶。她本来想要威胁着离开他的,可他有这样的情绪是她的责任;她必须将他治愈。当初是她坚持他们离开伦敦,然后想象着去一个靠海、附近是农村的地方。他们可以自己种食物,一起看书,写作;在夜晚享受最慵懒,最飘飘然的感觉。

他们曾有过那样子的生活。而如今,却越来越差。她花了太多的钱在万斯的店里去买那些首饰、包,还有衣服。那里的经理摩恩还"借"给她摇头丸,她和洛克要么收下要么转送给了别人。她亏欠摩恩的太多了。除此以外,她在这个鸟不拉屎的地方简直是在浪费生命。可是生活是为了什么?有谁能说清楚?她不想思考这个问题。

现在她和洛克极少做爱。如果做的话,他会在高潮前掴她耳光。完事后,她总是满腔怒火。但他对她的身体很好奇。她系鞋带时,他会注视着她;她站在水池旁时,他会撩起她的裙子;她赤裸着躺在床上时他会仔细地观察她,她不在家的时候他会触摸她的内衣。但她渴望性。她的乳头渴望得到爱抚;喝茶时她会用手指捏着它们。她感觉到自己的欲望,却不知如何能让自己满足。

她走过小镇。万斯的商店在两个卖宗教圣器的店旁边;在这条大街上买不到什么有用的东西。酒吧是僧侣控制的;最能引起人们争论的话题就是纽曼主教。

几个崇拜洛克的当地男孩,包括其中最疯狂的一个被称为"茶壶"的小家伙,喜欢逛这家店。他们模仿他的言行举止和他特殊的衣着品位,比如关于服装,一件牛仔夹克套在一件长雨衣或是无指手套外面;他们唱着诗歌,然后告诉女孩们生命的意义就集中在她们的乳房。

好在"茶壶"他们一群人还在海滩上,只有摩恩一个人坐在万斯阴暗的店里摆弄着唱机。他花在挑选歌曲的时间比整理货架的时间还长。有时万斯让他在"前进"里做音乐主持。

百叶窗关着,风扇不停地转动,透过的光线在上面形成斑斑波痕。摩恩的发型很时髦,戴着一副淡蓝色的圆形墨镜。丽莎想朝他招手,心里又十分不确定他是否能看到她。

她绕着店转来转去,不想让他发现,因为她问过他是否有"灵魂出窍"迷幻药。她已经有了状态,她的瘾上来了,今天就需要这玩意儿。

"你准备怎么付我钱?"他开门见山地说,正如她所担心的那样。

"摩恩——"

"暂且不考虑你欠我的钱,可你欠这家店的钱怎么办呢?还有那件皮夹克。"

"那是在酒吧里偷的。"

"这与我无关。但万斯总会发现的。"

"洛克给《新政治家》写了一篇文章。他会过来付你钱的。"

摩恩哼了一下。"看这里。"他撒了一些胶囊在柜台上,混在一起的还有一包他自己品牌的大麻,包装袋上印着鲜亮的"摩恩"商标。"你觉得可以把别人玩弄于股掌之间吗?"

如果她觉得一个男人有魅力,她会想去亲吻他。这让她"愉悦"。她会解释说仅仅只是这样而已,但男人们没有意识到她是认真的。她不得不停止这样的行为。

"是你让我喜欢上你。你自己在我面前张开了双腿。"

他向她走来,然后把手伸进她的裙子。她任由他这么做。他开始亲吻她的乳房。

他急切地想把"离开五分钟"的牌子在门上挂半个小时。但是,极不寻常的,一群孩子走了进来。她抓起柜子上的胶囊离开了。

他在门口大叫:"下次再见!"

"也许吧。"

"在里姆见。"

她停下脚步。"那么,你过来?"

"为什么不呢?还有,别招惹我。你不希望我拿你的事情到处去说,对吧?"

5

他们将要沿着往南面的路开出镇外五公里,停在主路口的酒吧旁,然后前往里姆。

洛克、伯格和摩恩开着伯格的"熊猫"汽车在前面带路,后面跟着凯伦、万斯和费瑟——抱着她的猫——还有丽莎一起坐在万斯开着空调的萨博汽车里。汽车的行李箱里装满了食物和饮料。

"从现在起的两年后,"万斯对着费瑟说,"等我筹集好了钱,我将——我是说我们——"他看着他的妻子凯伦补充道,"我们将动身去伯明翰。在那里开一个场子。"

"如果我们能负担得起的话,"凯伦说,"我不认为银行会借钱给我们。"

"住嘴,"万斯说,"我已经解释过了。我没有犯直接去伦敦这样的错误。我需要的是经验。和我们一起去吗?"

费瑟抚摸着她的猫。"为了什么?"

"因为不论你现在多么舒服自在,爱抚着你的猫咪还是听人们抱怨他们的父母,五年以后你就会感到厌倦。而且变得衰老了。有太多的人需要得到帮助。"

凯伦大叫了一声:"看啊!"

他们正全速行驶在一条陡峭的悬崖边修建的路上。这种感觉就像是在一个粘着高墙上的架子上冲刺,他们随时都可能会猛地冲向深渊。在他们的右边是无边无际的大海,而左边是高低不平的褐色墙面,上面爬满了树的根茎。

在准备继续上路前,他们在酒吧的花园里喝了点酒。

"我不知道我来这里干吗,"洛克说,"我应该在去伦敦的火车上。"

"看看风景如何。"伯格说。

洛克耸了耸肩。"我的内心世界已经够充实了。"

在他们走回车里时,万斯问:"为什么非要让洛克和我们一起过来?他的抱怨扫了所有的兴致。"

"你必须和洛克达成协议,"费瑟说,"他明显是在针对你。你们是怎么了?"

"反正让我快发疯了。"

他们在寂静的村庄里行驶,驶过大片的农场。一辆拖拉机挡住了他们的路。野狗冲着他们狂吠。他们放弃了大路,改走泥道。然后他们不得不把车里的东西拿下,走上一座灰蒙蒙的山,一直走到里姆。摩恩带着他的音乐盒和满满一袋的磁带,伯格带了许多条毯子和他的冰盒,其他人则带了食物。没过多久,往一边看去,小镇和大海便在他们的脚下方了,而另一边则是映着棕色、粉色和淡紫色光的山丘。

凯伦举着手臂开始跳舞。"多好的主意啊!这里真安静。"

"是啊,很美。"洛克说。有时他和凯伦会在餐厅里说会儿话。他为她嫁给了万斯这样的人而感到遗憾。"可是我更喜欢看你跳舞。"

"你总是喜欢阿谀奉承。"万斯说。

洛克知道万斯不喜欢他,而他也有点怕万斯。每次万斯在周围时,他都感到尴尬。洛克不理会万斯最后说的那句话便走开了,他后悔来到这里。

伯格在他身后喊:"大伙——找一些木头来生火!"

他们随意四散开来,留下了凯伦和摩恩在后面。摩恩一脸睡意,好像很不情愿地醒来,他把一张张毯子铺开,再把大麻卷烟、葡萄酒和啤酒一一放在上面。万斯离开后,凯伦吸起了大麻,就像在鸡尾酒会上手里拿着一根长长的香烟,然后她躺了下来,整个人沉浸在音乐中。

丽莎想要跳跃,大笑,大叫,调情和戏弄别人。穿着蓝点的棉质连衣裙,头戴草帽,她觉得自己轻盈得似乎要飘起来了。她在最后终于止住了流血。几天前伯格告诉她她流产了。她不明白这是怎么发生的。是摩恩。她的身体是因他流了血,而她的心则是因洛克而流血。

她穿过布满荆棘的丛林爬上一座小山,然后坐了下来。他们离开的太晚了。夜幕已经降临。往下看去,篝火已经点燃。当费瑟填着木头并用一把长柄调羹在饭锅里搅拌时,她的影子在火光周围移动着。

伯格围着篝火忙得团团转,就好像是在他家的厨房一样。

"盐在哪儿?"他喊道,"不要告诉我忘了带过来!别偷懒了,你们大伙儿。所有事都必须由我来做吗?"

万斯和凯伦正像平常一样地展开着激烈的争论,但他们的视线总是转向别处,仿佛只是在聊天的样子。

费瑟开始整理篮子里的东西,但她突然停下走开,望向大海。过了一会儿一群陌生人进入了她的视线。把他们从这灯光闪烁和烟雾缭绕的地方赶走是不太可能的,但她能看见一个头戴羊毛帽,蓄着灰色胡子的人,然后是一个穿着深蓝色衬衫的人,还有一张黝黑的年轻脸庞。他们中有大概五个蹲坐成一个圈:他们是旅行者。没过多久,这些人唱起了一首缓慢的歌曲,像是那些在大斋节①期

---

① 大斋节(Lent),亦称"封斋节",自圣灰星期三开始至复活节前的四十天,在此期间进行斋戒和忏悔。

间在教堂里唱歌的人。

摩恩沿着小路攀爬了上来。丽莎注意到他在自己身后。真的有那么一刻她被这个男人吸引住了吗？

"那是个错误。"她突然说。她要如何向他解释她只是想从他身上得到一些特定的东西,而不是其他的。

"我会等下去,直到你需要我。"他说。

"那就等吧。"

这又变成了一个有趣的游戏。当然,她还是亏欠他的。他们一起制造了一个孩子。在一段很短的时间里,在她怀孕之初,她成了一个女人并幻想着人们会开始重视她。她站在镜子前,挺着肚子并抚摩它,想象着自己已经怀孕多时。

"我得走了。"

她走得很快,这样摩恩就会知道不要跟着她;她回头看时发现摩恩走了另一条路。但走了几分钟后她听到一个声音,让她感到害怕。她继续往前走了几步。

"你感觉怎样?"伯格问她。

她被吓了一跳。他似乎一直躲在树后然后突然跳到她身旁,对一个医生来说这一定不是什么正常的行为。

"身体上没有不舒服。"她答道,感激他的关心。"和以前一样强了,那方面。可是,我迷路了。"他用一种奇怪的眼神看着她。"我喜欢你最后开给我的药,可是什么样的药方能开给迷路的人呢?"

"一个吻。"

"什么?"

"让我吻你。"

他闭上眼睛,等待她的回应,仿佛这是他所问过的最重要的一个问题。

她留下他一个人以那样的方式站着,走了。山脚下汤已经煮好了。他们用一种专属于野餐的礼节形式把汤盛进碗里喝,并且宣称他们在家里从来没有尝过如此美味的东西。

他们躺在一堆纸巾、水瓶和纸盘边。天色暗了下来;篝火渐渐灭了。所有人都懒得不想起来再多放些木头。丽莎一瓶接着一瓶地喝着啤酒,任由摩恩注视着她。

洛克觉得自己坐在那里很尴尬。他的后背被火烤得很烫,同时,来自万斯厌恶的目光正直指向他的胸和脸。这样的恨意让他感到既无力又屈辱。

"很棒的野餐,还有迷人的夜晚。"洛克说。

"很高兴听到你喜欢。"

他以一种谄媚的声音说道:"你知道,万斯,偶尔我羡慕你对所有问题都很确定。"

丽莎打断了他的话。"我才不羡慕。我永远也想不明白怎么会有人可以拥有那么多,而却有那么多人几乎一无所有。"

万斯看着他们俩摇了摇头,丽莎站起身,跑走了。洛克望着她越跑越远。

6

他们回到车里时已经一点半了。其他的人都准备睡觉了,只有摩恩和丽莎还在丛林里互相追逐着对方。

"你们快点儿！"伯格大声道,他变得急躁起来。

"真是醉得一塌糊涂,"万斯甩着钥匙说道,"我要走了。"

洛克已经被这次野餐、万斯对他的仇恨以及他自己的想法弄得筋疲力尽,他决定去找丽莎。她的情绪很高涨;她双手抓着他,头靠在他胸前,大声笑得喘不过气来,他对她说:"别像个荡妇一样。"

丽莎的信心瞬间瓦解。她钻进车里,感觉自己很愚蠢。

"真是多愁善感的无业游民的典型啊。"万斯说,他闭着双眼,这样可以更好地集中思想。凯伦开着车。"他们觉得人们之所以会遭受苦难是因为我拿走了他们的钱。他们认为我不在乎。认为我看到没有工作的男人和女人养不起他们的孩子或者还不起贷款,会忍不住在那里放声大笑。而他自己呢,神气活现地出现在各种展览会、博物馆和剧院里,在那里自我膨胀地作着评价。"

"音乐和书籍,"伯格说,"是生命里最美好的两样东西。是生活的意义。是男人和女人所创造的。最棒的。如果有什么是我们可以保存的话,就是它们。"

万斯继续说道:"你永远找不到一个他们那样的人——依靠我给他们发救济金——会伸出手然后说,感谢你想变得富有,感谢你为这个国家的正常运作所作的贡献,感谢你敢于冒风险！有越来越多他们这样的人。这些没有贡献的人。我们这个时代面临的一个问题就是该如何对待他们。"

伯格说:"丽莎。她是说过一些头脑简单的话。而你冲她乱发脾气就是因为你恨洛克。但她可是个美人！"

"伯格,如果你遇到一个整天嘻嘻哈哈而又无所事事的男人,你会对他说,找个工作对你有好处。但你唯独对她不一样,只因为她是个漂亮的女人。"

"那么你准备怎么对付她呢?难道揍她吗?"

万斯说:"可能我会让她帮我削土豆。"

7

天热得难以入睡。即使窗子都打开,也感觉不到一丝风。丽莎坐在那里看着洛克。

"你为什么要用那种口气对我说话?洛克,别这样求你了。"他正把什么从口袋里拿出来。"那是什么?"

"是寄给你的。"

"什么时候?"

"几天以前。"

"哪一天?"

"你看吧。"

他走进卧室,在一片漆黑里躺下。

她在哭泣。"洛克,"知道他站在她椅子后面,她呜咽道,"你为什么不告诉我?早知道我就不去那个该死的野餐也不会像那样子地笑了。摩恩对我说了很多下流的话。我觉得我快要失去理智了。"

他透不过气来了。他用手指堵住耳朵。然后从窗户爬了出去,翻上围墙,走到街上。在他头顶上方一列明亮的火车驶过一座桥。

洛克在伯格的窗外窥视。

"你睡着了吗？嘿。你怎么了。"

他听到一阵咳嗽。接着。"你觉得这个时候我会做什么？"

伯格穿着内裤站在那里，挠着痒。

"伯格，我打算杀了我自己。"

"谢谢你告诉我。"

"把灯打开！我没办法在家里待着。你是我唯一的朋友也是我唯一的希望。伯格，我必须得离开这里。"

伯格让他进入房间，拿出三瓶葡萄酒和一碗樱桃放在台子上。

"我想要谈谈。"

当然，这肯定是他一个人在那里滔滔不绝地说，但伯格——对他而言是很不幸的一点——把洛克视为小镇里唯一值得与之交谈的人。

"一个人究竟能承受多少挫折？"洛克问他，"一个人应该承受多少？禁欲是一件伟大的事还是一件傻事？没有它，生活难以继续。但如果过多的话，生活就变得平淡无奇，而你只能问，为什么让一切新的可能都停止？"不等伯格发表意见，他继续说，"请借给我钱让我离开。我只需要能够维持几个星期的钱就够了，直到我找到一个房间住或者一间公寓。如果你能借我一千的话，我会感激不尽的。"

"一千英镑！"

"在伦敦生活很花钱。七百五十也可以。"

"你欠我的早就不止这些了。"

"你以为我不知道吗？"

伯格说："我自己也得去借。我身边也没有闲钱。上次我去度了假。又有贷款,要赡养母亲,还有我买了车。我——"

洛克明白他的朋友是不想让他失望。为了让他高兴点,洛克递了一个樱桃给伯格,并给他倒了些葡萄酒。

"那丽莎怎么办?"伯格问,"她不会留在这里,对吧?"

"我会先在伦敦替她把一切都安排好。她随后再过来。如果一开始我们两个都在那儿,那么开销也会多一倍。"

"我会想念你们俩的。"伯格说。

他举起酒杯。"你是个好人。我爱你。和我们一起去吧。"

"哦,上帝,你为什么要那么软弱呢?你走之前就不能和万斯和好吗?"

"我是打算试试看。可是对他来说我太懒了也太没用了。重要的是,你不知道他是如何对待他的员工的。他就是那种认为越冷酷,越残忍,越专横就越像老板的人。我和他在一起工作不到五分钟就会受不了。可怜的万斯,为什么没人告诉他八十年代已经过去了?"

洛克高兴地喝着酒,吃着樱桃。"人类,在他眼里不是作为一个个有趣的生命体而存在的,而是一个个会工作,会劳动的实体。他没有建议把弱者都铲除,这倒是挺让我惊讶的。而所有的这一切都是为了我们的社会更富裕,更合理化并且更有效率。可那样会给人们带来快乐吗?"

"你难道不是想把丽莎一脚踢开吗?"

洛克向后靠下。"伯格,我不明白你的问题在哪儿。一个人只有对恋爱带有自己的偏见,才会把这些都看成悲剧。那就是他认为恋爱是不能结束的。认为分手是一种悲剧而非痛苦。认为恋爱的长久是唯一衡量其成功与否的标准。为什么要这么去想呢？"

"人不是可以被随意丢弃的物品,不是吗？你让我感到心寒,洛克。你听上去很理性,可同时又那么冷酷,这两者不总是有利的组合,这点你肯定是知道的。"

"一些人只能在某些方面是好的,而非全部。人总是想从他人身上得到自己想要的东西,而他们也会从你身上索取他们需要的东西。不断地,这样反复继续,直到都索取光了。"

"万斯会同意你的观点的。"

"是的。我明白。我不是在说这不痛苦。只是在今晚我相信未来有另一种可能性。给我一个机会这会要你命吗？"

"不会马上。"他把酒放到一边。"我必须去睡觉了。"

洛克手里拿着一个酒瓶横躺在沙发上。"我能留在你这儿吗？"

他会通宵听伯格的经典唱片。尽管洛克会被某几段音乐章节而感动落泪,伯格还是喜欢有人在他那儿。

8

野餐后的第三天,丽莎打开门发现凯伦带着儿子站在门外。她看到丽莎进门后,便让孩子去花园里踢球,自己也跟着走了进去。这还是凯伦第一次走进这间小屋。在她不以为然地环顾四周时,嘴里说的却是:"是真的吗,你丈夫死了？"

丽莎搞不懂她来的目的。她们从来都不是朋友。事实上,凯伦还总是以高人一等的姿态对待她。也许她是有什么非说不可的事吧。可会是什么呢？

丽莎回答她:"是真的。"

"很可怕吧?"

丽莎耸耸肩。

"哦,上帝啊,丽莎。"凯伦给了她片刻的拥抱。"这让我想到了如果是万斯死了怎么办。"从丽莎的肩膀上方看去,她说:"这里到处都是书。你是不是上过学院?"

"大学。"

"有区别吗?我没什么脑子。我想你已经注意到了。你在那里都做些什么呢?"

"在派对中度过了许多美好的时光。还有读书——读一些我永远也不会再读的东西。"

"诗歌?"

"心理学。我丈夫——呃,过世的那个男人——曾是讲师。"

"我也想读书。只是不知道从哪里开始。虽然说书读得太多的人比较势利,"丽莎说,"我知道我还没读够。在那整个免费的教育过程中,没有人告诉我不要虚度光阴。没有人把我最宝贵的利益放在心上,尤其对我毫不关心。这不是很滑稽吗?"

凯伦说:"你现在可以和洛克结婚。"

"但我还没有充分享受人生呢。"

"我能告诉你,以我的经验——婚姻能带给你安全感。我知道我可以和万斯在一起,他会照顾我。如果我想要什么他就会签一张支票给我。"

丽莎只是笑笑。

凯伦看上去有点吃惊。"你觉得他会和别人一起跑掉?"

"你说呢?"

"很快我们就会离开这里。在接下来的几年里。"

"我们也是。"

"可会是什么时候呢,什么时候?万斯总是在说我们会离开的,但我知道这不可能!"凯伦站着,望着在花园里玩耍的儿子。她用力拽着她的头发。"最糟糕的婚姻——不是最暴力或者最沉闷的。甚至不是最残忍的。如果是那样的话,你还可以采取行动。很明显能够发觉。最糟糕的是那些仅仅只是错误的婚姻。人们仍身处其中是因为他们用了十年的时间才意识到,可那些时光已经流逝了,而你再也找不回了。"

丽莎喃喃道:"有一天晚上我被惊醒了。他在吻我。"

"谁?"

"他不知道自己正在做什么。他吻遍了我的脸。洛克在他没有意识的时候是最温柔的。"

"你知道,我有一次也这么觉得。"凯伦说。丽莎抬头看着她。"那次他拿着一本诗集。我问他:'那垃圾是什么?''听着。'他说,然后把诗唱给我听。让我有一种奇怪的感觉。他让我知道了书的内容。但万斯从来都不喜欢洛克。还有你。"

"我们伤害过任何人吗?万斯他太冷酷了。"

"你这么认为吗?"

"你是怎么忍受那些奔波的?"丽莎问,"更确切地说,是折腾。"

"我们去加勒比海。可万斯总是很忙碌。他说他没时间管我。男人只想着工作……他们从来不会去想爱情,在他们眼中只有性。

我总是在他之前起床,刷牙,洗澡,这样他就不会觉得我讨厌。还有他不喜欢我说话的样子。"

"什么意思?"

"他注意听我在别人面前说话,在伦敦的餐厅里,或是在你面前——"

"我?"

"然后他会看着我好像从来不认识我一样。他说如果我们要去别的地方的话,我们必须有所改变。"突然她大叫起来:"那是什么?"

"哪里?"

"那儿……桌上。"

"一只蚂蚁。"

"杀死它!"

丽莎笑了。

凯伦站了起来。"它们到处都是! 这很不卫生!"她又坐下,试着不去看周围,但是却带着疑问说,"难道你从来没有想过……和另一个上床,别的什么人?"

"你说什么?"

"只是尝试一下另一个身体。另一个那个什么来着。你明白的。"

丽莎想要说些什么,但只是清了清喉咙。

凯伦说:"这是你唯一的裙子吗? 你没有别的衣服了吗? 摩恩说你经常到店里去。"

"我喜欢这条裙子。很好。"

"万斯有可能得把那个地方关了。你是唯一会去那里的人。"

"俱乐部也要关吗?"

"他没和我说很多,"她说,"这里很多男人都迷恋你。比如摩恩。"

"哦,摩恩。"丽莎叹了口气。"正如洛克所说的那样,摩恩来自另一个星球。那些男人自以为只要把他们的手放到你身上或者说些淫秽的话你就会想得到他们。"

"只要不是你自己提出的就好了,"凯伦尖刻地回应,"你去伦敦的话靠什么为生呢?"

"我会……我会从事新闻业。我一直在思考一些点子。"

凯伦点点头。"一个单身女人在伦敦。这是个常见的景象。问题是,"她说,"无论一个女人多么渴望事业,可对于我们大多数人来说,梦想——是个沉重的包袱。我们永远也赚不到足够的钱去过上流社会生活。唯一能够实现的方法就是和一个对的人结婚。可能你很聪明,但是没有钱,你什么都做不了。"

"钱!人为什么一定要有那么多钱?"

"人的妒忌心太重了,那种令人讨厌的妒忌,快把我弄疯了。他们想拥有我们所拥有的,但却不想付出。"

一阵阵热浪席卷着丽莎的身体;要是在她头顶有一个开口能够释放出这些热量就好了。

她说:"人们议论这个镇子里的年轻人……说我们什么都不想做。这不是事实。我们想说的是,给我们一个机会。"在凯伦再次开口前,丽莎继续说:"你来有什么特别的原因吗?"

凯伦看上去很惊讶。"我只是想过来说说话。"

丽莎心里想着别的事。她的言行举止和以往不一样了。"我有太多的事想要做。学习唱歌和跳舞。学画画。去小河上划船。弹吉他,打鼓。我等不及要开始我的生活了!"

凯伦离开前坚持要再亲吻一下丽莎。

丽莎感到头晕目眩,浑身发烫。她脱掉裙子,然后缩成一团睡在被单里。她感到口很渴,可是没人能给她倒杯水来。

她醒来看到洛克正在为野餐那晚的粗鲁道歉。

她大声向他抱怨:"哦,天啊,凯伦那女人快把我弄死了!"

"她来这里干吗?她都说了些什么?"

洛克发现床单上的血迹,立刻把伯格请来。

"在医学院的时候他们教你要长时间地握住病人的手,还一边对着她们耳语吗?"伯格从房里出来后洛克质问他。

"所以你是在吃醋?"伯格说,"你不希望我和她一起离开?"

"如果你把钱的问题解决了,而我又离开这里了,那么我欢迎你也这么做。"

"我正在想办法筹钱,"伯格说,尴尬地又瞥了一眼门,"可我是医生,不是金融家。"

"我从没听说过医生还缺钱。"

伯格的声音变尖了。"你太傲慢了!我没时间去银行。你确定你还想离开吗?"

"如果到星期六我还不能走的话,我就要疯了!"

"好吧,好吧!"

"星期五早上怎么样?"洛克靠近伯格的耳边轻声对他耳语。"我走后,她就是你的了。要是你知道我是怎么在她面前夸你的就好了!"

"你有吗?"

"哦,当然了。她喜欢男人。许多女人都如此。"

"是吗?"

"但是她们不会说出来——担心会让那些别有用心的人有机可乘。"

伯格无法不去相信他。

9

"你脸色不太好,"伯格走进餐厅时万斯看着他说,"要不要我去请个医生来?"

"我还以为会看到我们的企业家在工作。"伯格冲着音乐声对万斯大声说道,他取下了自行车上的裤腿夹,双手捂住耳朵。"很明显,不用说了。你,呃,在忙什么呢?"

"创造工作,满足需求,获得成功。"

"借我三百英镑,行吗,万斯?不,四百。"

万斯一只手钩着伯格。

"隔壁那个地方在出售。过来看一下。我在考虑将它买下,然后把这两间打通。把厨房放到那里去。这里就可以放更多的桌子了。"万斯对着一个女服务生这样说,而伯格在一旁环顾着这间几乎空无一人的餐厅。"还要有更好的食物。"女服务生回应道;万斯把钱放在桌子上,并把一只手压在钱上。"如果这是给洛克的话,你就别想了。"

"如果是的话怎么样?那与你无关!"

"我不会让你把钱借给那些不中用的人。"

伯格挥舞着手臂。"这就是给他的!但我用不着别人告诉我应该怎么做!"

"嘘……小声点,有人在吃饭。"

正在隔壁一张桌子上写日记的费瑟笑了起来。

伯格说:"别那么不近人情。你觉得你是在让人们学会独立,可实际上你只是让他们越来越糟。帮助别人有什么不对?"

"但我完全支持慈善。洛克准备离开吗?"伯格点了点头。"不和她一起?"

"最初的时候。"

"这个杂种准备拿了钱就走人。拿着我的钱!他打算丢下她。你会被她缠住的。"

"会吗?"

万斯眼睛里闪着光亮凝视着他。"难道你想得到她?"伯格一时语塞。"你想吗?"

"我会爱她。"

"我无法保证这是基于爱情,但她会和你上床的。"

"你确定?她有提到过吗?"

"她会和任何一个人这么做的。你还没有和她提出过这个要求吗?"

"要求?"伯格有一丝颤抖。"有一次我说……如果她同意的话,我会高兴死的,你知道的,我会为她做任何事。我稍稍会想一下有那样的人,他们懂得如何去要求他们想要得到的任何东西。他们不怕被人拒绝或嘲笑,也不会紧张到说不出话来。但我不是那样的人。"

"用不了多久你就会对丽莎厌倦的。养她的花费太高了。别指望她去工作。完全的理想主义而且前途渺茫。你的好朋友洛克把你当成傻子了。"

"我会让他保证带她一起走。"

"保证!不到一年你去伦敦圣诞购物时就会撞见他和另一个女人在一起,然后告诉你这一次是真爱。"

伯格双手捂住了脸。

万斯最后说:"你是个好人,人们都尊敬你。但这也是你的弱点。"他把钱递了过来。"有一个条件。丽莎必须和他走。否则我会一脚把他踹到海里去。"

10

第二天,星期四,凯伦关了餐厅的一部分给她的儿子办了一个小型的生日聚会。洛克和丽莎到的时候,万斯正在给孩子礼物。

"他将成为一个商人,"万斯对伯格说,"但不会在这个国家。"

"这个国家怎么了?"

万斯正望着另一边的洛克和丽莎。

"那女人还不知道她就要被抛弃了,对吗?或者,你和他说过了吗?"

"还没。"

万斯让女服务生给他们拿点喝的来,然后说:"有时我看看周围就在想我是唯一一个在英国工作——让别的人都能生存并缴纳可笑的税款。也许我也该就这么放弃,把一切抛诸脑后,然后坐在酒吧里。"

"有人需要经营酒吧,万斯。"

"完全正确。"

洛克在向人们问好;他假惺惺地朝着万斯微笑。他们握了握手。然后洛克把伯格带到了一个安静的角落。

"明天就是星期五了。"他咬着指甲。"你拿到借给我的钱了吗?"

"拿到一些。晚点我能拿到其余的。"

"感谢上帝!"

"不,你得感谢我。"

"是的,是的。你拯救了我。"

伯格说:"看看丽莎!你怎么能去别的地方而不带上她呢?"

"我们在这里欠了太多的钱,走不了。而且我们两个在伦敦住在哪里?我在那儿有朋友,但我不能把她强加给别人。你怎么会突然对我们的约定有意见了?你有和别人说起吗?是万斯,对不对?我还以为你是个有主见的人。"

伯格脱口而出。"把她带上,不然我一分钱也不会给你。"

"你知道要怎么去爱一个朋友吗?"

"那你知道怎么去爱丽莎吗?"

凯伦带着她的儿子走了过来。"我打扰你们了吗?洛克,看看这个。"

她让孩子给洛克展示他的文章和画。洛克的眼前跳跃着"杰作"和"佳作"这样的字眼。凯伦用一种上流社会的人士在这样的场合会使用的口吻给出了她的评论:"私立学校对孩子的要求太高了。"

"我知道,"洛克说,"我希望,在今后的几年里,能逐渐恢复正常。"

洛克想要的是他的自由;不是丽莎。如果他留下,账单会越积越多。他会更加的沮丧。其他人希望你的生活和他们的一样悲惨。他们认为这是一种道德行为。

他想象着火车开走的那一刻,他要怎么开一瓶啤酒来庆祝。当然了,等到丽莎真的也到了伦敦后,他一定会感到局促不安,到那时不得不说谎来摆脱她:好像每个人都没有说谎的时候,好像谎言不是为了保护生活的完整性。说谎是一种被低估了的必需的能力。

丽莎感觉到摩恩的视线穿过整间房间注视着她。她原本想和他一起去海滩。然后她发现她控制不住自己。欲望让她想要离开洛克。他一定会抗议的。他比他自己所了解的更需要她。但她会暗地里偷偷地制订好计划,然后再宣布。是时候离开了。

摩恩和洛克互相点头示意,一起走到外面去试一下摩恩用一种和人的粪便有关的新方法种植的大麻烟卷。摩恩打算做毒贩然后移居伦敦。他在等洛克对他的新产品的意见。

洛克闭上了充满血丝的双眼。随后轻声笑了起来。摩恩信任地点点头。"不错,不错。"可过了片刻,洛克发出了咯咯的叫声,而他的头开始剧烈地晃动起来,像是精神错乱或是正在经历内心的风暴。他开始充满野性又惊恐地看着周围的人,仿佛害怕他们会攻击他,他的狂笑声越来越尖锐,直到声音听上去像是一只小狗发出的。他试着从桌子这里站起来,可他的腿不听使唤,右臂也开始在桌子上摆来摆去。伯格吓坏了,他和同样受到惊吓的摩恩一起把洛克领到楼下,从后面扶住他的头,而费瑟则端着一杯水在他嘴边,水溅到了他的胸前。

丽莎紧紧握住椅子的后背好让自己不会摔下来,她惊恐万分,担心摩恩已经把他们之间的事告诉洛克了。

她走向伯格。"他怎么了?"

"他吸得太多了。"

"和往常比没多大差别。"摩恩急忙说。

"你给他的那玩意儿是什么?"

"沉醉星期三。因为它给人飘飘然的感觉。"

"我还活着,"洛克呻吟道,然后轻声地对伯格说,"如果我能离开这里我就会没事了。"

之后,在紫罗兰般的天色下,他们一起走到了前面。

丽莎害怕摩恩可能会试图和她说话,因此尽量让自己和凯伦以及她的儿子在一块儿。恐惧和沮丧让她变得虚弱;她几乎没力气挪动双腿。但她没有回家,她觉得摩恩会想方设法地陪伴她。他们一起去了海滩。

11

"我要走了。"洛克最后说。

丽莎抓着他的胳膊。"我也是。"

洛克说:"摩恩,谢谢你的烟草。有一天我也要以相同的方式回报你。"

摩恩说他会朝着她的方向走。她多么愚蠢竟然去挑逗摩恩,但是她为自己的欲望感到震惊。如今她不得不承担后果。

洛克转身走了。"我还有事要做。再见。"

"我必须和你谈谈,"在他走后摩恩说道,"你是在和我玩游戏。"

丽莎说:"可是我心情很糟。"

"这不会阻止我今晚和你上床。不然的话,你所做的就会人尽皆知了。这里的人一定会感兴趣的,你知道他们是怎样的人。事实上我在想,今天和明天我都要和你上床。那之后,你就可以做你想做的事了。"

丽莎走到前门的时候停了下来。天色越来越暗了。她倾听着海水澎湃的声音,望着繁星密布的夜空,有一种想要结束一切的感觉。

"你说得对,我搅乱了你的生活。"

她迅速地离开,然后走到一条远离小镇的小街上。家家户户的窗户里透出的点点光亮照了整条马路,她觉得自己就像一只长有翅膀的昆虫,不停地掉进墨水瓶里,然后又不断地爬出来迎向光明。摩恩紧跟在她的身后。在某个地方,他被绊了一下,跌倒了,然后开始大笑起来。

她转过身。"这里不是我家了。"

12

洛克决定把他想好的谎言一次性地全部对丽莎说完。他要全盘托出了。他还想好了另一个妙招:先告诉伯格她会和他一起走,然后在最后的时刻说她身体不适。就算伯格不给他钱他也要离开,搭顺风车去伦敦然后睡在大街上。在经历了昨天那样尴尬的妄想症发作后,再继续留在这个小镇上已经不可能了。

作完了这个决定,他感觉好多了。中午他会和伯格一起吃午餐,想办法让他高兴,也让他安心。他走进去的时候看到万斯和费瑟也在那儿。

在洛克还没能够走出去前,万斯说:"你那短时间的发作以后感觉怎样?我还以为只有女人才会歇斯底里。"

"歇斯底里很可笑,没错。但大多数人认为妄想是一种语言,只是以一种令人讨厌的方式说出来罢了。"

万斯鄙视地看着他。"你真是无药可救了。总是四处要钱然后说些废话。"

"什么?你说什么?"

"你听到了。"

洛克走进厨房,伯格正在准备午餐。

他开始大吼:"要是你没有钱,直说就好了。但是别在镇子上把我的事到处跟人说!你知道怎么去维护一份信任吗?我想,作为一名医生,你一定是把你病人的病情到处跟人说吧!"

伯格拿起一把木勺扔向他。"晚点再来!"

洛克冲出了厨房。

"现在每个人都在监视我了!"洛克喊道,"人们嘴里说不出好话了!我借钱!我让别人来帮我!因为这样我就被钉在十字架上了!接着又说我疯了……停止这一切对我的监视——这就是我唯一的要求!"

伯格跟着他出了厨房,气得涨红了脸。"没人可以为了这种破事来指责我!"

费瑟在一旁笑了起来。

洛克冲着伯格大喊:"别管我!"他看着万斯。"尤其是你——你这个卖汉堡的法西斯。"

"什么?我没听错吧?我想我非得踹你脑门不可了。"

"来吧。"

这是万斯等待许久的时刻。他要慢慢来。

"不是你的脑门。也许我要打断你的手指,或者一条胳膊。这对你是有教育意义的。"

洛克挥着拳头来到万斯面前。万斯站在那儿。伯格伸出手臂挡在他俩中间。

"可是你连打架都不行,"万斯隔着伯格对洛克说,"我可不觉得有什么是你能做的。"

"不相信?汉堡女王——再给我来份炸薯条。两份炸薯条和圣代冰激凌!哈哈哈!"

万斯说:"我现在有了兴趣,不过我不准备现在跟你打架——因为我可能会杀了你。明天我再跟你算账。"

"我以前可是光头帮的。"

"哈,那么明天早上见了。在里姆那里。没有规则,光头仔。"

"杂种,我要把你的头塞进面包里,伴着洋葱和调味料一起吃!哈哈哈!"

万斯用拳击着掌。"我担心你会受伤。而且伤得很重。哦,哦,哦,你会哭得很惨!"

"我等不及了,"洛克说,"还有,顺便问一下,我能要一份蔬菜色拉作为配菜吗?"

喝了几杯酒后洛克感觉更好了。当他的情绪下沉后,他只能想着万斯那冷嘲热讽的嘴脸,修剪整齐的双手和他那件尼日利亚的衬衫来让自己高兴。这样一个从不起眼的地方来的傻瓜怎么能让他沮丧呢?他要先发制人,把那个浑蛋踩扁。

茶壶在酒吧里,当洛克告诉他关于决斗的事情后,他们去了一片空地练习空手道。已经很久了,洛克除了把丽莎踢下床之外没有踢过任何东西,他不断地被绊倒,即使是在他想象着踢中万斯的要害时。

费力地调整着呼吸,他站起身宣布:"我需要的不是技巧而是拼命。我要依靠疯狂。"

"对,""茶壶"说,"让自己发疯。"

"你可以滚了。"

他很高兴自己终于一个人了。但天色暗下来后他变得有些不安。他想睡到床上,但知道今夜注定无眠。他不得不去想着万斯,还要把他准备说给丽莎听的谎言准备好。现在最好的方法就是泡在酒吧里。

"茶壶"找到他时,他已经在酒吧里待了许久了。

"我到处找你,"少年说道,"到这边来!"

洛克试着把他从身边推开。"我在为明天的决斗养精蓄锐。"

"茶壶"几乎是把他从地上拽起来,然后又把他从酒吧里拖出去。洛克搞不清楚"茶壶"为什么要这么急。"茶壶"把他推到沿墙通往海滩的狭窄街道。在那里,"茶壶"抓着他的手,叮嘱他别出声。

洛克跟着他，心里感到十分困惑，在他的帮助下爬到了墙的顶端。他们躺了下来；两人从墙顶上凝视着前方，此时始终在帮他的"茶壶"叹了口气。在黑暗中，洛克看到摩恩正躺着，他的头夹在一个女人的两腿之间。她望着天空，哼着曲子，正如她所喜欢的那样。他一直以为她只有在他面前才会这么做。

13

伯格为他的情绪失控感到愧疚。他想要向他的朋友道歉然后跟他解释打架是一种幼稚的行为。

他在各个酒吧里寻找洛克的踪影，几次停下，坐在里面，他开始意识到是洛克先对他无礼的，而且他总是尽自己所能地去帮助他。

打开家门后，伯格听到了万斯和费瑟的声音。

"明天要有一场决斗了，"万斯宣布，"我们都是文明人，但我们还是想把对方的脑袋打烂。胜利将属于强者。和平与爱——让它们见鬼去吧！决斗——听上去有点吓人——但我们难道不热爱吗？"

费瑟说："力量和智慧是两回事。"

伯格匆忙地走进去。"不管怎样，天气会毁了一切。"他坐了下来。"我们必须关心他人。必须！否则我们就丧失了人性。"

万斯继续说道："我们有弱者——就像洛克那样的人——用他们的抱怨来控制强者。他们希望别人能为他们做一切。但他们会耗尽我们的精力，把我们拖下水。自私，得到自己想要的东西，这是现实的法则。但如果我获益了，其他人也会跟着获益。"

费瑟平静地听他说。"是谁来定的弱者和强者,又是从什么意义上说的呢?"

"猜也猜得到,就是他了,"伯格说,"新的上帝计划。"

"现实点,"万斯说,"到你诊所里去的人里有一半是逃避工作的。他们没日没夜地看肥皂剧。我们为什么要把宝贵的资源用到让他们生存上?"他转向费瑟。"我希望你明天会来。"

"我是和平主义者。"

他用拳头击打着手掌。

"你这是故意让自己无知。你应该去看看什么才是生活。"

14

洛克躺在沙发上,开始察觉到有不寻常的喧哗声。他怀疑是不是有孩子跑到了楼上,便上了楼梯。不,不会是这样——整个氛围都变了,仿佛空间里发生了碰撞,世界将会毁灭。他走到窗前。大地变成了灰色。雨水重重地落在地面上。今晚,一定是夏末了。快接近黄昏了;没人会躺在海滩上或是聚集在战争纪念碑前;包车旅游团队和游客将离开。只有他们将留下。

他一生中的大部分时间里,在每一年的这个时候,他会回到学校开始一个新的学期。

他记得当他还是孩子时曾和两个女孩跑到花园里,浑身上下都湿透了。他们害怕地互相依偎在一起。现在的他不再害怕暴风雨了,他正在糟蹋女孩。他没有再种过一棵树也不再拒绝说一些尖酸刻薄或者残忍的话的机会,可是他唯一做的就是去破坏一切。

和"茶壶"一起尝试的练习已经让他浑身酸疼了,明天他会感觉更糟。这有关系吗？他会激励万斯把他干掉,不仅仅是打断他的手臂——这不会影响他的大脑——还要摧毁他的精神和剩余的希望。这将会是种解脱。

似乎没过多久"茶壶"就和他的摩托车以及多余的头盔出现在他面前。他和洛克吸了一些摩恩的沉醉星期三,练习了一下腿法,然后睡了过去。

天色渐渐亮起时丽莎回来,她在沙发上盖着一件外套睡着了。洛克吻了一下她的脸庞,抚平她的头发。

有那么一个时刻——摩恩埋在她的双腿之间,而她的思想则自由地奔驰——当她把自己置身于未来和过去时。她发现诸如她小学里的老师和其他孩子这些人——所有的困苦、咒骂、威胁和粗暴的势力——回顾起来只不过是可怜的或者说是再平常不过的事情,没有什么好惧怕的。她明白,在那个时刻,她已经从过去的阴霾中走了出来。

回想着自己所经历过的一切,她不知道为何没有变疯。她自身的力量让她吃惊。她还能有多少这样的力量？

15

费瑟一大早就起来了,不安地沉思着,她背着背包,带着一根手杖便动身了。她为什么要去？对于一个和平主义者来说,出现在这种场合是很可笑的。但她很好奇。她关心洛克。他遭受过痛苦;他对生活有他自己的理解;他喜欢人们。在他身上看不到残忍;虽然他把所有人的生活弄得一团糟。但承受最大痛苦的人却是他自己。

她中途停下吃了点东西；又在一条溢满雨水的小溪里洗了洗身子。空气变得潮湿起来。她想知道为什么这段旅途不能让她更愉悦，而当她坐下并思考这个问题时，意识到她已经厌倦了孤独一人；该到了找个伴侣的时候了，特别是在冬天快临近之时。

其他人则以最快的速度开着车，然后走上了白垩山丘，直到他们能看到在远处的小镇以及更远处的大海。

当费瑟向里姆方向走去时一辆车开了过来。是凯伦，她显得很忧虑。但费瑟不想搭顺风车。

她一直走到最高处，平坦的空地上有一块异教石雕的底座。她最先看到的是万斯从包里取出他全新的运动鞋。他在头上和手腕上围了一圈防汗带，穿着一件背心和一条运动短裤。洛克根本没想他要穿什么，就穿着平常的衣服来了。他注意到伯格也已经到了，但却拒绝和他打招呼。

"茶壶"冲到万斯面前。"求你了，万斯先生，洛克受到了惊吓。他全身都在颤抖。不要伤害他。他服了一些沉醉星期三。你不能殴打一个处于这种状态的男人。"

"我要给他上一课，"万斯说，清了清嗓子，吐了口痰，"被揍完以后，他就会有所长进。"

"可是你看看他。"

万斯瞧了一眼洛克，哈哈大笑起来。"他让人恶心，你没说错。可是什么都改变不了。"

"茶壶"说："还有他的心情很乱。"

"那又如何？"

伯格站在他的医用手提包旁边。"为了什么？"

"他看到他的女朋友和别人发生关系——昨天晚上。"

"和谁?"

"茶壶"靠近他们。"摩恩。"

伯格的脸色顿时苍白。

路的对面,在练习脚法和试着让自己逐渐地疯狂时,洛克扭伤了脚。"茶壶"帮忙扶他起来,但他基本走不了路,等到所有人都准备好的时候,"茶壶"不得不费力地把他送到决斗的地点。洛克一只脚站在那儿,艰难地呼吸着。

凯伦站在几步之外,用力地扯着头发。她注视着她的丈夫,但同时似乎也在想着别的。

万斯正跳来跳去作着决斗前的热身,当他转过脸时朝着凯伦竖起了大拇指,此时洛克转动着手臂像他看到过的吉他手所做的那样,用力地朝他挥了一拳,但没打准。接着一瘸一拐地走向万斯,准备再给他一记飞腿。

洛克倒下了,躺在那里大叫:"打我啊,汉堡女王。朝我的脑门踢一脚。踢啊,踢啊,踢啊!"

"起来。我还没准备好呢。我让你起来!"

万斯伸出一只手。洛克站了起来,然后他尝试着,再一次地攻击在他身旁跳来跳去的万斯。瞄准目标,万斯朝着洛克脸部的中心打了漂亮的一拳。洛克随即摔倒在地,万斯骑在他身上,抓起他的手臂反按在他的膝盖上。洛克一声不吭,但他的脸却让人触目惊心。

伯格用手捂着嘴巴,低声说道:"不要,不要……"

"决斗就是决斗,不是吗?"万斯说。

"求你了,万斯,你这样做只是在增加我的工作量。"

"杀了我,杀了我,女王。"洛克乞求道。

"别担心,"万斯说,"就快了。"

突然树丛里发出了声响。费瑟全身赤裸,只涂了些泥土在身上,尖叫着冲了过来,开始跳舞。万斯和所有人一样瞪着他,但决定不予理会——直到费瑟站到了他的面前并举起了她的双手。

"我要弄断我的手指。"她说。

万斯继续压着洛克。

费瑟突然折断了她的小指,挥手给每一个人看。

"现在,下面一个,"她说,"然后再一根。"

"不,不,不!"伯格叫道。

"到底是怎么回事?"万斯大叫道,"让她离开这儿!"

伯格冲进了他们战场的中心,压在万斯身上。

有那么一刻,不知怎的,洛克觉得自己永远都无法回家了,他不知道回家可以让他如此开心。房里的书、唱片和照片以及屋外的灯光似乎对他而言都是全新的。他想他可能会看会儿书,听会儿音乐然后去看看大海。万斯是对的,决斗对他有好处。

丽莎显得既苍白又消瘦,她不明白他为何变得如此温柔。不知为何她原本以为他永远也不会回来了。她作好了准备。但他最终回来了。

他抚摸着她的脸和头发,看着她的眼睛,然后说:"我只有你。"

后来,他们一起坐在花园里。

16

  下了一段时间的雨。海水十分汹涌。傍晚时分,伯格、费瑟和万斯来到经过丽莎和洛克房子的小巷。伯格带来了几瓶葡萄酒,费瑟也带了一些吃的。他们在去她家的路上。她本来安排好了给伯格和万斯做按摩,可如今她的右手绑着绷带。一整天万斯都在她身边团团转,既感到后悔又感到生气,不停地抚摩她表示安慰,好像是在给她做按摩。

  "我是不会向他们道歉的。"万斯说。

  "我想知道他们在做什么,"费瑟说,"停一会儿。"

  "只要一下就够了。"伯格说。

  他们一起从树篱上方看过去。

  "好吧,好吧,"万斯说,"有谁之前会想到呢?"

  洛克把几个行李箱拖到房子外面,准备把里面的东西——纸张和笔记本——扔到一团杂乱的篝火上。着了火的纸随风飘在花园里。丽莎站在门口,披着一件羊毛衫,她正在把她的衣服叠起来,堆放在一起。他们一边忙着,一边说说笑笑。

  "是真的。"费瑟说。

  伯格转向万斯。"你这个该死的笨蛋。"

  万斯说:"你怎么了?"

  "这根本没有必要发生!"

  费瑟说:"过去告诉他们。"

  "太迟了。"万斯说。

  "告诉我这让你满意了!"伯格喊道,"那么开心点——跳舞啊!"

"伯格,几个星期来他们一直想着要离开。我为他们出的钱,"万斯补充道,"太神奇了,他真的开始做些事了。而我们倒被落下了。"

他转身看见摩恩快速地奔跑在小巷里,大声叫唤:"我来晚了,是吗?"

"你总是迟一步,你这臭小子。谁在看店?"

"万斯,求你了,"摩恩说,"我关了几分钟。"

"快给我回去把店开开——在我把你大卸八块之前!"

摩恩从树篱上方看过去。万斯刚准备伸手拽他,费瑟向他使了一个眼色;万斯注意到摩恩墨镜下湿润的双眼。

洛克这下看到他们了,但他没有抬头去看他们。他站在火堆旁把纸球丢进火里。

丽莎穿着她的黑色长裙,戴着草帽站在门口微笑着。她举起扁平的手用一种奇怪的难以理解的手势朝着他们每个人挥着。万斯转身,离开那条小巷,在风里,他低下了头和肩膀。丽莎走进了房子。其他的人则一动不动地站成一排望着洛克,直到天空下起了毛毛雨把火熄灭了。最终,他们离开了,不知道想要做什么。雨越下越大。

苍蝇

—The Flies—

"我们现在感觉不到开始新生活的愉悦,只有被不断充满麻烦的未来所拖累的感觉。"

——伊塔洛·卡尔维诺,《阿根廷蚂蚁》

在折腾了一夜之后的早晨,也是他们搬进这间公寓一年并有了仅几个月大的儿子之后,巴克斯特走进那间摆放了他和妻子衣橱的储藏室,打开他的橱柜门,拿出一堆毛衣。他将它们一件件摊开,发现它们好像都是用钩针编制的。不仅如此,剩余的线头上还沾有黏稠的黄色污迹,像是蛋黄,使得这些被弄脏的衣服的其他部分都变得僵硬。

他把贪婪地吞噬完他衣服的飞蛾和苍蝇抖干净,然后踩在这些微小脆弱的尸体上。其他的苍蝇,仿佛受到了惊吓,全都冲出来飞过他身边,看上去惊魂未定似的停在窗帘上,他刚好够不着。

巴克斯特赶紧把衣服卷起来装进塑料袋里，然后把它们塞进路边垃圾筒的最下面，他觉得恶心。随后他去了商店，往衣橱里塞满了灭蝇器；又往窗帘上喷药水；还给地毯消了毒。接着他洗了一个很长时间的澡。水流浇在他的身上，应该没有什么再黏附在他皮肤上了。

他没有把这件事告诉妻子，一开始他是想不要用这么不起眼的事情来烦她。尽管他在整间房子里都看到了苍蝇，但他妻子似乎并未察觉。如果要他把樟脑丸放进口袋，而又不得不用香水掩盖它的气味，还要想象在他出去走动时，人们经过他的身旁都会嗅到气味，他也不在乎了，因为苍蝇的袭击已经给他带来了困扰。

他希望让那些苍蝇远离他，同样也远离她。但每天他要在不同的时间检查衣柜，然后突然间打开橱门好像是要吓唬那些入侵者。晚上他开始做梦，梦到衣服上满是被咬成不规则的子弹大小的洞，还有数不清的奶白色的蛋在黑暗中孵化。在他脑中，被放大了的啃噬、咀嚼和吞咽的沙沙声不断闪现。当他被此惊醒后，便冲进储藏室不停地抖着他的衣服或是用雨伞在上面猛戳。为了端掉那些祸害的巢穴和窝，他跪在地上把房间各个布满灰尘的角落都洗刷干净，祸害一定是从那里出来的。尽管他相信，在他做这些事的时候，苍蝇们已在另一边偷袭床单和枕头。

一天夜里他妻子撞见他把鼻子凑在踢脚板旁边，而他将发生的事一五一十解释给她听时，她却并没有太在意，主要是因为他已经把证据扔弃了。把事情告诉她让他意识到这是多么微不足道啊。

这间小公寓是他和妻子在匆忙间租下的，而他们认为能够拥有它是一件幸运的事。因为这是他们所能负担得起的,三间房间附带厨房和卫生间,对于一对刚起步的年轻夫妇来说是可以接受的。然而当巴克斯特打电话给房东询问以前是否有过虫害的"爆发"时,对方并没有同情他们,反而坚持说是他们把苍蝇带进来的。如果这种情况继续下去的话,他将重新审核他们的合约。巴克斯特被他的诬蔑所激怒,反击说如果蔓延仍无好转的话,他将延期交纳房租。确实,那天早晨他发现儿子的一件毛衣已经被弄脏了,而且一半被吃光了,他只好想办法把它藏起来不让妻子发现。

当然他还是需要和妻子讨论这件事。因此他请了一个熟人帮他照顾孩子。因为他们要出去吃晚饭。曾经有一段时间他们会长时间地谈天说地——他们特别喜欢谈论看见对方的第一眼印象——他们只要在一起就那么开心。在他刮胡子的时候,他回想起自从孩子降临后,他们几乎就再没有一起去过剧院、电影院,甚至是咖啡馆。他们上一次出去吃饭已是几个月前的事了。他现在失业,他们大部分的钱都用在了房租、账单、债务和孩子身上。如果让他坦率地来说的话,他会说他们基本上是食不知味;甚至不能保证一直有电视看。他们很少去见朋友,或者想着去结交新朋友。他们不再做爱;或者,如果一方愿意,另一方便不肯。他们从没有在同一时间产生欲望——只有一次,到达高潮的时候,孩子的哭闹声打断了他们。总之,他们内心感到厌恶,身体感到疼痛。他们睡觉的时候眼睛却张开着;偶尔,他们醒着,实际上却是在熟睡。而在睡梦中他们梦见自己在睡觉。

在孩子出生前,他们在一起交往过几个月,然后又认真地谈了一年恋爱。自从有了孩子,他们的争吵就不断增多,但巴克斯特觉得这一切是正常的。可是他们的争论却出现了新声音。最近,有这样一个时刻,他们互相看着对方然后同时说出他们希望从来没有遇见过。

他以前想要孩子,因为这是会想要去拥有的;别人都有。她同意,因为她已经三十五岁了。也许是他们相信他们不会再遇到可以改变一切的那个人了。

为了看上去整洁一些,巴克斯特从衣橱里取出一件西装。他拿着衣架把它举到灯光处。它看上去完好无损,正如几小时前他看过的那样。浴室里,妻子破天荒地花了很长时间化妆,卷头发。

脱下鞋子后,巴克斯特转过身。他再次看过去时,只有衣架还在。难道说有小偷闯入了房间偷走了他的外套和裤子?不;西装正躺在地上,上面有一小堆好似烧焦的灰烬。他其他的西装也是一碰就破了。苍蝇在他面前盘旋,然后追逐到天空。

他把灰烬拾起放在手心里,然后把它们堆放在他放于储藏室的写字台上,原本他是想既然现在已经很少出门了,就在那里学点知识来丰富他对于人生的理解。他放了几只削尖了但没使用过的铅笔在写字台上。此刻他用力地嗅着这堆尘垢,用铅笔把它们区分开。甚至还放了一点在舌头上。里面有好几个像奶油般柔滑的、有脊梁的蛋。蛋里是活着的生命,憧憬着光明。他把它们捏碎了。烟灰和茧内的液体粘在他的手指上,渗进他的指甲里。

吃晚餐时,他们喝了点葡萄酒,品尝了些美味,他们环顾四周惊奇地看到有那么多人在户外活动,一些人还面带微笑。他把苍蝇的事告诉她。然而,她像他一样也变得挖苦起来,说她一直觉得是时候换一个新的衣橱了。她希望这次非自愿的清理能让他在服装防护上有所改进。因为她的衣服总是由各式各样有保证的女士药水保护着,比如熏衣草,而他也应该试试。

那一晚,因为一些琐事,让他们感到疲惫以及无法让彼此开心,她坐在储藏室里,而他带着孩子在厨房里走来走去。当听到一声尖叫后他便跑向她。她在打开衣橱后发现她的外套、裙子和针织衫被一排淡黄色的碎布而取代了。地上全是成堆的死苍蝇。

她开始哭泣,说她自己的东西什么都没剩下了。她暗示这都是他的错。他也这么觉得,准备好了被责怪。

他把她扶到床上,孩子则睡在他们中间。正如他们现在尝试做爱时少接吻一样,他也几乎不会去看她的眼睛;但当他抓着她的手臂时,他从她的眼角里看到一只黑苍蝇的出现,它跳到了她的睫毛上。

第二天一早他打电话给一家灭虫公司。和以往的调度不同,他们同意派一名技术工过来。"你需要这项服务。"巴克斯特还没开始描述症状他们便这样说道。显然他和妻子所遇到的是一个普遍的问题。

他们看见一辆货车开来;技术工打开后门,大步走进他们的客厅。他是个人高马大、邋里邋遢的男人,穿着绿色的工装裤,戴着厚厚的眼镜。显然他不善言辞,更热衷于听他们说,他检查了他们衣服的剩余部分,并急欲看巴克斯特放在报纸上堆成塔形的灰烬。巴克斯特很感激他的关心。

到了最后,技术工说:"你们需要全套服务。"

"我明白,"巴克斯特说,"但那能解决问题吗?"

男人哼了一声算是回答。

巴克斯特的妻子和孩子被要求离开房间。巴克斯特跑去搬来一个盒子站在上面好让自己能透过窗户看见里面。

技术工戴上一个灰色面罩。他身体的一侧绑着一个透明的瓶子，里面装有绿色的液体。一条橡皮管插在瓶里，管子的一头有一个金属筛子。同样被灌进筛子里的是一块平板的灰色油灰，附在绕着男人脖子上的一根绳子上。他的一条大腿上有一个小型装置，用鞋带能将它启动。在它运转时，他摆出各种熟练的姿势，就像一个装扮奇怪的舞者。嘎嘎作响的声音十分可怕；在大面积的毒液喷洒过后，没有一只害虫能够幸存。

技术工在一个放在角落处的花盆里放了一个蓝色照明电气化杆，目的是为了起到"保护"作用。

"那玩意儿我们需要放多久？"巴克斯特问道。

"以后我会再过来看几次的。它需要充电。"

"所以我们还需要再次的全套技术服务？"

这话冒犯了技术工。"我们现在不叫技术工。我们是微生物顾问。通常我们受邀进行回访，当我们有时间的时候。最好提前预约。"他还补充道："我们希望雇用更多合格的员工。顺便说一句，你还需要一个套装。"

"那是什么？"

他从货车里取出一个小包，里面被分隔成几个区域，每个区域中都装有不同的药剂。巴克斯特粗略地看了一下冗长的说明书。

"我会把它算在账上，"操作员说，"还有窗帘喷雾器和这个地毯专用药剂一起。最好买三份，呃，以防万一。"

"两份就够了，谢谢。"

"你确定?"他换上一种让人相信的口吻。"我注意到,你妻子姿色不错。我想你肯定想保护她吧?"

"是的。"

"你不希望自己半夜里还要跑出去吧。"

"不希望。那就三份吧。"

"很好。"

总价很高。巴克斯特签了张支票。妻子靠在门框上。他用一种不确定的自信望着她紧张而又满怀希望的双眼,想让她感觉到这么做是值得的。

她取出药水。腐蚀性的气味刺痛了他们的眼睛,也让他们咳嗽起来;宝宝的肚子上出现了红疮。不过他们在上面涂了些药膏后,宝宝又安心地入睡了。巴克斯特去了商店;妻子在家做饭。他们一起吃饭,相互依偎,心满意足地看着花盆托里垂死挣扎的苍蝇。蓝杆不断发出嗡嗡的声音。等到早上,他们会把尸体都清理干净。他们已经在期待了。甚至巴克斯特还开起了玩笑说:"也许放保加利亚音乐给苍蝇听这种方法更便宜。我们应该想到的!"惹得他们哈哈大笑。

第二天一早他去清理战场,看到还有苍蝇在空中盘旋后,他又多放了几只花盆托和药剂。可毫无疑问,他们正陷入最糟糕的困境中。他是多么的心灰意冷啊!

最近这段时间,尤其是在宝宝大哭时,他一直都在街上闲逛。几个邻居向他暗示他们这对新搬来的夫妇可以来串串门喝杯酒。他注意到灯火通明的窗户以及拿着酒走街串巷的人们。只要安顿好妻子和孩子,他就会多出去走走,而等到那个特别的夜晚,他会随便穿一件尚能拼凑起来的衣服,有必要的话一件盔甲也可以。

妻子不准备和他一起去,而且她让巴克斯特有一种感觉,那就是他没有把她们带到一个满意的居民区。但因为他去的地方只有五分钟路程,她没办法反对。他给了她一个吻,在确定蓝杆正常运作后,他走到了街的尽头,身上穿了一件从慈善商店买来的腈纶毛衣、异常牢固的军裤和一件外套。

巴克斯特拜访的第一对夫妇有三个年龄尚小的孩子。他们夫妻俩都有工作,设计一些家用物品。他猜是茶壶,不过也有可能是椅子腿。他记不得那个妻子是怎么说的。

他按了按门铃。从里面传来了一阵急促的脚步声后,一个大胡子男人气喘吁吁地跑来开门。巴克斯特作了自我介绍,同时主动说如果他的来访会给对方带来不便的话他可以离开。男人欢迎他来。他正坐在扶手椅上喝酒。为了庆祝那个夜晚,巴克斯特加入了他的行列,喝了半杯威士忌。他们谈论运动。但充斥压抑感的环境使他们的谈话有些让人不安,因为房间里暗得让巴克斯特几乎看不到那个男人的脸。

那个女人,虽然感到疲惫但欣然加入到他们中来,在孩子们的吵闹打断之前走到了楼梯口。随后,她又跺着脚上楼了,大叫道:"噢,好吧,好吧,又轮到我了吧!"

"他们停不下来吗?"男人大喊。

"你让他们怎么睡?"她回答,"这个环境快把他们憋死了。"

"我们都这样!"男人说道。

"这么说你是知道的!"

"我怎么能不知道?"

男人沉默地喝着酒。巴克斯特开始习惯黑暗的光线了,他注意到男人的奇怪手势。他把手指伸进酒杯里蘸了蘸,然后涂在脸上,还在一些部位揉搓。他在手臂上也做了同样的动作,甚至是在他们交谈的时候,仿佛酒精是乳液而不是麻醉品。

男人站起身,把脸凑到他的客人面前。

"我们出去。"

"去哪里?"

他拽着穿着黑色皮革外套的巴克斯特的手臂走到门口。那个女人立刻像蝙蝠一样飞下楼梯,开始和她丈夫争执。巴克斯特没有仔细听他们说的内容,尽管别的夫妻争吵现在能吸引他的注意。但他的注意力集中在其他地方。一只苍蝇正从男人突起的舌头末端飞出,爬上了他鼻子的一侧,然后停在他的眉毛上,这才发现它的同伴早就停在那里并且已经开始在啃噬这块毛发茂密的脊梁了。是时候离开了。

巴克斯特在客厅里转错了方向,他追随着一股他辨识得出但不能确定的气味经过两个房间。打开门,他发现有一个东西竖在浴缸里。那是一个发光的蓝杆,和他公寓里的那个一样,而且似乎它的光正在有规律地颤动。他走进了一看,才明白这是苍蝇的飞动引起的。他伸手想去触碰它时听到身后传来了声音,他回头看到大胡子男人和他妻子。

"你是在找什么东西吗?"

"没有,对不起。"

他不想去看他们,但却忍不住。当他走过他们身旁时,他们垂下了眼皮。就在那个时候,女人因为羞愧而红了脸。他们身上散发着一股强烈的漂白剂味道。

他还不打算回家,但又不能一直待在街上。继续沿路往前走,在一扇窗的窗帘被拉到一边前,他从窗里看到几个人。他几乎没有敲门就坐进了屋里,手里还端着一个酒杯。

这里都是一群不相干的人,他猜,在这群人里有腼腆的外国学生,那种会加入邪教的女孩,一个身着花呢西装头戴一顶不落俗套的帽子的有些岁数的男人,他们光着脚跳舞,其他的人则在沙发上坐成一排。在角落里有一个有双供热电阻丝的电暖炉和一个鱼缸。巴克斯特已经记不得自己到底穿了什么,当他在镜子里瞥见自己时才意识到没人介意他的穿着,这让他很欣慰。

他的邻居喝醉了,但却出奇的关注他。她搂着他的脖子,这让他有些窘迫,仿佛她察觉出了他的渴望,而他自己却不知道那是什么。

"我们没想到你会来。你妻子很少和我们说话。"

"是吗?"

"呃,在一些人眼里她挺迷人的。公寓还满意吗?"

"还不错……不算太糟。"

感觉到额头上有点痒,他用大拇指和另一根手指掐死了一只苍蝇。

她不信地说:"真的吗?"

"难道不是吗?"

他觉得还有另一只苍蝇正在他的脸颊上爬动。她好奇地望着他。

"我愿意和你跳支舞。"她说。

他不喜欢跳舞,但猜想活动一下比坐在那里静止不动要好。而且今晚——为什么不呢——他要庆祝。她指给他看她的丈夫,那个正站在门口和一个女人说话的高大男人。她扭着她那温暖的丰臀,而他则做着他会的一切。

随后她牵起他的右手食指,带他到后面的一间库房。房间冰冷;里面没有音乐。她脱下衣服,弯腰靠在椅子的扶手上,他之前被她握着的那根手指和另外两根,顺势滑进她的体内。尽情的放纵使得大脑陷入一片空白的状态。快乐当然会让你忘记了自己是谁!但很快他就注意到一股似曾相识的气味。他向四周张望,然后看到了放在地上的一个个装有白色粉末的碗;还有一只碗里盛有蓝绿色的黏稠物质。一个个受了伤的黑点在里面慵懒地移动。

他抽出一只手伸了出去。手腕上停满了苍蝇。

她看看四周。"哦亲爱的,这些小家伙们今晚饿坏了。"她不以为然地挥手拍打它们。

"没有方法补救吗?"他问。

"人们都习惯了。"

"真的吗?"

"这是最好的事。也是最坏的。人们不停地工作。要么喝酒。全世界的人都在忍受各种各样的细菌。"

"可是一定,一定有一种药剂、啤酒或者……蓝色的灯这样的东西可以永远地让它们远离?"

"有,"她说,"一种。"

"是什么?"

她微笑着看着他近乎绝望的脸。"药剂确实在一段时间内有效。但你必须不断地更换品牌。进口的虽然是最好的,可价格昂贵。可以试试阿根廷的。然后是南非的,按这个顺序。我不清楚他们在里面放了什么,不过……因为这些苍蝇会逐渐适应,而且这些药也只能让它们变得更疯狂,更刺激它们。所以可能你还需要试试马达加斯加的。"巴克斯特一定看上去很沮丧,因为她说:"在这条街上我们驱赶它们的方法就是——激情!"

"激情?"

"当你拥有激情时,你就什么都注意不到。"

他靠在她的背上。他说他无法相信这些东西竟然是无法避免的;而且,还找不到解决的方法。

"等会儿——我们再来讨论。"她咕哝道。

随后,在客厅里,她小声地说:"这里附近大多数人的家里都有苍蝇。除了新婚夫妇和奸夫。"她大笑。"他们这些人有别的麻烦。需要,十八个月。幸运的话你有十八个月的时间,然后你就会遇到苍蝇了。"她解释说苍蝇是这里每个人唯一隐藏的秘密。其他的问题都能拿来吹牛和炫耀,只有这个是让人接受不了,感到丢脸的。"我们在毒害我们自己。"她看着他。"你讨厌她吗?"

"什么?"

"你还没有吗?你可以告诉我。"

他小声对她说,他正渐渐明白什么是厌恶,正如人们开始明白什么是爱,有些时候,他确实对她有厌恶;他讨厌她切苹果的方式;讨厌她的双手。他不喜欢她说话的语气和他知道她会使用的单词;他厌恶她的衣服,她的眼睑,和她所认识的任何人;她的香水味令他作呕。他痛恨一切他爱她的部分;恨自己为什么被她束缚;讨厌她在他面前表现出的善解人意,好像她想索要什么似的。同时,他也看到了,不爱一个人并不要紧,但除非你和那个人有了孩子。而他也同样明白了恨一个人是多么重要,这是一种多么持久而又强烈的情感;也许,它是一道屏障,让他不再可怜她,也不再可怜自己,不再跌入痛苦的深渊。

他的邻居不断地点头,而他则因为自己被她带动而说出的话羞愧地有一丝颤抖。她说:"我丈夫和我正在经营一家微生物公司。"

"真有那么多生意吗?"

"你总不能对着它们唱歌吧?"

"我想不能。"

"我们的第一辆货车是分期付款的。你接下来只会使用我们的服务,是吗?"

"恐怕,我们已经没钱了。谁都用不起。"

"你不能让自己被虫害侵袭。你必须做些什么。你该不会是一直在雇用微生物顾问吧?"

"是的,他们来过一次。"

"他们没让你买一盒套装?"

"是两盒。"

"没用的,没用。这些人都是提取佣金的。永远别让他们进房间。"

她抱着他。午夜时分,他们跳着舞,趁着他还清醒的时候,她凑在他耳边轻声说:"你可能需要杰勒德·奎因。"

"谁?"

"奎因一直在这附近出没。到处都能找到他。还有,在那扇门的后面——"她指着一扇镶有钢框的木门,上面有一个挂锁——"我们正在研究一种混合药水,一种致命的方法。还没有成功,不过等我们有了样品,我会拿给你的。"他怀疑地看着她。"是的,每个人都会这么做。但问题在于,阻碍最终药物合成的原因就是丈夫们和妻子们把这玩意儿给了他们的另一半服用。"巴克斯特觉得自己好像要摔倒了。"你有把它和她的谷物搅拌在一起过吗,或者你还在酝酿阶段?"

"有一次我的确那么做了,但我又倒掉了。"

"人们也会用它来自杀。你看,一个人再聪明也聪明不到哪儿去。"

她离开他。他看到那个大胡子男人已经到了,正在那儿一边大笑,一边在浴缸旁往自己身上洒酒。他举手向巴克斯特打招呼。后来,在巴克斯特醉倒之前,他看到那个大胡子男人和那个女邻居一起走进了库房。

一清早,邻居的丈夫把巴克斯特送回了家。

巴克斯特还睡在床的旁边,房东过来的时候他正倒在那儿。所幸的是,房东在来之前通知了他们,巴克斯特的妻子早已把蓝杆、药水和任何有侵蚀性的物品通通塞进碗柜里。这个男人对她存有疑心;必要的时候,她可以变得既迷人又强势。即便是在他们谈话时有一只苍蝇停在他西服的翻领上,她仍能使他相信这个问题正在"缓解"。

吃过午饭后,巴克斯特又把装满的花盆托清空了,并换上了新的。又一次,苍蝇开始死亡。可是他再也不想去看了。他站在卧室里告诉妻子他下午要出去,而且会带上孩子。不行,她说,他总是没有责任感。他必须坚持,仿佛这是他最后的愿望,直到她妥协为止。

这虽让她很不高兴,但对他却是个重要的胜利。他从没有单独和儿子待在一起过。他将婴儿袋绑在身上,带着这个小家伙走遍城市的各个角落。他坐在咖啡馆里把孩子放在膝盖上,欣赏起他的小手和耳朵;他把孩子举到空中亲吻他。他漫步在公园里,又躺在草地上给了他一个小奶瓶。人们过来和他说话;特别是女人,似乎认定他不是坏人。孩子让他更有魅力了。他喜欢有这个新同伴,或者说是朋友和他在一起。

他想着他们还能做些什么。这时脑海中闪过了情人的电话号码。他打给了她。他们乘着公共汽车驶过了河。到她门外时,他想要回去,但她马上就出现了。巴克斯特像举着战利品一样地举着孩子,尽管他担心她会因为这个此刻在他们中间的孩子身上能看到另一个女人的影子而感到不安。

她让他们进屋。她戴着他送的耳环;一定是为了他才戴的。他们发现彼此在看到对方时都深深地叹了口气。见到他们让她多么高兴;比他想象的还要高兴得多。她无法自拔地把手伸进他的外套里,就像过去一样。他紧拥着她,亲吻她的脖子。她告诉他,这样的姿势让她有归属感。自从他上次离开而且不再联系后,她的心情有多么沮丧。有时,她甚至不愿意外出。她曾一度以为自己会发疯。为什么他明知道和她在一起一切都很好,却非要把她从身边推开呢?她不得不去找一个新情人。

他不知道要如何告诉她他无法想象她爱他,他也缺乏勇气追随她。

她抱着宝宝,然而却犹豫着要不要亲亲他。不过这孩子让人难以抗拒。她之前还没换过尿布。于是他演示给她看。她把孩子上上下下都擦拭干净,用脸颊揉搓着他的皮肤。宝宝停止了吸吮挂在嘴边的奶嘴。

他们脱掉了衣服,和孩子一起睡到了床上。她轻轻爱抚着巴克斯特,从他的指尖到脚,让他再一次成为她的。她让他在她肚子上亲吻一圈。而他让她跪坐着,抚摸自己,在他面前展现自己,她将拇指放在耻骨上用手做出蝴蝶的形状。他们小心翼翼地不让床剧烈地震动也避免突然的大声尖叫,但他已经记不得他们的欲望可以变得多么强烈,他们在一起时可以笑的多么大声,他甚至不得不把手指塞进她嘴里。

她睡着的时候,他端详着她的脸庞,轻声地说了一些他从未对任何人说过的话。这让他的心格外平静。只要离开妻子几个小时,他就有一种奇妙的温暖感。他的心已尘封多时,而如今爱火又重新点燃,像是一股被遗忘的热量,让他可以摔到身边任何一面墙上或是从上往下滑,他的感觉是如此温柔。他想要回家,然后对着妻子说,为什么我们不能相濡以沫直到永远呢?

他的脸上有东西掠过。他坐起来看到一只苍蝇从情人的耳朵里飞了出来。另一只落在儿子的头发里。他的腿开始痒了;然后是手,还有背部。一只苍蝇从孩子的鼻孔里慢慢爬出来。他正随身携带着传染源,而且传给了每个人!

他抱起还在熟睡的孩子,叫醒满脸失望的女人。她试图说服他,但他匆忙地跑到大街上,好像在被疯子追赶,他有一种想要冲着陌生人大声叫骂的欲望。

  他把孩子交还给妻子,但却担心自己看她的眼神会带有一丝狂野。所有一切都回到原点,他所欠她的:善良、帮助,和别的东西,他记不起这些细节;还有,一个人从此不能再让别人失望,仅仅只是因为有一天这个人的感觉突然发生了变化。

  她在检查孩子的时候并没有留意到他的焦虑不安。

  他洗了个澡,这是整间公寓里唯一能让他感觉平静的地方。喝着葡萄酒,听着收音机,能让他忘却所有烦恼。可是,他对她的誓言并不是爱情,正如一个签名并不是亲吻,而再多的诺言也保证不了爱。没有多作思考,他便把自己的人生交付给她。后来他不再那么重视他的人生了,可如今他想将它要回。可他明白,重新找回人生需要不一样的勇气,而且更残酷。

  那一刻,他的心在跳动。他能听见她在厨房里拍着手唱歌。他喊了几声她的名字。

  她不耐烦地走来。"你想要什么?"

  "你。"

  "为什么?现在不行。"她朝下看着他。"真让人吃惊啊。"

  "来吧。"

  "巴克斯特——"

  他伸手去抓她。

  "你的手好烫,"她说,"你在出汗。"

  "求你了。"

  她叹了口气,把裙子和内裤脱下,走进浴缸并让他趴在自己上面。

"是什么让你有了欲望?"在有了一些兴奋后,她问道。

"我听到你唱歌和拍手了。"

"没错,我就是这样捉苍蝇的。"她从浴缸里走出来。"看啊,水里浮着苍蝇。"

几天过后,当蓝杆已经开始闪烁并且灯光越来越暗——还被巴克斯特往墙上砸过——碗里的粉末也被吃得精光,只剩下一片起了泡沫的死尸,技术工又来到了门口。他似乎并不惊讶药剂的无效以及巴克斯特针对无望的治愈言辞激烈的抱怨。

"这需要一个过程,"他强调,"你现在不能放弃,除非你想抛掉已有的进展,回到最初的状态。"

"什么进展?"

"这是一件大事。你生活在什么样的世界里让你以为只需要简单的治疗就够了?"

"那你上次为什么不这么说?"

"我没说吗? 只能说你是那种不听别人说话的人。"

"那个蓝杆没用。"

他好像在对一个傻瓜说话。"它能吸引苍蝇。振动让它们变得贪吃。接着它们都会去吃。然后便永远地死去。前提是你不能像个孩子一样的把它踢成碎片。我在门口看见你妻子了。她和上次不太一样了。她的眼睛——"

"好了!"

"我以前也碰到过这种情况。她看上去心灰意冷。别以为她不知道发生了什么!"

"发生什么了?"

"你自己清楚。"

巴克斯特双手掩面。

技术工把蓝杆的残留部分打扫干净,然后递给巴克斯特一袋灰色晶体。"看着。"他将它们倒进碗里——发出的声音就是希望——接着再把碗放在地上。苍蝇停在上面,尝了一口后,飞出几步,便倒地身亡。

技术工亲吻着自己的手指。

"这是无与伦比的。"

"是阿根廷的?"巴克斯特问,"还是南非的?"

技术工给了他一个嘲笑般的表情。

"我们从不公开配方。我们听说有人在家自己研制药剂。这会让你的皮肤起泡,就像得了麻风病,而你的骨头会软得像橡皮。它可能还会致命。把这些事情交给专业人士吧。"

巴克斯特签了一张支票买下五包。在接近黄昏时,他看到技术工把他那辆没有标签的货车停在了大胡子男人家的外面,并带着塑料袋走了进去。男人瞥了一眼巴克斯特,耸了耸肩。几户当地的居民正在房子外面慢慢走动;等巴克斯特走开后,他便注意到贴在附近窗户上的一张张脸。

巴克斯特发现妻子正在查他的支票簿。

"又是一张!"她叫道,"你买了什么?"

"三盒套装!"

"没有用的。"

"你怎么知道?"

"看看就知道了!"

"也许没有这些药情况会更糟。"

"还会更糟吗?你是在烧钱!"

"我是为了我们好!"

"可你不知道从何做起!"

她愤怒地瞪了瞪眼,又点了点头。孩子哭了起来。巴克斯特不想把技术工说的话复述给她听。不值得去跟她解释。尽管,他确实想过,把她的嘴捏碎,而就在那一刹那,她向后退去和他保持一定的距离。噢,我们是多么了解对方,连我们自己都没有意识到!

他试着抑制内心的厌恶问她有什么建议。但她根本不用去想这些;因为她自有打算。她已经厌倦了秘密,等到有精力的时候,她会把病菌的事告诉朋友。她想要走到外面的世界。她一直都很孤独。

"好的,好的,"他同意,"那样不错。我们必须试试新方法。"

几天之后,妻子刚出门去公园,便有人急促地轻轻敲了敲窗户。巴克斯特赶紧低下头。可已经迟了一步。他的女邻居手里拎着一个油漆桶得意洋洋地转身出现在门口。她拧下桶盖。里面是黏黏的像糖浆一样的棕黄色物质。因为散发着臭气,她忍不住仰起了头。

她举着油漆桶在一个手臂之外,走进了房间。至今为止,他和妻子已经一件件地搬走了很多家具,尽管有些物品,像是窗帘和靠垫已经被备用品所取代,因为坚持信念还是有必要的。当然,巴克斯特和妻子无法鼓励客人来访。如果是老友要来,他们会安排在外面见面。唯一经常到这里来的人是他的岳母,而妻子总是竭尽全力地掩盖房子的衰败不让她发现。她的忠诚和保护既让巴克斯特惊讶也让他为之感动。当他问起妻子时,她说:"我不想她责怪你。"

"为什么?"

"因为你是我丈夫,傻瓜。"

邻居说:"把这个放出去。"

巴克斯特心存疑虑地看着眼前的东西,做了个鬼脸。"你可不是专家。"

"不是专家?我?"

"不是。"

"是谁教你这么说的?"

"没人。"

"就是他们。我能问是谁吗?你也不知道,是不是?"

"我想是的。"

"那些所谓的专家窃取我们的成果,然后再回来卖给我们,从而赚取利润。你不会信以为真了吧?"

"我知道你的意思。"

"你看。"

她用手指蘸了一下那东西,放在舌头上,来回摇动手指给他看,尝了尝,然后吐在纸巾上。

"你妻子可不会去吃,就算你把它混进蜂蜜里,"她说着,同时一股恶心涌上来,"但是它能把整个屋子里的小恶魔都吸引过来。"她跪在地上,发出咕咕的叫声。"你可能闻到了恶心的味道。"

"没错。"

"那样的话——把窗子打开。这是初期样品。"

她把糖浆一样的东西放进花盆托里。显然,苍蝇确实被吸引过来,也的确都晕倒了。但它们的数量并没有减少;这些糖浆反而似乎越来越多地把它们引来。

她转向他。"太棒了!这些成分很昂贵,你知道的。"

"我付不起!"他激动地说,"任何东西!"

"每个人都想不劳而获。但这只是眼下的。"她吻了吻他的嘴唇。"记住,"在她离开的时候,她说,"激情。激情!"

当妻子回来捏住鼻子时,他正发呆般地盯着泛滥成灾的花盆托。

"你从哪里拿来的?"

"一个熟人。一个好心的邻居。"

"那个盯着我看的老泼妇?你在被最奇怪的人影响。任何一个蠢人的谄媚都能迷惑你。"

"显然是这样。"

"可它有臭味!"

"这房子是老的,这个世纪也是旧的……你还在期待什么?"

他把手指伸进那堆污泥,舔了舔,然后捂着肚子弯下身子。

"巴克斯特,你疯了,"她柔声说,"你宁可听她的话也不听我的。可为什么?你们发生了什么吗?"

"没有!"

"现在你已经不在乎我了,是吗?"

"我在乎。"

"骗子。在你眼里真话毫无价值。"

他注意到她始终穿着外套。当她把孩子放到小床上时,她终于决定去拜访她最好的朋友,一个有两个孩子的富有的势利女人,她所炫耀的富裕和幸福能把人气死。他现在才发现妻子一直努力地想让自己看上去呈现最佳状态。女人的脸在生完孩子后就有了变化,而一种新的美会应运而生。可穿着破破烂烂衣服的她看上去还是像个黄脸婆,而且还神经紧绷,好像在不断地努力让不幸的事物远离她。

他从窗户里望着她离开,很高兴至少她没改变主意。虽然他们都已不再坦诚。

巴克斯特在花园里挖了一个洞,把散发臭味的油漆桶和花盆托一起扔了进去。为了确保不让邻居们看到,他必须在走的时候往两边看看,而且动作要快。

他把儿子抱下来,和他一起躺在地上。孩子四处乱爬,用木头勺子敲打着铁盘,发出的声响让他高兴,也驱赶了苍蝇。他似乎没有受到周围奇怪的不安因素影响。每一天,他都是不同的,充满热情和好奇,巴克斯特不想错过任何一个时刻。

他抬头看见技术工正在窗外朝他挥手。巴克斯特从未见他如此友好。

"你看,"他说,"我拿了一些最新的发明然后立马就直奔你而来了。"他拿出几听类似于糖浆的黏稠物放到桌上。"这是免费的样品。"

巴克斯特把他推到门口。"出去。"

"可是——"

"拿起你的罐头浇到你自己头上吧!"

"别推我!你放弃了,对不对?"技术工愤怒不已但却装作一副悲伤的样子。"这是正常的反应。你觉得你能做到视而不见。可你妻子永远不会停止鄙视你,而且你的孩子也会因此得病!"巴克斯特向他扑去。男人跳下台阶。"还是你自己找到解决的方法了?"他不屑道,"所有人都会在某些时候这么想。但他们都被骗了!你还会回来的。我等你的电话,不过我到时候可能会忙得接不了。"

巴克斯特的妻子回来后,他们特地面对面坐着,开始热烈的讨论。拜访了朋友后让她又充满了活力。

"和以往一样,她和房子还有孩子都完美无缺了,尤其是在镀金的外表下。我一直在想,我是不可能提起这件事了。所幸的是电话响了。我去了次洗手间。然后我打开了她的衣橱。"巴克斯特点了点头,他明白了。"她酷爱服装,可是那里基本什么都没有了。只有下面放着的粉末和药水。"

"他们结婚有六年了。"巴克斯特说。

"他很懒——"

"她太霸道——"

"他很混乱——"

"她很冷淡——"

"闭嘴听我说!"她继续道,"有钱人也不能幸免,但他们有能力置换所有物品。当我提起这事的时候,她便知道我在说什么。她承认是有轻微的暴发——在隔壁家。"他们心照不宣地笑了。"她甚至说在考虑制作一档关于它的电台节目。而且如果反响好的话,就再作一个电视调查。"巴克斯特点点头。"我担心的只有一件事。他们找到一个男人。所有的有钱人都雇用了他。"

"肯定很贵。"

"好的东西都贵,并不是每个人都不舍得花钱。我还不准备回去工作,但是巴克斯特,你必须去工作。"

"你知道我找不到工作。"

"你不能再这样总是想着自己胜人一筹,什么都要。这是我们唯一的希望。他们过着正常人的生活,巴克斯特。而你看看我们呢?"

曾经他爱她的固执。但是现在他想着怎么才能结束这个话题。

"那我要穿什么?"

"你可以在早上的时候到我妈妈那里去换衣服,晚上也是。"

"我懂了。"

她来到他面前,把脸靠近他;她的眼睛,尽管现在有很重的黑眼圈和皱纹,但依然闪烁着希望的光芒。

"巴克斯特,我们会去尝试任何可能,不是吗?"

感觉到她会一直站在那里,也被她近距离的面容惊到,他说了一些一旦病菌被杀灭,他们可能要做的事。他同时也在思索,人的需要真是少得可怜,他们的要求是多么低!一次碰触,一个拥抱,一句保证的话,片刻温暖的爱,这就是所有她想要的。而亲吻对于他已是过高的要求。他为什么会变得如此残忍,他到底是怎么了?

接下来的几个星期,他以为通过远离她,寡言少语以及避免"有争议"的话题,她就会忘记这件事。可是每隔几天她便又提及这个话题,好像他们早已达成一致意见了一样。

一天夜里,当他向后靠时,靠垫碎开了。是烧焦的一堆。他跳了起来,站在那里,觉得自己随时会倒下。他伸手去拉窗帘。整个窗帘——他意识到是层薄纱——在他手里变成了碎片。房间越来越暗;影子骇人地悬在空中;上空是密密麻麻的一层苍蝇;家具看上去像是经历了一场大火。苍蝇停在他的脸上;他的头发变得黏稠,逐渐呈黄色,即便他只是站在那里。他想要大叫,却叫不出;他想要逃走,却逃不了。

他听到外面有声音。有人在争吵。他蹲在窗台下,看见大胡子男人正站在他家的门阶上,嚷嚷着要进去。楼上的一扇窗打开了,一个行李箱被扔了出来,还有一堆怨言和哭泣。大胡子男人终于捡起箱子走了。他拖着有轱辘的箱子经过巴克斯特家。确信巴克斯特在看着他,他黯然地朝窗口挥手告别。

巴克斯特感到,如果这场灾难有机会战胜的话,他没有理由不去作任何尝试。就算不成功,但至少,他可以让妻子高兴。他怪她,恨她,可是她想要做的事难道不是为了让他开心,营造一个舒适的环境吗?毫无疑问,在另一件事上她也是正确的:孤僻让他毫无理由地对自己得意得忘乎所以了。

但他还是犹豫着跑去工作。他去申请工作的那天,其他的员工都心照不宣地看着他。这是个累人的活儿,然而他很快便掌握了那些让人郁闷的行话,而他的身体也渐渐适应了干体力活。喷洒的工作并不愉悦;他不明白这样不可避免地吸入有害气体会有什么影响。去见那些痛苦而又天真的夫妻起先是件沮丧的事,但是他从另一个男人那里学会了自己派遣自己,不用理会别人的侮辱,只要集中精力再尽可能地卖出更多的套装来获得较高的佣金。技术工和律师一样,是愤世嫉俗而又孤僻的群体。这么多人中没有一个人会直接去骂那些他们赖以为生的寄生虫——没有它们,他们便无法生存。但也永远不会喜欢它们。

　　巴克斯特和妻子比以前有钱了,但为了负担那些高级的灭虫药,他们必须存更久的钱,而且不能购买"奢侈品"。巴克斯特很少在家,这使得白天的气氛更好了。但有些事他必须每晚做。当妻子和孩子睡着后,他关上灯,膝盖下沉,背躺在客厅的地板上。在那里,他对自己哼着曲子,腹部有规律地颤动,飞蛾啃着他的衣服,飞进他的头发里,轻轻掠过他紧闭的双目。这不仅是一种驱虫剂——他深信——更是能让自己开始习惯的必修课。他对自己说,不存在修补或是改善,唯有接受。在接受了这个事实后,灵魂便会得到真正的释放,并且没有欲望,这是他有违初衷、急切等待的状态。他常常在这里睡着,想象着身体的各个部分被整个居民区或者他所说的"宇宙"里的昆虫拆分开来;他认为这是最终的屈服。而妻子则认为他的意志已经被击垮了。

　　一天清晨,一个穿着黑色西装的年轻男子站在门口。巴克斯特惊讶地发现他没有携带任何粉末、发亮的电杆、喷射器,甚至是公文包。他双手插在口袋里。杰勒德坐下,几乎没看一眼被啃噬过的地毯和大量的粉末。他也谢绝了察看衣柜的请求。似乎他早已知道一切了。

　　"有很多这样的事情吗?"巴克斯特问。

　　"这条街上?有很多。"

　　希望从隐藏的角落又再次涌现。巴克斯特几乎语无伦次了。

"你有治好的事例吗？你有吗？需要多长时间？"

杰勒德没有回答。巴克斯特走到妻子那儿告诉她应该和杰勒德谈谈，说他有一种让人安心的泰然自若。她走进房间，仔细地打量着杰勒德，却说不出任何关于他们的"家事"。

然而，巴克斯特则把最忌讳，最让人沮丧，尤其是最琐碎的事都告诉了杰勒德。杰勒德对这些很感兴趣，他说服巴克斯特把它当做是一个能通往他大脑迷宫的缺口。之后，巴克斯特比以往情绪更激动，他绕着房间转，感觉自己要崩溃，仿佛疯狂的生物已经从他大脑的笼子里释放出来。

当杰勒德问起他是否应该再来时，巴克斯特说是的。从此杰勒德每个星期出现两次，过来聆听。不知怎么的，他将巴克斯特对事物的理解延伸出去并作了不同寻常的关联，直到巴克斯特被自己惊到了。一个人感觉多沮丧，巴克斯特解释说，好像已经进入到一条通向地球中心的隧道，却找寻不到指向光明的箭头。这难道就是一个人的自然状态，人类的命运，而人们只能教会自己变得现实？智者能理解这些，而勇者，被一些人称为禁欲主义者，能够忍受。或者这根本就是非常愚蠢的？杰勒德暗示。他把事情反过来说直到能进行反驳，一种对人们轻易作出的假设的可怕反驳。

巴克斯特开始依赖杰勒德。尽管妻子并不喜欢他。抛开这些热心的谈话，公寓里还是害虫横行。她声称杰勒德让巴克斯特变得自我陶醉，而他不再关心她和孩子了。

巴克斯特也对杰勒德有了怀疑。这个男人什么都知道吗？他能超越一切吗？还有为什么他把时间花在巴克斯特身上却不索要钱？为什么"纯洁的男人"不受细菌影响？他有什么特殊的地方？

一次，技术工们在食堂谈起这个话题。虽然巴克斯特平时不关心他们的谈话，但却不由自主地抬起了头。"现在有人自以为靠一张嘴就能把细菌驱走，"他们不屑道，"就像那些以为能祈雨的人，他们不相信这是自然界的生物现象。什么都做不了，只能等待它的爆发。"

巴克斯特想问杰勒德为什么自己会对这些谈话感兴趣，但很快这个问题就不重要了。有一些事不同了。杰勒德已经唤醒了他的绝望。晚上他不再躺在地板上等待被吞噬。他开始踱步，没错；但至少这是在运动，而且不会有东西粘着他。他的身体里，在他们两个体内，尚有活着的部分，那是苍蝇无法消灭的。

一个接近黎明的夜里，巴克斯特醒来，再也睡不着。儿子在他的小床上吸吮着奶瓶。巴克斯特把手指放进他的小拳头里；他紧紧地握着他的父亲。巴克斯特一直等到他能缩手而又不吵醒孩子。他从小床上拿了一个小木头拨浪鼓。他安静地穿上衣服，把拨浪鼓放进口袋，然后走向衣柜。他已经很久没有戳里面的任何东西了。似乎现在收获不佳。

他走到街上。经过大胡子男人家和那个女邻居家时，他看到前方的天空有一片乌云。不用想也知道，暴风雨将要来临了。很快他迷路了，但他仍然紧紧盯着那片乌云，走在狭窄的街区和小巷里；终于他越过宽敞的马路，穿过小河，试着去思考，自己还能做什么。他看到其他的男人，也许和他一样，口袋里装着纪念物穿行在漆黑的夜里，去找寻不同的恐惧；或者突然出现在门口，一动不动地站着，凝望天空，因为考虑太多而注意不到任何人，然后决然地朝着一个方向走去，接着，另一个方向。

上方的云彩,在他走过时,似乎要爆炸了。它分散开来,形成数千个微小部分。那是一大片苍蝇,它们相互分离并散开,席卷上方那一片淡然的天空。

图书在版编目（CIP）数据

爱在蓝色时代/(英)哈尼夫·库雷西著；吴忆枝译.--上海：上海文艺出版社，2018
(哈尼夫·库雷西小说精品系列)
ISBN 978-7-5321-6581-0
Ⅰ.①爱… Ⅱ.①哈… ②吴… Ⅲ.①中篇小说—小说集—英国—现代
②短篇小说—小说集—英国—现代Ⅳ.①I561.45
中国版本图书馆CIP数据核字(2018)第084882号

LOVE IN A BLUE TIME
Copyright © 2003, Hanif Kureishi
All rights reserved.
著作权合同登记图字：09-2017-036号

发 行 人：陈　征
责任编辑：曹　晴
封面摄影：韩　博
封面设计：朱云雁

书　　名：	爱在蓝色时代
作　　者：	(英)哈尼夫·库雷西
译　　者：	吴忆枝
出　　版：	上海世纪出版集团　上海文艺出版社
地　　址：	上海绍兴路7号　200020
发　　行：	上海文艺出版社发行中心发行
	上海市绍兴路50号　200020　www.ewen.co
印　　刷：	崇明裕安印刷厂
开　　本：	890×1240　1/32
印　　张：	9
插　　页：	2
字　　数：	194,000
印　　次：	2018年6月第1版　2018年6月第1次印刷
ISBN：	978-7-5321-6581-0/I·5240
定　　价：	40.00元

告读者：如发现本书有质量问题请与印刷厂质量科联系　T: 021-59404766